KATE MEADER

Love Taker – Die Regeln der Anziehung

Kate Meader

Love Taker
Die Regeln der Anziehung

ROMAN

Aus dem Amerikanischen
von Lene Kubis und Heidi Lichtblau

PIPER

Mehr über unsere Autoren und Bücher:
www.piper.de

Wenn Ihnen dieser Roman gefallen hat,
schreiben Sie uns unter Nennung des Titels »Love Taker –
Die Regeln der Anziehung« an *empfehlungen@piper.de*,
und wir empfehlen Ihnen gerne vergleichbare Bücher.

Von Kate Meader liegen im Piper Verlag vor:
Kitchen Love
Band 1: Love Recipes – Verführung à la carte
Band 2: Love Recipes – Süßes Verlangen
Band 3: Love Recipes – Happy Hour fürs Herz
Laws of Attraction
Band 1: Love Breaker – Liebe bricht alle Regeln
Band 2: Love Maker – Nach allen Regeln der Verführung
Band 3: Love Taker – Die Regeln der Anziehung

Originalausgabe
ISBN 978-3-492-06273-2
© Kate Meader 2019
Published by Arrangement with Linda C. O'Dwyer
Titel der amerikanischen Originalausgabe:
»Then Came You«, Loveswept, New York 2019
© der deutschsprachigen Ausgabe:
Piper Verlag GmbH, München 2021
Redaktion: Antje Steinhäuser
Satz: Tobias Wantzen, Bremen
Gesetzt aus der Cardea
Druck und Bindung: CPI books GmbH, Leck
Printed in the EU

Für Laurie Oh
Für deine beständige Unterstützung

1. KAPITEL

Aubrey

Ich hasse Hochzeiten.

Besonders die von Freunden. Aber für den Bräutigam, Max Henderson, und seine Zukünftige habe ich nun mal viel übrig. Charlie ist genau das, was er braucht – clever, stylish und bereit, in direkte Konfrontation mit seinem großen Ego zu gehen. Ein ausgelassenes Fest ist allerdings das Letzte, wonach mir jetzt der Sinn steht. Viel lieber würde ich es mir mit meiner Katze gemütlich machen, einen schönen Glenfiddich schlürfen und mir mehrere Folgen von *Inspector Barnaby* am Stück ansehen. (Ich bin in Tom Barnaby verschossen, ein ziemlich sicheres Anzeichen für einen Vaterkomplex.)

Aber es würde komisch wirken, wenn ich mich nicht blicken ließe. Max und ich haben gerade erst zu unserem alten freundschaftlichen Ton zurückgefunden – seine Verlobte hat ihren Teil dazu beigetragen –, und ich will ihn wirklich gern unterstützen. Na, notfalls kann ich den beiden nach der Trauung ja kurz meine Glückwünsche aussprechen und mich dann davonstehlen, noch ehe die Tinte auf dem Trauschein trocken ist.

Ich schlüpfe in die Kirche. Sie ist brechend voll, aber ziemlich weit vorn in der vierten Reihe entdecke ich einen freien Platz. Genau dort sitzen Max' Freunde, vermute ich. Ich hole tief Luft. *Und los geht's!* Als ich näher komme, erkenne ich Trinity an ihrer unverwechselbaren Frisur und lasse mich auf den Platz neben sie gleiten.

»Hey, Prinzessin«, sagt Lucas, Trinitys Freund und einer von Max' Kanzleikollegen, mit einem frechen Grinsen. Ich versuche, nicht an ihm vorbei die Kirchenbank entlangzuschauen. Wenn ich das Problem nicht sehe, existiert es auch nicht. Insofern: Augen zu und durch!

Mit gerunzelter Stirn berührt mich Trinity oberhalb des neonpinken Gipsverbands am Arm, der in der passenden Schlinge liegt. »Alles okay mit dir? Was ist passiert?«

»Ach, ich hab mich einfach saudumm angestellt.« Ich spähe in die Reihe vor uns. Verrückt, dass die Chicagoer auf einer Hochzeit mitten im November so tun, als befänden sie sich auf einem königlichen Pferderennen. Dann linse ich über meine Schulter. »Vielleicht sollte ich mich weiter hinten hinsetzen.«

»Wie ist das passiert?«, lässt sich in diesem Augenblick eine tiefe Stimme vernehmen.

Als ich aufsehe, fällt mein Blick auf Grant Lincoln – Max' anderen Partner –, der rechts neben Lucas sitzt und mich anstarrt. Genau dort habe ich seit meiner Ankunft tunlichst nicht hingesehen. Wobei, na ja, eigentlich hockt er fast schon auf Lucas' Schoß, um mir besser auf die Pelle rücken zu können. Sein braunes Haar mit dem leichten Rotstich ist für diese frühe Tageszeit schon ziemlich verstrubbelt. Vielleicht hat ihn der Gedanke, mir zu begegnen, ja nervös gemacht? Doch das merkt man dem Blick aus seinen mitternachtsblauen Augen nicht an, mit dem er mir im Handumdrehen meine Selbstsicherheit raubt.

Wie gemein, dass sein Anblick mir immer noch jedes Mal den Atem raubt.

»Das geht dich nichts an.«

»Wie bist du hergekommen? Es sieht nämlich so aus, als könntest du nicht Auto fahren.«

»Große Stadt, Grant. Viele Taxis.«

An seinem Kiefer zuckt ein Muskel. Wenn ich wegen des Kreuzverhörs nicht so sauer wäre, wüsste ich diesen tanzenden Muskel wirklich sehr zu schätzen. Mein Ex-Mann sieht nicht im klassischen Sinne gut aus. Aufgrund seiner hünenhaften Statur und seiner rauen Stimme und Art behaupten manche sogar, er hätte etwas von einem Schläger, ein Image, das er sich vor Gericht gern zunutze macht. Wenn Grant mich im Arm gehalten hat, habe ich mich immer auf die bestmögliche Art umhüllt gefühlt.

Doch dieses schwummerige Gefühl, das mich bei dieser Erinnerung überkommen hat, entschwindet sofort durchs nächste Bleiglasfenster, als Grant eine weitere Frage hinausbellt.

»Wie wirst du es an Thanksgiving mit der Heimfahrt halten, Bean? Außer natürlich, du hast auf einmal keine Flugangst mehr.«

Als ich den Spitznamen höre, bleibt mein Herz einen Moment lang stehen. Es ist mindestens zwei Jahre her, seit er mich zum letzten Mal so genannt hat. Es war an dem Tag, als er mir mitgeteilt hatte, dass er das nicht mehr könne. Das mit uns.

»Das ist nichts, worüber du dir den Kopf zerbrechen müsstest«, schieße ich zurück.

»Du fliegst nicht gern?«, fragt Trinity besorgt. Sie ist wirklich furchtbar nett.

»Ähm, nein.« Ich habe sogar riesige Panik davor. »Aber da lass ich mir was einfallen.«

Grant schnaubt. Der Kerl glaubt wirklich, er wüsste alles.

Lucas wedelt mit der Hand zwischen uns hin und her. »Würdet ihr gern nebeneinandersitzen?«

»*Ganz sicher nicht!*«

»*Zur Hölle, nein!*«

Ich würde mir eher meinen anderen Arm brechen, als mich freiwillig neben Grant Roosevelt Lincoln zu setzen.

Trinity überredet mich, zum Empfang zu bleiben. Weil Grant nicht denken soll, er hätte mich vergrault, stelle ich mir einfach vor, ich wäre meine Mutter, und setze ein künstliches High-Society-Lächeln auf. Natürlich sitzen Grant und ich am selben Tisch, Lucas und Trinity zwischen uns, die unglaublich süß zusammen sind.

»Also, Prinzessin, spuck's schon aus«, sagt Lucas, nachdem er Trinity mit einem Stück gerösteter Kartoffel gefüttert hat. »Erzähl uns, wie du dir den Arm gebrochen hast.«

»Ach, du weißt schon. So ein Trottel konnte einfach nicht aufhören, mir dumme Fragen zu stellen. Da bin ich auf ihn losgegangen und habe ihm eine auf den britischen Sturschädel verpasst. Das Übliche eben.«

Lucas verdreht die Augen und genießt meine Stichelei sichtlich. Er ist selbst ein lustiger, egoistischer Brite. »Du musst dir eine bessere Story ausdenken, Aubs. Sag doch, dass du über deine Katze gestolpert bist, während du nackt gestaubsaugt hast.«

»Wieso denkst du, ich hätte eine Katze?«

Grant gibt ein Geräusch von sich, als würde er ersticken. Schön wär's!

»Möchtest du etwas sagen, Lincoln?«

»Lebt das Vieh noch?«

»Ja, Cat Damon ist quicklebendig, er überlebt aus purer Gehässigkeit.«

»Cat Damon?«, fragt Trinity. »Wie cool!«

»Der Name ist ein Scherz.« Ich linse zu Grant, der den Blick unverwandt auf mich gerichtet hält. »Oder das, was ein gewisser Jemand dafür hält.«

Auch wenn sie Grant ihren Namen verdankt, hat er diese miesepetrige Fellnase nur mit Mühe toleriert, und umgekehrt galt das Gleiche. Die beiden teilten sich meine Zuneigung halt nicht gern. Von Mr Lincolns Gentleman-artigem Auftreten, das seiner Herkunft aus den Südstaaten geschuldet ist, sollte man sich im Übrigen nicht täuschen lassen. Dieser behäbige Riese mit der verführerischen Stimme ist der durchtriebenste Widersacher, den ich kenne. Besonders im Schlafzimmer.

Dreimal für einmal war seine Regel. Sprich, ich bekam für jeden seiner Orgasmen drei. Und wenn er merkte, dass es bei mir nicht klappte, verkniff er sich seinen ebenfalls. Eines Nachts musste ich meinen dritten Orgasmus vortäuschen, weil ich Angst um seine Gesundheit hatte, wenn er nicht endlich kam. Stattdessen bestrafte er mich mit zwei weiteren.

Ich vermisse diese Orgasmusgeschenke von Grant.

Und nicht nur das, ich vermisse auch – o nein, ich will jetzt nicht in rührseligen Erinnerungen versinken.

Der Abend geht weiter seinen Gang. Es gibt herzerwärmende Reden. Den ersten Tanz. Das Anschneiden des Hochzeitskuchens. Es ist wirklich alles wunderschön, und nach einer Weile schmilzt selbst mein griesgrämiges Herz angesichts all der zur Schau gestellten Hoffnung und Liebe dahin. Ich kann mich natürlich nicht einfach verziehen, ohne dem Brautpaar gratuliert zu haben. Also stelle ich mich neben Charlie, während Max von einer Frau, die wie seine Großmutter aussieht, offensichtlich gerade sehr ernsthaft ins Gewissen geredet wird.

»Netter Fang, meine Liebe«, flüstere ich Charlie zu.

»Aubrey!« Sie dreht sich um und umarmt mich, ganz offensichtlich beschwipst vom Leben, von der Liebe und vom Dom Pérignon. »Ich habe schon versucht, mich durch die Massen zu dir und deinem gebrochenen Arm zu kämpfen. Wie ist es denn nun dazu gekommen?«

»Du wirst es nicht glauben«, sage ich geheimnisvoll.

Sie mustert mich, und ich hoffe, dass sie mir aufgrund ihres Alkoholpegels nicht gleich die Art von Ratschlag geben wird, den ich weder will noch brauche. Vielleicht merkt sie, dass ich gerade keine Lust auf tiefschürfende Gespräche habe, denn ihr nächster Satz ist sehr neutral.

»Die beiden sind als Nächstes fällig, glaube ich.« Sie nickt Richtung Lucas und Trinity, die auf der Tanzfläche zu Tony Bennett schunkeln.

»Wahrscheinlich. Sie haben schwere Zeiten hinter sich und es wie durch ein Wunder geschafft, sie zu überstehen.«

»Ja, wahre Liebe ist harte Arbeit.« Sie hält kurz inne. »Weißt du, ich bin für dich da, falls du …«

»Ich weiß!« Ich setze mein fröhlichstes Clownlächeln auf. Alle denken, mir ginge es wegen meiner Scheidung immer noch hundeelend. Dabei ist sie schon über ein Jahr her, und auch davor kriselte es schon heftig. Ich hatte also jede Menge Zeit, um über Grant hinwegzukommen.

Was ich dagegen nicht ertragen kann, ist das Gefühl des Scheiterns, das mich wie ein Nebel umgibt.

»Okay, Aubs, lass uns tanzen.« Max lässt Charlie links liegen und packt meine freie Hand.

»Und was ist mit deiner Frau?«

Max bleibt stehen, runzelt seine hübsche Stirn und gibt Charlie einen Kuss. »Meine Frau. Nicht zu fassen, wie sehr ich das liebe! Aber mit meiner Angetrauten kann ich ja jeden Abend tanzen, wenn ich will.«

Charlie grinst. »Genau so geht es los.«

Ich lasse mich von Max auf die Tanzfläche führen. »Hast du gut gemacht, Maxie. Bin stolz auf dich.«

»Ich hätte nie gedacht, dass mir das eines Tages gelingt. Wir reden hier immerhin von mir! Dem totalen Heiratsgegner, Schwarzmaler ohnegleichen, der behauptet hat, Ehe sei für Idioten und Hochzeiten seien Produkte geschickter Werbekampagnen.« Charlie ist Hochzeitsplanerin von Beruf, weswegen die unheilige Allianz zu Max, dem Scheidungsanwalt, zunächst eher holperig begann. Doch schon bald hatten sie herausgefunden, dass sie eine Menge gemeinsam hatten.

Ich freue mich wahnsinnig für Max, dass er die Frau gefunden hat, die ihn happy machen wird. Zumindest so lange, bis irgendetwas sie entzweit. Aber ich muss daran glauben, dass es Hoffnung in dieser trüben, dunklen Welt gibt. Vielleicht gehören sie zu den glücklichen Paaren, die es schaffen, zusammenzubleiben.

»Ist alles okay bei dir?«, fragt er. »Ich weiß, du verbringst normalerweise nicht so viel Zeit im selben Raum wie Grant.«

»Ist schon in Ordnung. Wir arbeiten im selben Gebäude, gehen mit denselben Leuten aus und früher waren wir ja richtig gute Freunde. Vielleicht kann es irgendwann wieder so werden.«

»Dafür müsstest du aber überhaupt erst mal mit ihm reden.«

»Ich mache eben kleine Schritte. Und außerdem rede ich jede Menge mit ihm.« Zumindest quer über das Schlachtfeld im Gerichtssaal hinweg. Und zu Hause, wenn ich die Gespräche Wort für Wort noch einmal durchgehe und wünschte, ich hätte *dies* und *jenes* gesagt anstatt *jenes* und *dies*.

»Und, fährst du zu Thanksgiving nach Hause?«

Ich lehne mich zurück und funkele ihn so streng an, wie

ich es von meiner Bostoner Grandma gelernt habe. »Hat Grant gesagt, dass du mich das fragen sollst?«

»Nope. Ich weiß, dass du Fliegen hasst und normalerweise fährst, also frage ich mich, wie du das mit deiner mysteriösen Verletzung hinkriegen willst.«

»Na ja, es gibt ja dieses großen Stahlmaschinen, die man Züge nennt …«

»Es ist nicht erlaubt, Katzen auf Reisen mitzunehmen, die länger als sieben Stunden dauern.«

Ich bleibe unvermittelt stehen. »Woher weißt du das?«

»So wie du, Aubs, verreist auch meine Großtante Dorothy gern mit ihrer Katze …«

»Das denkst du dir doch aus!«

»Meine Großtante Dorothy«, beharrt dieser elende Schwindler auf seiner Geschichte, »verreist ebenfalls gern mit ihrer Katze, wurde aber letztens auf der Strecke zwischen New York und Miami aus dem Verkehr gezogen. Diese felligen Viecher sind in Schlafwagen nämlich nicht erlaubt.«

Ich verenge meine Augen zu Schlitzen. »Wie faszinierend, dass du ausgerechnet diese ganz besonders relevante Information zur Hand hast.«

»Ich bin nun mal ein Kneipenquiz-Champion. Es gibt kein Thema, für das ich mich nicht interessiere …« Er winkt über meine Schulter hinweg.

Ich drehe mich um und entdecke eine ältere Dame, auf deren Schoß eine weiße siamesische Katze sitzt. »Ist das Großtante Dorothy?«

»Ganz genau.«

Das Problem ist, dass ich Thanksgiving letztes Jahr verpasst habe. Ich habe die Vorstellung nicht ertragen, wie ich da in meinem Auto angetuckert komme und nicht nur eine kranke Katze im Gepäck habe, sondern mich auch noch der

Ruch des Scheiterns umweht. Meine Brüder und ihre perfekten besseren Hälften würden als leuchtende Beispiele dargestellt, die die althergebrachten Werte der Familie Gates hochzuhalten wissen, während die arme, traurige Aubrey es einfach nicht auf die Reihe bekommt. Es ist nicht so, dass meine gescheiterte Ehe ein Geheimnis wäre – nun, eine Person weiß noch nichts davon –, aber bis jetzt musste ich noch niemandem mit der Herausforderung in die Augen sehen, mich nicht zu verurteilen.

Die Gates' scheitern nicht, höre ich meine Mutter in ihrem französisch angehauchten Nörgelton sagen, was ziemlich absurd ist, wenn man bedenkt, dass die Ehe meiner Eltern nach dem längsten Auflösungsprozess aller Zeiten gerade auseinanderbricht. Noch dazu sind Grant, mein Ex-Mann, und ich beide Scheidungsanwälte. Ist diese Ironie nicht einfach herrlich?

Das Lied endet, aber Max hält mich noch so lang fest, bis das nächste beginnt.

»Ich habe dich vermisst, Aubs.«

»Das sagst du nur, weil es wahr ist.«

Er lächelt und ich frage mich, warum wir einander nie attraktiv gefunden haben. Max ist ein echter Charmeur, aber er hat mein Herz nie zum Flattern gebracht. Nicht wie – oje!

Grant Roosevelt Lincoln, raus aus meinem Kopf!

»Ich freue mich so für dich. Ehrlich.« Meine Stimme klingt etwas brüchig.

Max drückt mich an sich. »Wenn er dich betrogen hat, bringe ich ihn um«, flüstert er mir zu.

»Nein. Das war's nicht.« Es war komplizierter. Ehrlich gesagt, ist Grant der netteste Mensch auf Erden, auch wenn ich noch so über ihn herziehe. Viel zu nett für jemanden wie mich.

Max' Lippen zucken. Er wüsste zu gern mehr! »Ich habe nie aufgehört, dein Freund zu sein. Ich weiß, es war schwer, weil Grant und ich zusammenarbeiten. An unserer Freundschaft hat das trotzdem nie etwas geändert.«

Max hat versucht, mich aus der Reserve und zurück in sein Leben zu locken, aber ich habe es nicht ertragen, meinen Schmerz mit irgendjemandem zu teilen. Es hat lang gedauert, bis ich wieder bereit für Gesellschaft war. Aber jetzt kann ich endlich mein Post-Grant-Roosevelt-Lincoln-Leben beginnen.

»Danke, Maxie. Wir gehen bald mal zusammen essen, versprochen.«

Ich drücke seine Hand und verschwinde.

2. KAPITEL

Grant

Sie telefoniert neben dem Eingang der Lobby des *Drake-Hotels*. Ihr pechschwarzes Haar fließt offen ihren Rücken hinab und das blutrote Cocktailkleid betont jede Kurve ihrer zierlichen Gestalt. Wie vertraut mir diese Kurven noch sind – und das, obwohl ihr der Wintermantel wie ein Cape über den Schultern hängt.

Ich wüsste zu gern, wie sie sich die Verletzung an ihrem Arm zugezogen hat. Noch so etwas, das mich wieder in ihren Bann zieht. Wenn das mal nicht die perfekte Verkörperung von Rotkäppchen ist! Das macht mich vermutlich zum Wolf, aber wir wissen ja alle, wie die Sache ausgegangen ist, oder etwa nicht?

Gar nicht gut für ihn, nämlich.

Da Aubrey meine Nähe nur schwer erträgt, bemühe ich mich sehr, ihr aus dem Weg zu gehen, sofern unser Job es nicht erfordert. Zumindest habe ich das nach unserer Scheidung ein Jahr lang so gehalten.

Auch wenn es mir dabei das Herz zerreißt. Aber wir haben jetzt immerhin schon ein ganzes Jahr ohne einander geschafft. Eigentlich sogar schon länger, weil wir offiziell getrennt sein mussten, ehe wir unsere Verbindung auflösen konnten. Allein dieses Wort, »auflösen« – als könnte man den Schmerz so lange mit Wasser verdünnen, bis es uns nicht mehr gibt.

Ist doch alles Bullshit!

In den vergangenen Monaten sind wir uns bei verschiedenen Anlässen begegnet, zweimal davon als gegnerische Seiten vor Gericht. Seit ihre Kanzlei zwölf Stockwerke unter meine gezogen ist, arbeiten wir sogar im selben Gebäude. Mein Herzschmerz hat dadurch ein wenig nachgelassen und ich hoffe, bei ihr ist es irgendwann auch so weit.

Einen Moment später beendet sie den Anruf und blickt auf ihr Telefon. Ich kenne diese Geste: Sie hat gerade mit ihrer Mutter Marie-Claire gesprochen. Bei dem Gedanken an die Geschichte der beiden verspüre ich einen Stich in der Brust. Plötzlich ist mein Bedürfnis, bei ihr zu sein, stärker als der Wunsch, ihr nicht wehzutun. Was Aubrey betrifft, war ich schon immer ein Egoist.

»Du gehst schon?«

Ihre Schultern versteifen sich und als sie sich mir zuwendet, weiß ich schon, was ich gleich zu sehen bekomme: ihre Bostoner Coolness, die ihr so gut steht. Unterdessen inhaliere ich ihren Duft. Als könnte ich ihn in meiner Lunge speichern und so die nächsten Tage davon zehren. Jedes Mal fühlt es sich an wie das erste Mal.

»Ich dachte, ich könnte mich verziehen, bevor alle auf die Tanzfläche stürmen.«

»Aber du hattest doch immer so tolle Moves drauf!«

Sie mustert mich, ohne zu lächeln. Natürlich ist ihr klar, dass ich ihr wehtun könnte, fragt sich wahrscheinlich aber gerade, ob ich ein Motiv dafür hätte. Ich mache es ja auch nie absichtlich, doch manchmal ist es wohl schon zu viel, jemanden auch nur anzuatmen.

Sie entspannt sich sichtlich. »Ich tanze besser als du, das steht immerhin fest. Mit dir blamiert man sich auf der Tanzfläche auf ganzer Linie.«

Ich schmunzele. »Ich brauch eben Platz, um mein Talent zur Geltung bringen zu können.«

»Jepp, dein Talent.« Sie lächelt zögerlich, als probierte sie es nach langer Zeit zum ersten Mal wieder aus. Sofort geht mir das Herz auf. Es ist Ewigkeiten her, seit sie mich mit diesem Strahlen bedacht hat.

Ich genieße den Anblick, solange ich noch die Gelegenheit dazu habe. »Soll ich dich nach Hause fahren?«

»Ich nehme einfach ein Taxi.« Sie macht einen Schritt zurück Richtung Drehtür.

Ich folge ihr nach draußen, wo ich dem Mann vom Parkservice ein Zeichen gebe und ihm mein Ticket reiche, ehe Aubrey Einwände erheben kann. Er mustert uns kurz und hält dann die Beifahrertür meines Autos auf.

»Er denkt, wir wären zusammen«, murmelt Aubrey.

»Anscheinend kommen wir immer noch so rüber.«

Power-Pärchen mit Seifenopernqualitäten. So hat Max uns während unseres Jurastudiums immer genannt. Für ihn waren wir ein Vorzeigepaar, dem die Welt zu Füßen lag und dem eine so strahlende Zukunft bevorstand, dass wir Sonnenbrillen tragen mussten.

Ich gebe dem Typen vom Parkdienst ein Trinkgeld. »Es ist nur eine Autofahrt, Aubrey.«

Sie blinzelt mich an und ich ahne, welche innerlichen Hürden sie überwinden muss, bevor sie sich auf diesen Versuch einlassen kann. Doch schließlich nimmt sie wortlos auf dem Beifahrersitz Platz.

Vom *Drake* zu ihrer Wohnung in Lincoln Park sind es mit dem Auto nur zehn Minuten. Ich zerbreche mir den Kopf darüber, wie ich sie am besten nutze. Als wir uns in den Verkehr auf dem Lake Shore Drive einfädeln, ergreift sie das Wort.

»Glaubst du, die beiden schaffen es?«

»Die Chancen stehen fifty-fifty, würde ich sagen.«

»Ach, Max' Chancen stehen besser, glaube ich. Er wird sich richtig ins Zeug legen.«

Oha, kaum verhohlene Kritik! Ich dachte auch mal, ich müsste mich nur genug reinhängen, bis ich merkte, dass zu scheitern die einzige Möglichkeit ist, nicht den Verstand zu verlieren. Allerdings hat sie recht, was Max angeht. Obwohl er mit einem silbernen Löffel im Mund geboren wurde, hat er mit reiner Willenskraft so einige Schwierigkeiten überwunden.

»Was ist eigentlich aus dieser Frau geworden? Die, die du zu Max' Grillparty mitgebracht hast?«

Sie war nicht du. »Das hat nicht funktioniert.«

»Na ja, nach mir liegt die Messlatte ja auch ziemlich hoch.«

»Das kannst du laut sagen.«

Sie lacht auf, leise und sanft. Vielleicht freut sie sich darüber, wie unbekümmert unser Gespräch ist. Verdammt, wir sprechen über Dates mit anderen Leuten! Auf jeden Fall mal ein Fortschritt. Solange wir es bei Small Talk belassen, tun wir einfach so, als könnte uns die Vergangenheit nichts anhaben.

Trotz des kühlen Novemberwetters sind ihre sensationellen Beine nackt, sodass durch das hochgerutschte Kleid nun viel zu viel bloße Haut enthüllt wird. Mein Penis wird hart bei der Vorstellung, wie ich mit der Hand diesen Schenkel hinaufstreiche, ihre Beine spreize und ihr dort, wo sie es immer am liebsten hatte, unendliche Lust verschaffe.

»Wie geht es Marie-Claire?« Nur ein Gespräch über ihre Mutter kann mich jetzt noch von meinen schmutzigen Gedanken abhalten.

»War es so offensichtlich, dass ich mit ihr telefoniere?«

Ich biege in die Fullerton Avenue ein. »Du straffst deine Schultern dann immer auf eine ganz bestimmte Art.«

»Ach, sie ist wieder mal ziemlich durch den Wind. Die Scheidung von meinem Vater macht ihr zu schaffen, gleichzeitig genießt sie das Drama aber auch. Mich nervt's! Und außerdem möchte sie eine Party für Libby schmeißen und macht mit den Vorbereitungen alle um sie herum verrückt.«

Aubreys Großmutter Libby wird am Samstag des Thanksgiving-Wochenendes neunzig. In zwei Wochen also.

»Den alten Vogel habe ich immer gern gemocht. Wie geht's ihr?«

»Sie hat sich vor einiger Zeit die Hüfte gebrochen. Das hat sie ganz schön ausgebremst.«

»Schwer vorstellbar, dass das bei ihr überhaupt möglich ist.«

»Sie weiß noch nichts – von uns.«

Meine Hände krampfen sich um das Lenkrad.

»Es ist gleich dahinten rechts«, sagt sie, als bräuchte ich zur Adresse meiner Ex-Frau eine Wegbeschreibung. Ich halte vor ihrem Wohnhaus, das vom Art déco inspiriert ist und bestens zu Aubreys glamouröser Abstammung passt.

»Aubrey ...«

Auf ihren Wangen erscheinen rote Flecken. »Na ja, sie hatte gesundheitliche Probleme und wir wollten sie nicht unnötig aufregen. Die Scheidung meiner Eltern ist für alle sehr aufreibend und du weißt ja, wie gern sie die Aufmerksamkeit auf sich ziehen. Ich wollte Libby letztes Thanksgiving persönlich von der Trennung erzählen, aber dann konnte ich nicht heimfahren, weil mein Kater eine Nieren-OP hatte. Diesmal muss ich es ihr aber wirklich erzählen.«

Die ganze Erklärung ist in einem Rutsch aus ihr herausgesprudelt.

»Es wundert mich, dass deine Mutter die Neuigkeiten nicht längst herausposaunt hat. Sie ist doch bestimmt überglücklich, dass wir nicht mehr zusammen sind.« Marie-Claire war immer der Meinung, ich sei ein totaler Nichtsnutz und ihrer Tochter in Anbetracht ihres Hintergrundes nicht im Geringsten würdig.

»Ich habe darauf bestanden, es ihr selbst zu erzählen. Aber jedes Mal, wenn wir telefonieren, fragt Libby nach dir und liegt mir damit in den Ohren, wie gern sie dich hat.« Als ich grinse, verdreht sie die Augen. »Da hab ich's einfach nicht über mich gebracht. Und jetzt muss ich mit dem Zug fahren, aber ...«

»Du kannst die Katze nicht auf eine solch lange Reise mitnehmen.«

»Weiß eigentlich jeder außer mir über die Katzenbeförderungsvorschriften der Bahn Bescheid?«

Es passt gar nicht zu Aubrey, so schlecht informiert zu sein. »Tja, auf jeden Fall wirst du wohl mit dem Auto fahren müssen.« Ich deute auf ihre Schlinge. »Wie ist das noch mal passiert?«

Sie ignoriert die Frage. »Ich schätze mal, du fährst für die Feiertage nach Hause?«

»Das ist der Plan, ja.«

Früher haben wir jedes Jahr abgewechselt. Mal Feuer, mal Eis sozusagen – und damit meine ich nicht bloß die unterschiedlichen Klimazonen. Wenn man die Feiertage bei den Lincolns verbringt, steht man nicht ständig unter Beschuss. Bei meiner Familie konnte sich auch Aubrey endlich entspannen.

»Gib die Katze doch einfach in Pflege und nimm den Zug.«

»Na klar«, sagt sie. Nicht, weil sie mir zustimmt, sondern

weil sie nicht länger darüber reden möchte. Das ist Aubreys Art, eine Diskussion zu beenden.

»Danke fürs Heimbringen.«

Sie steigt aus dem Auto und hinterlässt einen Hauch ihres Parfüms sowie einen Mann mit einer Erektion und einer Idee.

3. KAPITEL

Grant

»Es sollte an diesem Punkt nicht relevant sein, dass der Geschlechtsverkehr mit der Hilfe von Elektrowerkzeugen vollzogen wurde, Euer Ehren.«

Eines muss ich der Richterin Jamieson schon lassen: Sie zeigt sich kein bisschen überrascht über die jüngste Entwicklung meines Falls. Stattdessen wendet sie sich von der gegnerischen Anwältin ab, die gerade dieses ziemlich waghalsige Aussage getätigt hat, und bohrt ihren erbarmungslosen Blick in mich.

»Mr Lincoln, ich tendiere dazu, der Anwältin der Klägerin zuzustimmen. Für mich ist nicht ersichtlich, weshalb die Sexualpraktiken ihrer Klientin in diesem Fall eine Rolle spielen sollten.«

Ich bereite mich darauf vor, zu demonstrieren, weshalb dieser Fakt sehr wohl von Bedeutung ist. »Euer Ehren, die Frau meines Klienten hat sich selbst als Pollyanna…«

»Einspruch, das ist eine vorschriftswidrige Beschreibung«, unterbricht mich die gegnerische Anwältin.

»Als würde Butter nicht schmelzen…« Noch ehe sie erneut Einwand erheben kann, drücke ich es noch einmal anders aus. »Als eine Frau mit einem sehr konventionellen Geschmack bezüglich ihrer Sexualität wäre sie doch wohl die letzte Person, die ein Video von sich aufnehmen würde, in dem sie von einem Sexspielzeug penetriert wird, das an eine Kettensäge angeschlossen ist.« Ich wende mich direkt an die gegnerische Anwältin. »Dennoch hat sie sich dafür entschieden, *meinen* Klienten als Perversling darzustellen, weil er Affären mit mehreren Partnerinnen hatte, was wir bereits festgehalten haben. Mrs Dalton, oder vielleicht sollte ich ihren Künstlernamen verwenden, Shannon Hardwood, ist nicht die Frau, die sie vorgibt zu sein.«

Der gegnerischen Anwältin fallen beinahe die hübschen grauen Augen aus dem Kopf.

»Schön, dann hat sie eben ein Hobby. Haben Sie vielleicht ein Problem mit den Freizeitaktivitäten meiner Klientin? Oder sind Sie der Meinung, ihre sexuellen Präferenzen sollten noch schärfer verurteilt werden als die eines Mannes?«

»Oh, mit den Hobbys Ihrer Klientin habe ich keinerlei Probleme.«

Aubrey wendet sich an die Richterbank. »Daher möchte ich den Gerichtshof darum bitten, diese Videodatei nicht als Beweismaterial zuzulassen. Es handelt sich lediglich um das Zeugnis einer Frau, die …«

Alle lehnen sich nach vorn.

»… die nach der sexuellen Erfüllung sucht. Auf die eine jede Frau überall auf der Welt ein Recht hat.«

Ich schnaube. Richterin Jamieson funkelt mich eisig an.

»Entschuldigen Sie bitte, Euer Ehren. Ob eine Frau ein Recht auf sexuelle Erfüllung hat oder nicht, ist nicht gesetzlich festgelegt.«

Die Richterin räuspert sich. »In der Tat«, erwidert sie trocken. »Ms Gates' hochtrabende Behauptung in puncto Frauenrechte in diesem Gebiet sind ja schön und gut, aber dieses Thema fällt nicht in den Zuständigkeitsbereich des Gerichts. Wofür ich allerdings sehr wohl verantwortlich bin, ist die Relevanz dieses Videos und der Vorlieben von Mrs Dalton für den Verlauf des Prozesses. Wenn Sie jetzt lediglich das Sexual- oder Fehlverhalten der einen gegen das der anderen Partei aufrechnen wollen, wird das nicht funktionieren.«

Das Grinsen der gegnerischen Anwältin verwandelt sich in ein selbstzufriedenes Lächeln.

»Haben Sie zu der Sache mit dem Video noch etwas hinzuzufügen, Mr Lincoln?«, fragt die Richterin.

»Das habe ich tatsächlich, Euer Ehren. Wie ich bereits sagte: Ich habe nichts dagegen einzuwenden, dass Mrs Dalton aka Shannon Hardwood Aktivitäten ausübt, die ihr immense Befriedigung verschaffen.« Ich drehe den Kopf leicht in Richtung Aubrey. »Ich habe allerdings sehr wohl etwas dagegen, wenn eine Beklagte mit besagter sexueller Erfüllung Geld verdient und das in ihrem Finanzbericht keinerlei Erwähnung findet.«

Jetzt leuchten ihre Augen silberfarben auf. *Hab ich dich, Bean.*

Aber auch wenn ich sie am liebsten den ganzen Tag ansehen würde, vielleicht sogar gern darüber nachdächte, wie ich ihre Augen in flüssiges Quecksilber verwandeln, diesen kurvigen Körper zum Surren bringen und sie zum Wimmern und zum lustvollen Schreien animieren könnte, so ist jetzt wirklich nicht der richtige Zeitpunkt dafür.

Ich konzentriere mich wieder auf die Richterin, die es überhaupt nicht gutheißt, dass ich sie gerade aus dem Prozess ausschließe. Aber wenn Aubrey und ich im Gerichtssaal richtig heftig miteinander streiten, dann vergessen wir schon mal alles um uns herum.

»Euer Ehren, Mrs Dalton aka Shannon Hardwood hat ihr Einkommen durch ihr ›Hobby‹ leider nicht bei der Bundessteuerbehörde gemeldet.«

»Können Sie dieses Einkommen nachweisen?«

»Das kann ich, Euer Ehren. Zusammen mit der aktuellen Steuerrückzahlung – das Ehepaar ist gemeinsam veranlagt.« Ich reiche dem Justizangestellten Kopien des Reports meines Finanzsachverständigen. Eine bekommt Aubrey, eine die Richterin. »Wie Sie sehen können, hat Mrs Dalton aka Shannon Hard…«

»Wir kennen ihren Namen mittlerweile, Mr Lincoln«, unterbricht mich Aubrey und überfliegt den Bericht sichtlich genervt.

»Ms Hardwood hat im vergangenen Jahr mit ihrem Streamingkanal für Erwachsene an die achtzigtausend Dollar verdient. Ein Einkommen, das sie der Bundessteuerbehörde nicht gemeldet und auch im Rahmen der finanziellen Offenlegung, die während des Ermittlungsverfahrens erforderlich war, nicht aufgeführt hat.«

»Verlogene Dreckssschlampe!« Das war mein Klient.

»Schlappschwänziger Bastard!« Das war Aubreys Klientin.

Die Richterin hebt kurz den Blick von dem Bericht. »Wenn die Anwälte bitte ihre Klienten zügeln könnten?«

»Ja, Euer Ehren«, murmeln wir beide und besänftigen die ehemaligen Turteltäubchen.

Während wir darauf warten, dass die Richterin die Lektüre des Berichts beendet, linse ich zu Aubrey. Sie hält die Tischkante so fest umklammert, dass ihre Knöchel weiß hervortreten. Aubrey arbeitet für Kendall, eine der größeren Firmen in Chicago, der eine ganze Schar von Gerichtsmedizinern und wissenschaftlichen Mitarbeitern zur Verfügung steht. Aus irgendeinem Grund ist ihr diese wichtige Information über ihre Klientin entgangen – auch wenn ich zugeben muss, dass diese sich alle Mühe gegeben hat, sie auf einem Schwarzgeldkonto zu verstecken. Aber eben nicht gut genug für meinen Assistenten.

»Anwalt, bitte treten Sie vor.«

Ich schlendere nach vorn, während im selben Rhythmus wie mein Pulsschlag das Klacken von Aubreys Absätzen ertönt. Sie braucht sie, weil sie sonst wie eine Zwergin zu der Richterin aufschauen müsste. Ich bin fast versucht, ihr eine Räuberleiter anzubieten. Aber dann würde sie mir wahrscheinlich einen dieser spitzen Absätze in meinen Fuß rammen.

»Es sieht nicht gut für die Unterhaltsforderung Ihrer Klientin aus, Ms Gates«, sinniert die Richterin Jamieson. »Die neue Sachlage wird auch Auswirkungen auf die Aufteilung des Vermögens haben.«

»Euer Ehren, wir hätten gern Zeit, den Bericht genauer zu untersuchen und unsere eigenen Nachforschungen anzustellen.«

»Leugnet Ihre Klientin denn, Einkommen unterschlagen zu haben?«

»Nein, Euer Ehren, aber wir hätten gern Zugang…«

Ich schweige, während die Richterin und Aubrey darüber diskutieren, ob der Fall hiermit erledigt oder ob die neue Information höchstens eine leichte Unebenheit auf der Straße ist. Ich liebe es, Bean beim Streiten zuzuhören. Selbst jetzt, wo sie mit dem Rücken zur Wand steht, ihre Klientin sozusagen die Hosen runterlassen musste und ihr Fall in Scherben liegt, ist ihr Talent schlicht atemberaubend. Ich fühle mich fast schlecht, dass Bean sich jetzt in dieser Position befindet. Aber nicht schlecht genug, um ihr gegenüber nachsichtig zu sein.

Ihr Duft erfüllt meine Lunge. Natürlich beginnt mein Schwanz augenblicklich zu zucken und mein Herz schlägt schneller. Eigentlich sieht sie aus wie ihr übliches, wohlgeordnetes Selbst – die gepflegte Frisur, ihr perfekter roter Schmollmund, der dunkelblaue Nadelstreifenanzug, der ihre Geheimwaffe ist –, aber ihre Augenringe sind mir nicht entgangen. Sie hat nicht gut geschlafen. Sie hatte schon immer Schlafprobleme und meine Finger, mein Mund und mein Schwanz waren die Kur dafür.

Aber ich kann ihr jetzt nicht helfen.

Wir schlafen nicht mehr im selben Bett, leben nicht mehr im selben Haus. Irgendwie sind unsere perfekten Leben auseinandergefallen und ich sehe sie nur noch dann, wenn sie die Ex-Frau eines meiner Klienten vertritt. Oder bei merkwürdigen Begegnungen wie auf Max' Hochzeit am letzten Wochenende.

Für diese Tage lebe ich.

Versteht mich nicht falsch. Es tut weh, in der Nähe meiner Ex-Frau zu sein. Es tut weh, zu wissen, dass sie in meiner Welt noch existiert, aber nur in der Peripherie. Dennoch ist es noch schlimmer, sie gar nicht mehr zu sehen.

Ich blicke auf und merke, dass die Richterin mit mir spricht. »Mr Lincoln?«

»Ja, Euer Ehren?«

»Klären Sie das außerhalb des Gerichtshofs?«

Mein Herz verhärtet sich und das Pflichtgefühl meinem Klienten gegenüber macht sich bemerkbar. »Mein Klient würde es vorziehen, wenn wir die Angelegenheit jetzt abschließen könnten. Mrs Dalton aka Shannon Hardwood hat eindeutig versucht, meinen Klienten und das Gericht in die Irre zu führen, indem sie einen substanziellen Teil ihres Einkommens verschwiegen hat. Von daher sollte die Unterhaltsforderung abgelehnt werden.«

»Ich neige dazu, Ihnen zuzustimmen, Mr Lincoln. Aber

dass Sie das Video heute direkt vor Gericht präsentiert haben, ohne es der gegnerischen Anwältin vorher zur Verfügung zu stellen, ist eine Spur zu protzig für meinen Geschmack. Ich mag diese Art von Nervenkitzel zwar, aber nicht auf Kosten des Prozesses. Ich vertage, um Ihnen beiden die Chance zu geben, die Sache zur Zufriedenheit aller zu klären.« Sie scheucht uns beide davon.

»Glück gehabt«, murmele ich, sodass nur Aubrey mich hören kann.

»Idiot!«

Ich grinse mit zusammengebissenen Zähnen. »Sie bekommt keinen Cent, Aubrey, aber wir gestehen euch eine hübsche kleine Dreingabe zu, um die Übereinkunft zu versüßen.«

Sie bleibt an dem Tisch stehen, über den sie mich gerade noch ziehen wollte, die Hand auf die Hüfte gestemmt, die Augen silbern funkelnd. Ihre Brüste heben und senken sich, ein Zeichen dafür, dass sie wütend ist – und angeturnt. Als wir früher vor Gericht miteinander gezankt haben, war der Sex danach wahnsinnig gut. Manchmal haben wir es nicht einmal aus dem Gerichtsgebäude geschafft. Die Waschbecken auf der Damentoilette haben die perfekte Höhe, und Aubreys Höschen hat so wunderbar an meinem Penis gerieben, als ich in sie eingedrungen bin. Das ist mein absoluter Lieblingsort.

»Was bietest du uns an?«, fragt sie mich ein wenig atemlos.

Ich lehne mich nach vorn und streife mit meinen Lippen über ihr Ohr. Sie erschauert und ich stelle mir vor, dass sie die Lippen zusammenpressen muss, um nicht aufzustöhnen.

Ich weiß, dass das nur Wishful Thinking ist. Aubrey sieht mich nicht so. Nicht mehr.

»Sie kann die Werkzeuge behalten.«

Aubrey

Sie kann die Werkzeuge behalten. Soll das ein Witz sein?

Bei jedem anderen hätte ich kurz gekichert und scherzhaft mit dem Zeigefinger gedroht, aber nicht bei Grant. Ich kann nicht fassen, dass wir beim Hintergrundcheck gepatzt haben – wir, damit meine ich Kendall. Die angeblich erstklassige Kanzlei, für die ich arbeite. Es werden Köpfe rollen …

Kendall belegt zwei Stockwerke eines Hochhauses in der Chicagoer City, hat knapp hundert Angestellte und einen fantastischen Ruf.

Grants Kanzlei, die er gemeinsam mit seinen Partnern Max und Lucas betreibt, liegt zwölf Stockwerke darüber im selben Gebäude. Es ist ein kleiner, persönlicher Betrieb, der sich nur um Belange im Bereich des Familienrechts kümmert, hauptsächlich um Scheidung. Kendall erinnert mehr an die Kanzlei in dem Film *L. A. Law* und hat überall seine Finger mit im Spiel. Und ich bin der Arnie Becker der Einrichtung, weil ich die Familienrechts-Abteilung leite. Außerdem bin ich die jüngste Mitarbeiterin.

Nicht, dass das meine Mutter interessieren würde.

Mit dreißig sollte ich mich eigentlich nicht mehr verzweifelt nach der Anerkennung meiner Mutter sehnen. Während sie einigermaßen zufrieden mit meiner Tätigkeit als Anwältin ist, verabscheut sie meine Spezialisierung aufs Familienrecht. Scheinbar haftet diesem Gebiet in ihren Augen etwas

Unschickliches an – besonders Scheidungen. Im Zuge dieser Prozesse müssen Leute nämlich ihre schmutzigen Geheimnisse lüften und das hat die Familie Gates gar nicht gern. Meiner Mutter wäre es lieber, wenn ich mich auf Unternehmenseinheiten konzentrieren würde. (Ich könnte ihr erzählen, dass der Supreme Court beschlossen hat, dass Unternehmen auch Menschen sind, aber das würde sie als reine Besserwisserei abtun.)

Als ich den Aufzug des Gerichts betrete, bemühe ich mich darum, nicht an das Telefongespräch zu denken – wobei ›Gespräch‹ es nicht ganz trifft, es war eher ein Monolog –, das ich mit meiner Mutter nach Max' Hochzeit geführt habe. Aber es ist schwer, diese kultivierte Stimme zu ignorieren, die mir immer wie ein Teufelchen auf meiner Schulter vorkommt.

»Mason wird auf der Party sein, Aubrey. Er hat gerade ein Haus auf Cape Cod gekauft.«

»Und du erzählst mir das, weil …«

»Er ist wieder Single.« Meine Mutter senkte ihre Stimme. »Und auf der Suche.«

Soll er von mir aus doch einfach an sich hinuntergucken und seinen dünnen Penis bewundern!

»Eigentlich bin ich noch nicht wieder auf Beutezug.«

»Es würde unvermeidbare Fragen zu dem … Fehler, den du gemacht hast, als du jemanden … wie Grant geheiratet hast … ein wenig abmildern, chérie.*«*

Muss sie immer auf meinem Ex herumhacken? Ich unterdrücke ein Knurren. »Ich habe nie von dir verlangt, das mit unserer Scheidung für dich zu behalten wie ein schmutziges Geheimnis. Erzähl nur bitte Libby nichts davon, ehe ich nicht selbst mit ihr sprechen konnte. Aber die verlässt ihren Turm ja sowieso nie.« Meine Großmutter war quasi eine Einsiedlerin. »Und keine Kuppelaktionen bitte. Ich komme wegen Gran nach Hause.«

Es fällt mir immer noch schwer zu glauben, dass meine Mutter es geschafft hat, meine Scheidung vor ihren moralinsauren Bostoner Freunden geheim zu halten. Ich stehe kurz davor, große Schande über meine Familie zu bringen - noch größere als bisher. Ich war schon immer das schmutzige Geheimnis der Gates'. Bin gesegnet mit ihrem Namen, auch wenn ich ihn gar nicht richtig verdient habe.

Anstatt mir zu viel den Kopf über dieses Thema zu zerbrechen, denke ich doch lieber über Grant nach. Am Wochenende ist er nämlich zum ersten Mal seit Ewigkeiten wieder in meinen Fantasien aufgetaucht.

Es mag keine große Überraschung sein, aber es ist lang her, seit ich mich zuletzt wie ein sexuelles Wesen gefühlt habe. Ich hatte einfach zu viele schlechte Erinnerungen. Und die einzige Person, die ich mir dabei vorstellen wollte, war keine gute Idee. An die durfte ich nicht denken. Aber jetzt, da ich diese starken Hände auf dem Lenkrad gesehen und seine samtige Stimme gehört habe, einfach nur in seiner Nähe gewesen bin, da wurde die Büchse der Pandora wieder geöffnet. Dabei hatte ich die so lange fest verschlossen gehalten!

»Miss Gates.«

Mist, jetzt taucht der Kerl tatsächlich auf und zerstört meine perfekte Fantasie. Er sieht aus wie Tom Ford in *Der Terminator*. Ehe er mich kennengelernt hat, war er nicht so gut gekleidet. Er konnte nicht einmal mit Stäbchen essen!

»Mr Lincoln.«

»Oh, halten Sie bitte die Tür auf!« Kurz bevor sie sich schließt, schlüpft noch meine Kollegin Serena Gleason in den Aufzug, die ebenfalls bei Kendall arbeitet. Sie grinst uns an.

»Aubrey, ich habe gehört, du wurdest total zerstört von - Grant! Habe dich gar nicht gesehen!« Das kann eigentlich nicht sein. Der Mann ist so unübersehbar wie ein Mammutbaum.

»Serena, wie läuft's?« Grants Samtstimme erfüllt den gesamten Fahrstuhl, als er sich zu ihr lehnt, um sie auf die Wange zu küssen. »Jemand hat mir gesteckt, dass dir heute ein echter Glückspilz einen Antrag gemacht hat. Glückwunsch.«

Serena hält ihre Hand in die Luft, an der ein planetengroßer Klunker prangt. Sie heiratet ihren attraktiven Personaltrainer. »Danke. Ja, er hat wirklich einen Riesendusel gehabt!«

Seufzend starrt sie auf ihren Ring und sieht mich dann stirnrunzelnd an. »Was ist mit deinem Arm passiert?«

»Nichts.«

»So sieht das aber nicht aus.«

»Sie rückt nicht raus mit der Sprache«, springt Grant ein. »Vielleicht hatte sie ein Testspiel bei den Hawks?«

Ich verdrehe die Augen so heftig wie möglich.

»Oh, da steckt offenbar eine spannende Geschichte dahinter.« Serena kneift misstrauisch ihre Augen zusammen. Ich werde definitiv zum Tratschthema Nummer eins werden, werde Besuch von den Seniorchefs und bis siebzehn Uhr hoffentlich ein paar Cupcakes kredenzt bekommen haben.

Der Aufzug erreicht die Lobby – endlich. Wir treten hinaus und stehen unbeholfen herum, als müssten wir den nächsten Schritt besprechen. *Sushi oder Italienisch, Leute?*

Serena sieht zwischen uns hin und her. »Soll ich Schiedsrichterin spielen? Oder vielleicht etwas anderes?«

Ich gebiete diesem Quatsch sofort Einhalt. »Ich gehe mit dir zurück ins Büro, Rena.«

»Hast du vielleicht eine Minute, Bean?«

Jetzt kommt er mir schon wieder mit *Bean*! Ich kann das nicht. Nicht jetzt.

Serena formt mit ihren Lippen das Wort *Bean*. Musste das sein?!

»Nein, ich muss zurück«, sage ich mit zuckersüßer Stimme. »Ich will noch die Finanzen einer Klientin überprüfen, du erinnerst dich?«

»Ich habe über dein Dilemma nachgedacht«, erklärt Grant mit dieser lächerlich trägen, sexy Stimme.

»Mein Dilemma?«

»Thanksgiving. Die Reise mit deinem Haustier in die Höhle des Löwen.«

Ich sehe ihn streng an. *Nicht hier!*, will ich ihm damit sagen, aber Serena ist natürlich bereits hellhörig geworden. »Die Höhle des Löwen? Das klingt ja spannend!«

Grant wirkt amüsiert. »Ich schätze mal, es ist dir lieber, wenn wir das unter vier Augen besprechen.«

»Was gibt es da zu besprechen? Vielleicht, wie du versucht hast, eine Offenlegung vor Gericht zu umgehen wie ein blutiger Anfänger?«

»Nein. Ich will darüber reden, dass ich dich zu Thanksgiving nach Boston fahre, damit du vor deiner Großmutter so tun kannst, als wären wir noch verheiratet.«

Ich schnappe nach Luft, was eine Verkettung unglücklicher Ereignisse auslöst. Leicht panisch bewege ich mich näher auf Grant zu, anstatt auf Abstand zu gehen. Ich inhaliere seinen Duft, von dem mir ganz schwindelig wird, und taumele dann wieder zurück. Bestimmt sehe ich völlig trottelig aus und das fällt Serena definitiv auf. Sie macht ganz große Augen.

»Rena, ich melde mich dann später.«

»Jepp, meine Liebe, mach das.« Serena trottet davon, um den Klatsch unter die Leute zu bringen. Ich durchbohre Grant mit meinen Blicken.

»Toll gemacht, du Idiot!«

»Kein Thema. Lass uns mal im Foodcourt Kaffee holen. Es dauert sicher nicht lang, die Details zu klären.«

Welche Details? Das kommt ja gar nicht infrage! Dennoch wende ich mich wie in Trance dem Aufzug zu.

Ich weiß, dass er meinen Hintern mit seinen mitternachtsblauen Augen mustert. Da ich nicht viel größer bin als ein Meter fünfundsechzig, brauche ich hohe Absätze, um Angst und Neid zu erzeugen. Aber ich habe auch eine sehr wohlproportionierte Rückansicht, die in Bleistiftröcken besonders gut zur Geltung kommt. Und Grant hatte schon immer eine Vorliebe für Pos.

So wie letztens meine lange vor sich hin schlummernde Sexualität wieder erwacht ist, so gibt es mir jetzt Kraft, mit wiegenden Hüften vor Grant herzulaufen. Es mag lächerlich sein, dass der Blick eines Mannes dieses Gefühl in mir auslöst, aber ich kann nichts dagegen tun.

Mit einem Kaffee in der Hand (den ich selbst bezahlt habe, vielen Dank auch), nehme ich im Foodcourt Platz und warte darauf, dass Grant sich mir gegenüber hinsetzt.

Natürlich muss der ewige Revoluzzer den Stuhl herumreißen und an die Seite des Tischs stellen, damit er im Sitzen seine langen Beine ausstrecken kann. Fast so, als präsentiere er ... *oh*. Ich kann sie erkennen, diese harte, nach links gerichtete und äußerst mächtige Krümmung. Selbst im Ruhezustand ist sie beeindruckend.

Mir läuft das Wasser im Mund zusammen. Als ich aufblicke, merke ich, dass er mich dabei beobachtet, wie ich ihn auschecke. Was ist bloß los mit mir?

»Außergewöhnlicher Küchenunfall?«, fragt er.

»Wie bitte?«

»Deine Verletzung.«

Ich schenke ihm ein zuckersüßes Lächeln, um ihm klarzumachen, dass er kein Wort darüber aus mir herauskriegen wird. »Du hast gesagt ...«

»Genau, dass ich dich zurück in den Osten bringe. Ist doch keine dumme Idee, oder? Mit dieser Schlinge kannst du nicht fahren. Du müsstest also entweder fliegen, was du nicht tun wirst, oder mit dem Zug fahren, was nicht geht. Nicht, wenn du dein Fellknäuel mitnehmen willst. Ich weiß auch, dass du ihn nicht in Pflege geben wirst, weil du den Gedanken nicht erträgst, ihn zurückzulassen. Besonders jetzt, da er alt wird und krank ist. Ich weiß außerdem, dass du Libby irgendwann von der Scheidung erzählen musst. Sie würde besser auf die Nachricht reagieren, wenn wir sie ihr gemeinsam mitteilen. Wenn sie denkt, dass zwischen uns beiden alles okay ist.«

Er denkt tatsächlich, dass dem so ist? »Stimmt das denn? Ist zwischen uns beiden alles in Ordnung?«

»Ich denke, wir kommen der Sache näher. Das erste Jahr ist das härteste. Aber wir schaffen es schon seit mehreren Monaten, bei gesellschaftlichen Anlässen und sogar in Aufzügen friedlich miteinander zu koexistieren.«

Stimmt schon, es wird besser. Aber ich weiß nicht, wie ich das finden soll. »Was ist denn mit deinen eigenen Plänen für die Feiertage?«

»Ich kann meine Mutter und meine Schwester an dem Wochenende nach Libbys Geburtstagsfeier besuchen. Und wir könnten es deiner Grandma einen Tag später erzählen, um ihr die Stimmung nicht zu verderben.«

Meine Mutter würde sicher durchdrehen, wenn ich mit meinem Ex-Mann auftauchen würde. Andererseits könnte sie dann nicht versuchen, mich zu verkuppeln.

Aber ... es ist Grant!

Ich kann kaum atmen. »Das würdest du machen? Warum?«

Er richtet sich auf dem Stuhl auf, stützt die Ellbogen auf seine Knie und legt den Kopf schief. »Wissen sie denn ... alles?«

»Alles?«

»Warum wir uns getrennt haben?«

Mein Herz wird ganz schwer. Gerade als ich dachte, ich hielte es aus, dieselbe Luft zu atmen wie er, geht es mir wie damals, als sein Anblick nichts anderes bedeutete als eine Niederlage.

»Nein. Habe ihnen nur etwas von den guten, alten, unüberwindbaren Differenzen erzählt. Die Masche funktioniert immer.«

Eine Weile starren wir uns an, versunken in den alten Erinnerungen, dem Schmerz.

»Und es wäre mir auch lieber, wenn sie die Einzelheiten nicht erführen«, füge ich hinzu. »Das ist meine - unsere Angelegenheit.«

Er nickt und ich weiß, dass ich mich auf ihn verlassen kann. Grant war immer emotionaler als ich, dennoch vermute ich stark, dass er nie ein Wort über die Geschichte verloren hat, nicht einmal Max gegenüber, der bestimmt etwas gesagt hätte. Das ist unsere ganz eigene, private Hölle.

Grant steht auf und einen Moment lang denke ich, dass er mich in den Arm nehmen will. Unwillkürlich schlägt mein Herz schneller - weswegen es sofort sinkt, als er doch auf Distanz bleibt.

»Wenn wir uns die Fahrt aufteilen, könnten wir sie in zwei Tagen schaffen. Wenn ich allein fahre, wären drei Tage besser.«

»Ich habe noch nicht Ja gesagt.«

»Aber auch nicht Nein.«

Darauf habe ich keine Antwort. Wahrscheinlich, weil die Vorstellung mich mehr reizt als schmerzt.

»Denk drüber nach, Bean.« Mit diesen Worten geht er und gibt den Blick auf seinen herrlichen, von Nadelstreifen bedeckten Hintern frei. Hey, das ist doch nur fair, oder?

4. KAPITEL
Aubrey

»Zwei Jahre später sollte er deswegen nicht mehr sauer sein, oder?« Ich linse zu meinem Kater, der sich auf dem Sofa zusammengerollt hat und sich gerade kein bisschen seltsam benimmt. Typisch. »Sobald mein Ex ausgezogen ist, wirkte er eine Zeit lang so, als ginge es ihm gut. Als wäre er weniger gestresst. Und jetzt ist er wieder zu seinen alten Gewohnheiten übergegangen.«

»Er frisst wieder Klamotten?«

»Er zerstört sie.«

»Pinkelt in Schuhe?«

»Immer in die teuersten. Irgendwie erkennt er sie.«

Die sogenannte Tierverhaltensberaterin macht eine Notiz in ihr Buch, dann legt sie es in ihren Schoß. »Das Pica-Syndrom, womit das Essen von nicht essbaren Gegenständen bezeichnet wird, ist unter gestressten Tieren und Kindern sehr verbreitet.«

Das weiß ich. Ich habe jedes Buch gelesen, das es zu diesem Thema gibt. Genug, um ebenfalls einen Abschluss in Tierpsychologie zu machen, so wie die Frau vor mir.

»Er hat es besonders auf BHs abgesehen. Die zerfetzt er richtig.«

Die Tierpsychologin nickt nachdenklich und notiert erneut etwas. »Es ist interessant, dass seine Zielobjekte alle für die Weiblichkeit stehen.« Sie verrät mir allerdings nicht, was genau daran interessant ist.

Ist mein Kater ein Frauenfeind?

»Er ist nicht gut mit meinem Ex ausgekommen«, erkläre ich zu meiner Verteidigung, vielleicht auch zu seiner. »Hat immer gefaucht, wenn er in der Nähe war, aber jetzt ...«

»Jetzt hat er sich zwanghafte Verhaltensweisen angewöhnt.« Sie sagt das so, als wäre das viel schlimmer als das Fauchen. Was ja auch stimmt, wenn man sich den Zustand meiner Garderobe einmal ansieht. Sie guckt von ihrem Notizbuch auf. »Verlief Ihre Scheidung freundschaftlich?«

»Ich bin Scheidungsanwältin, mein Ex hat denselben Beruf. Auch wenn dieses Wort in Zusammenhang mit Scheidung regelrecht inflationär verwendet wird, ist es in den seltensten Fällen zutreffend. Leute, die ihre Scheidung als ›freundschaftlich‹ bezeichnen, machen sich in Wahrheit meistens etwas vor.«

Sie lächelt kurz. »Ihr Ex und Sie sprechen also nicht miteinander?«

»Wir haben eine Weile lang damit aufgehört, aber in letzter Zeit waren wir etwas ... gesprächiger.« Nichts davon scheint mir relevant für die Verhaltensstörung meines Katers zu sein, aber dennoch ist es befreiend, mit einer neutralen Person darüber zu sprechen. »Grant - mein Ex - ist so ein lieber Kerl, ganz anders als ich.« Ich schüttele den Kopf und schäme mich fast ein wenig für dieses Geständnis. »Es ist erstaunlich, dass es zwischen uns so lange funktioniert hat.«

Drei Jahre Jurastudium, ein Jahr Fernbeziehung und dann mehr als drei Jahre Ehe. Grant, der so zurückhaltend und gleichzeitig so geduldig und großherzig ist, hat all die geheimen Pfade in mein Herz erkundet. Hat sich so bemüht, meine Schutzmauer einzureißen. Aber am Ende war es eben selbst für einen großzügigen Mann wie Grant zu viel.

»Treffen Sie sich denn momentan mit einem Mann?«

»Nein.«

»Eine solche Veränderung wäre nämlich gut für den Cat Damon.« Sie krümmt sich ein wenig, ganz offensichtlich findet sie die Namenswahl nicht sehr gelungen. »Auch wenn Sie sagen, dass der Kater sich nicht gut mit Ihrem Ex verstanden hat, so vermisst er offenbar den Anblick von Ihnen beiden zusammen. Diese geschlossene Einheit war tröstlich für ihn. Jetzt, da Sie allein sind, nimmt er Ihr Stresslevel deutlich wahr und spielt deswegen verrückt.«

»Es stresst mich aber nicht, allein zu sein.« Diese altmodische Annahme, dass nur Pärchen glücklich sind, ist noch lästiger als mein Singledasein selbst.

»Vielleicht bewerte ich es über. Aber irgendetwas scheint er an Ihnen wahrzunehmen.«

»Ich soll also mit jemandem vögeln, um meinen Kater zu heilen?«

Sie verzieht ein wenig gequält das Gesicht. Ich dachte, die zweihundert Dollar Stundenlohn würden ein bisschen Vertraulichkeit erlauben. Da habe ich mich wohl getäuscht.

»Ich denke, wenn Sie glücklich sind, ist auch der Kater ... *glücklicher*.«

Okay. Meine Mission ist klar. Ich soll vögeln, um meinen Kater zu retten.

»Also, erzähl mir von den Malediven. War sicher toll, oder?«

Charlie grinst. »Ich habe nicht viel davon gesehen. Die meiste Zeit haben wir in der Strandhütte unsere Flitterwochen genossen.« Sie nimmt einen Schluck von dem Happy-

Hour-Sangria, den wir im Café Ba-Ba-Reeba schlürfen, einer Tapasbar in Lincoln Park. »Ich würde sowieso viel lieber mehr über den Roadtrip erfahren, den du mit deinem Ex unternimmst.«

»Es ist nun wirklich kein Roadtrip!« Na ja, es ist der Inbegriff eines Roadtrips. Mehr Roadtrip geht eigentlich nicht. »Stell es dir eher als eine besonders effiziente Reise von A nach B vor. Glaub mir, wenn ich selbst fahren könnte, würde ich Grant da nicht involvieren.«

Ich bin immer noch völlig verdattert, dass Grant mir dieses Angebot gemacht hat. Und dass ich nicht sofort abgelehnt habe! Sollte er mich nach all den Jahren denn nicht hassen? Wir zanken wie verrückt vor Gericht, attackieren einander, wann immer wir uns bei sozialen Anlässen begegnen, und funkeln uns regelmäßig in überfüllten Aufzügen an. Trotz alldem spüre ich immer noch Grants Mitleid mit der armen Aubrey, die es nicht einmal schafft, ihrer liebsten Verwandten schlechte Neuigkeiten zu überbringen.

»Du willst immer noch nicht verraten, was du mit deinem Arm angestellt hast?«, erkundigt sich Trinity.

»Es spielt keine Rolle«, sage ich eilig, um meine Scham darüber zu verbergen, wie es passiert ist. »Und es ist auch nicht wichtig, dass Grant das macht.«

Den beiden fallen beinahe die Augen aus dem Kopf. Dann bricht Charlie das ungläubige Schweigen. »Nicht wichtig? Er hat sich bereit erklärt, drei Tage mit ...«

»Zwei.«

»... mit seiner Ex-Frau in einem geschlossenen Raum zu verbringen. Worüber werdet ihr reden?«

»Ich werde an meinem Laptop arbeiten. Er ist quasi mein Chauffeur.«

»Vielleicht will er noch einen Versuch starten«, meint

Trinity. »Gibt es denn da irgendetwas, das es wert ist, gerettet zu werden?«

Beide scheinen vor Neugier fast zu platzen und würden garantiert liebend gern nach dem *Warum* fragen. Ich muss sie dringend ablenken!

»Ich bin bereit, mich wieder mit Männern zu verabreden.«

»Oh, das ist aber sehr interessant«, gurrt Trinity. »Ist auch ein echt interessantes Timing.«

»Ja?«

»Na ja, du machst diesen Roadtrip und denkst wahrscheinlich, dass du nicht in Versuchung kommen wirst, wenn du anderweitig vergeben bist.«

»Das ist doch lächerlich!« Und trifft den Nagel auf den Kopf.

Charlie lacht wissend.

»Oh, halt schon die Klappe, du selbstgefällige verheiratete Person! Also, in letzter Zeit bin ich ziemlich ...« - sie lehnen sich nach vorn - »... *horny*«, fauche ich. »Okay, ich bin verdammt *horny*. Ist ja auch schon eine Weile her, dass ich etwas anderes tun wollte, als nur zu schlafen und zu arbeiten oder einfach nur so herumzugammeln. Und jetzt habe ich eben Frühlingsgefühle, nehme ich an. Meine Katzenpsychologin denkt, es wäre gut für Cat Damon, wenn er mich mit einem anderen Mann sehen würde.«

Trinity presst die Lippen aufeinander. »Deine was?«

»Meine Katzenpsychologin. Offiziell nennt sie sich Tierverhaltensberaterin. Cat Damon benimmt sich in letzter Zeit viel wilder als sonst und sie denkt, es könnte daran liegen, dass er ihn vermisst ... na ja, du weißt schon.«

»Grant? Das konnte diese Katzenpsychologin feststellen?«

Ich seufze. »Sie hört zu, ohne zu urteilen.«

Charlie sieht mich an, als ginge ihr gerade ein Licht auf. »Und auf diese Weise wirst indirekt du therapiert?!«

»Ja! Das ist auch viel billiger.«

»Und dadurch trägst du keinerlei Verantwortung und musst auch keine Fortschritte machen, weil ja angeblich deine Katze therapiert wird«, fügt Charlie hinzu.

Angeblich. Was für ein Chaos: Ich lasse mich tatsächlich heimlich von der Katzenpsychologin therapieren. »Und ihr Fazit ist eben, dass ich mich nach einem Lover umsehen soll – natürlich nur, um dem Kater zu helfen.«

Trinity hebt ihr Glas. »Auf die Lover dieser Erde, besonders die, die von Katzenpsychologinnen verschrieben werden.«

Darauf trinke auch ich, ehe ich zum nächsten Geständnis übergehe. »Ich träume von Grant.«

Charlie zuckt mit den Achseln. »Das ist doch nicht ungewöhnlich, oder? Du hast ihn auf der Hochzeit gesehen.«

Trinity schaltet schneller. »Du meinst Sexträume?«

»Ähm, kannst du vielleicht noch etwas lauter sprechen? Die Leute am anderen Ende des Restaurants haben dich noch nicht gehört.«

»Deshalb willst du wieder mit dem Daten beginnen!«, sagt Charlie. »Weil du heiß auf deinen Ex bist, du *horny* Teufelchen!«

Ich seufze. »Es ist nur die Vertrautheit, ehrlich. Ich weiß eben, wie dieser Körper aussieht, wie dieser Schwanz sich anfühlt, wie gut die verdammten Orgasmen waren. Der Sex war nie das Problem.«

»Was denn dann?« Charlie wirft Trinity einen schnellen Blick zu. »Ihr wart ... drei Jahre verheiratet, oder? Und noch länger ein Paar. Hat er es verbockt?«

Alle gehen davon aus, dass Grant mich betrogen hat. Vielleicht halten sie sich auch an diese Version, um sich oder mich nicht fragen zu müssen, ob *ich* vielleicht fremdgegangen bin. Irgendwie herrscht noch keine richtige Gleichberechtigung, wenn es um das Scheitern einer Ehe geht. Die Leute vermuten immer, dass der Kerl die Finger nicht bei sich behalten konnte.

»Nein, hat er nicht. Unsere Beziehung hatte den Punkt erreicht, an dem unser Zusammensein schmerzhafter war als eine Trennung.«

Beide greifen gleichzeitig nach meiner Hand. Auch wenn sie Mitleid mit mir haben, können sie mich beide nicht so richtig verstehen. Sie sind nun mal unsterblich verliebt und nichts kann das trüben. Sollte es auch nicht. Ich freue mich für meine Freundinnen und wünsche ihnen, dass alles gut geht.

Auch ich bin bereit dazu, wieder nach vorn zu schauen. Vielleicht kann ich während des Roadtrips mit ein paar alten Dämonen meinen Frieden machen. Und wenn das Wissen um meinen Ex-Mann auf der anderen Seite der Hotelwand mir ein, zwei Orgasmen beschert, dann betrachte ich das einfach als verfrühtes Feiertagsgeschenk.

5. KAPITEL

Aubrey

Was packt eine Frau für einen Roadtrip zu ihrer dysfunktionalen Familie und ihrer verrückten Großmutter ein, wenn ihre Beifahrer ein unberechenbarer Kater und ihr Ex-Mann sind, der eigentlich vor ihr davonlaufen sollte, so schnell er nur kann?

Auf dem Bett breite ich folgende Dinge aus:

- Limette-Chili-Mandeln
- Schokoladen-Marshmallow-Pudding zum Aufwärmen
- Kekse (aus Linsen, Euer Ehren, sodass sie eine Spur gesünder sind)

Jetzt, da ich meine Süßigkeiten beisammen habe, denke ich über die Klamottenfrage nach. Nichts, was zu sexy ist, denn was soll das bringen? So anziehend ich Grant auch noch finden mag – und wie unfair ist das, bitte? –, so wenig will ich uns in Versuchung bringen.

Ich sehe Cat Damon streng an, der gerade lüstern meine Slingpumps von Fendi anstarrt.

»Denk nicht mal dran! Die Schuhe waren um achtzig Prozent reduziert, was sie für mich umso kostbarer macht.« Ein feines Schnäppchen ist doch eine herzerwärmende Sache!

Mein Kater öffnet das Maul. »Arrrrgh.«

Er klingt wie ein Pirat, Bean. Ein mürrischer, papageienverschlingender Pirat.

Ich ziehe meinen Koffer in Handgepäcksgröße aus dem Schrank, und schon überfällt mich die nächste Erinnerung. Als ich den Koffer das letzte Mal benutzt habe – das ist jetzt fast zwei Jahre her –, war er nicht leer ...

Wie die Heldin eines Horrorfilms, die ganz langsam auf den dunklen, feuchten Keller zuschleicht, öffne ich den Koffer mit zitternden Fingern. *Beruhige dich, Aubrey! Es ist nur ein Koffer.*

Nichts. Der Koffer ist genauso leer wie mein Herz und symbolisiert perfekt das Potenzial dieser Reise. Letztes Mal hat sein Inhalt etwas ganz anderes verkörpert. Ein ausgelöschtes Leben, eng miteinander verwobene Schicksale.

Damals stand Weihnachten vor der Tür, und ich war gerade mit Einkaufstüten beladen nach Hause gekommen. Sie waren voll mit Geschenken, die ich noch einpacken und an meine Familie schicken musste, und zwar per Expresssendung, weil ich es zu lange aufgeschoben hatte. Und weil Grant und ich am nächsten Morgen zusammen nach Helen, Georgia fahren wollten, um die Feiertage mit seiner Familie zu verbringen.

Es gab so viel zu tun! All das Verpacken und Verzieren und dann noch das Erstellen einer Playlist für die Fahrt, jede Menge fröhlicher Weihnachtslieder. Die sollten helfen, die ehemals heimelige, jetzt aber unangenehme Stille zu überdecken. (Grant hat immer gern so getan, als würde er Weihnachtslieder hassen. Aber sobald Mariah Carey ihm ins Ohr trällerte, gab es für ihn kein Halten mehr.)

Wir haben einfach noch einen Monat gebraucht, um die Klippen zu umschiffen und wieder festen Boden unter den Füßen zu bekommen. Es gab vielleicht noch ein, zwei Schlaglöcher, aber die würden wir geschickt umfahren, sobald die Feiertage überstanden waren.

Damals erhaschte ich einen Blick auf mich im Flurspiegel, sah meine schlanke Gestalt in dem umwerfenden Kostüm von Badgley Mischka. Ich legte meine Hand auf meinen Bauch, der so flach und fest war, als wäre es nie passiert. Ich hatte mich rasch erholt, fast so, als hätte mir mein Körper befohlen, schnell über die Sache hinwegzukommen.

Und das würde ich. Ich schüttelte entschlossen den Kopf, öffnete den Kleiderschrank, zog einen der kleinen Koffer hervor und öffnete ihn. Darin lagen ein paar Einkaufstüten, und ich schaute neugierig in eine davon hinein. Nur um sofort nach Luft zu schnappen.

Ich holte ein Paar süßer kleiner Schuhe mit Satinschleifen hervor und staunte darüber, wie weich sie waren. Und die Farben? Sahen aus wie ein wunderschöner, pastellfarbener Regenbogen in einem Kinderbuch. In einer anderen Tasche stieß ich auf ein Tutu, dessen Tüllrock aussah wie eine elisabethanische Halskrause. Und - oh! - ein Strampelanzug von den Chicago Cubs war auch dabei. Das war vielleicht das Niedlichste, was ich je gesehen hatte.

Jede Entdeckung traf mich wie ein Schlag. Die Sachen sahen aus, als stünden sie einer Puppe besser als einem lebenden, atmenden ...

»Hey«, hörte ich Grant hinter mir sagen und erstarrte. Ich konnte mich nicht umdrehen. Konnte jetzt seinen anklagenden Blick nicht ertragen.

Sanft nahm Grant mir den Strampelanzug aus der Hand, mit der ich den weichen Stoff umkrampft hielt. »Ich habe diesen Kram im Laden gesehen und konnte nicht widerstehen. Ehrlich gesagt hatte ich ganz vergessen, dass die Sachen hier sind.« Seine Stimme klang rau.

Zaghaft sah ich ihn an. Er sah müde aus. Gehetzt.

»Grant ...« Ich hatte keine Ahnung, was ich antworten sollte. Eine normale Frau hätte beim Anblick dieses Zeugnisses von Vaterliebe vielleicht geweint, aber ich war so geschockt, dass ich nicht reagieren konnte. Ich nahm undeutlich wahr, wie er die Relikte unseres Verlustes in eine Tasche steckte und dann den Raum verließ, vielleicht, um sich vor mir zu verstecken.

Als er zurückkam, hatte ich mich immer noch nicht von der Stelle gerührt. Grant setzte sich aufs Bett. »Es tut mir leid, dass du das sehen musstest. Ich hätte mich längst darum kümmern sollen.«

»Es ist okay«, flüsterte ich. »Ich wollte gerade für die Reise packen ...« Ich machte eine wegwerfende Bewegung in Richtung des Koffers, als könnte Grant nicht selbst zwei und zwei zusammenzählen. Weil ich meine Hände beschäftigen wollte, hatte ich die Schublade mit meiner Unterwäsche aufgezogen, obwohl mir bewusst war, dass vielleicht auch sie eine böse Überraschung bergen könnte. »Es tut mir leid, dass ich den Termin verpasst habe. In der Kanzlei ging es drunter und drüber, weil ein Klient unerwartet aufgetaucht ist.«

»Es ist das dritte Mal, dass wir absagen mussten«, sagte er resigniert. »Wenn du das nicht machen willst, dann sag es mir.«

»Aber das will ich!« Vielleicht hatte ich es mit dem Enthusiasmus ein bisschen übertrieben, wenn man sich die Umstände ansah – oder vielleicht rührte er genau daher? Wer sehnte sich schon nach einer Paartherapie, um dort seine Fehlgeburt zu diskutieren? Ich hatte fast die Vermutung, dass Grant sie mehr brauchte als ich. Immerhin war nicht ich diejenige, die Babykleidung im Schrank hortete.

»Sie hat gesagt, dass wir noch mal überlegen sollen, ob

wir das wirklich wollen«, fuhr Grant fort. »Dass wir beide an Bord sein müssen.«

»Es ist nur so, dass die Feiertage der schlimmste Zeitpunkt sind, um damit zu beginnen. Wir sind beide so beschäftigt mit unseren Fällen und den Reisevorbereitungen.« Meine Worte klangen seltsam hohl. Grant schwieg. »Sieh mich nicht so an!«

»Wie denn?«

»Als wäre ich ein Freak, nur weil ich meine schmutzige Wäsche nicht vor einer Fremden waschen will!«

Ich konnte nicht mal beim Anblick des Strampelanzugs weinen. Ich konnte überhaupt nicht weinen. Alles an mir war taub, ganz besonders meine Tränendrüsen.

»Hattest du denn je vor, zu der Therapeutin zu gehen? Oder erwartest du von mir, dass ich es einfach vergesse?« Er könnte die Therapie damit meinen. Die Fehlgeburt. Uns.

Am liebsten würde ich schreien: *Warum kannst du es nicht vergessen? Warum können wir es nicht einfach hinter uns lassen?*

Aber ich konnte nicht. Ehe, die Arbeit daran – und die war in letzter Zeit wirklich nötig – bedeutete eben auch, dass wir den Trauerprozess des anderen respektierten. Auch wenn seine Trauer offenbar schwerer wog als meine.

Er hat Klamotten für unser Baby gekauft.

Plötzlich war ich wütend darüber, dass wir auf seine Weise mit der Situation umgehen mussten. »Ich muss mich auf die Reise vorbereiten.«

Cat Damon winselte auf. Garantiert spürte er die Spannung zwischen Grant und mir.

»Du willst nicht fahren, stimmt's, mein Kleiner?« Ich streichelte seinen Rücken und hob ihn auf, um ihn im Koffer abzustellen, während ich nach Unterhosen suchte, die für einen Aufenthalt im Haus der Schwiegermutter angemessen waren. Meinen Ehemann konnte ich in ihnen nicht mehr verführen. Dabei hatte ich es versucht. »Du würdest lieber hierbleiben, oder?«

»Wem gilt die Frage?«, murmelte Grant.

»Ich kann nicht behaupten, dass es leicht wird. Deine Mutter wird ahnen, dass etwas passiert ist – dass etwas nicht stimmt.« Ich hatte Grant gebeten, Familie und Freunden nichts zu erzählen. Wir hatten uns in den letzten Monaten zurückgezogen, aber der echte Test bestand in der Begegnung mit Sherry. Sie und Grant standen sich so nah, dass ich mir nicht vorstellen konnte, dass wir ihr und ihren einfühlsamen Augen etwas vormachen konnten.

Seltsamerweise wäre es beinahe leichter gewesen, die Feiertage mit meiner unterkühlten Familie zu verbringen, in der niemand sagte, was er wirklich dachte. Und in der niemand sich die Mühe machte, genauer nachzuforschen.

»Sie könnte dir helfen, weißt du? Meine Mom. In solchen Dingen ist sie gut. Und sie liebt dich, als wärst du ihre eigene Tochter.«

Und ich liebte sie. »Ich soll mich also die Feiertage über ein bisschen von ihr therapieren lassen?«

»Ich kann dir ja scheinbar nicht helfen.«

Seine Worte trafen mich. Nicht nur, weil es ihm offensichtlich schlecht ging, sondern auch, weil ich der Grund dafür war. In letzter Zeit hatte ich das Gefühl, es sei alles meine Schuld. Der Graben, in dem ich mich befand, war tief und unentrinnbar. Ich fand keinen Halt an seinen glitschigen Wänden. »Wir sagen doch zu unseren Klienten immer, dass die Zeit alle Wunden heilt. Wir werden das auch schaffen, Grant.«

»Du willst nicht nach Hause, oder?« Er meinte sein eigenes in Helen, Georgia.

Ich antwortete nicht, was im Grunde alles sagte. Eigentlich wollte ich mich einfach nur unter den Laken verkriechen und für immer schlafen.

»Aubrey, ich …« Er fuhr sich mit der Hand durchs Haar, sodass die Frisur ganz verstrubbelt war. Ich hatte das Bedürfnis, sein Haar zu glätten. Ihn zu trösten. »Ich kann das nicht mehr. Es kommt mir vor, als würden wir immer wieder dieselbe Diskussion führen.«

»Wenn du es einfach mal rauslassen würdest, Grant …«

»Nein, Bean.« Er erhob sich, wirkte plötzlich nicht mehr so gefestigt wie sonst. Ich hatte ein wahnsinnig schlechtes Gewissen, weil ich ihm offenbar die Kraft genommen hatte. »Nein.«

Es stimmte, dass wir immer wieder dieselbe Diskussion hatten. Wir hatten nicht nur einmal darüber gesprochen, nicht dreimal, sondern bestimmt zehnmal. Vielleicht hatte das Vokabular sich geändert, die Betonung der Worte, aber der Knackpunkt blieb derselbe: Er wollte einen Eingriff am lebenden Körper, ich eine Beerdigung.

Irgendwann mitten in der Nacht brach er nach Georgia auf und hinterließ mir eine Notiz auf einem Post-it-Zettel. Ich solle in Ruhe nachdenken, stand darauf. Aber genau das war das Problem: Ich wollte nicht nachdenken. Ich wollte mich einfach nur in den Armen meines Mannes geborgen fühlen, wollte, dass sein Körper sich meines Schmerzes annahm. Wollte, dass unser gegenseitiges Begehren alles abmilderte.

Wollte alles so lange verdrängen, bis ich wieder normal war.

Aber die Zeit zum Nachdenken sollte die Zeit des Scheiterns werden. Mein Ehemann kam nie wieder nach Hause zurück und ein paar Wochen später begann ich den Prozess, der uns offiziell trennte und die letzten Verbindungen zwischen uns kappte. In dem Grab, in das unsere Ehe sich verwandelt hatte, würde ich ihn ja doch nur weiter verletzen.

Und jetzt sind wir also zurück. Der Kreis schließt sich, ein weiterer Roadtrip steht an, weitere Feiertage. Grant wird jeden Moment hier sein und ich bin bereit. Meine Koffer sind voller Geschenke, Snacks und Möglichkeiten.

Grant

Am Montagmorgen vor Thanksgiving stehe ich mit dem Auto vor Aubreys Haus, lasse den Motor im Leerlauf laufen und bereite mich mental auf die Reise vor.

Habe ich eigentlich vollkommen den Verstand verloren?

Drei Tage in einem Auto mit meiner Ex-Frau und ihrem dämonischen Kater. Drei Tage werde ich ihren Duft riechen, ihre Seufzer hören, werde oberflächliche Gespräche mit ihr führen und ihre bodenlose Verachtung zu spüren bekommen, mit der sie versucht, ihren Schmerz im Griff zu behalten.

Als ich Max von dem Plan erzählt habe, hat er genau so reagiert, wie ich es erwartet hatte: *Viel Glück.* Er hat damals nie genauer nachgefragt, warum wir uns getrennt haben, hat es einfach als unvermeidlich akzeptiert. Aber seit er Charlie gefunden hat, interessieren ihn die Gründe brennend.

Wie soll ich es ihm erklären, wenn ich es selbst kaum begreife?

Es gab natürlich einen Auslöser, aber viele Paare stehen diesen Schmerz gemeinsam durch. Wenn beide Partner stark genug sind, dann verkraften sie diesen Tiefpunkt. Ich dachte, wir wären es. Da habe ich mich getäuscht. Und das meinem Freund gegenüber zuzugeben, hätte mich umgebracht. Es hat ja ein ganzes Jahr gedauert, bis ich es mir selbst eingestehen konnte.

Lucas wiederum hat einfach nur auf diese schiefe britische Weise gegrinst und mir gesagt, ich solle Kondome mitnehmen. Idiot.

Es ist seltsam, meine Kanzleipartner im Liebestaumel zu erleben. Die zwei waren wirklich die letzten Kerle, von denen ich erwartet hätte, dass sie die Liebe ihres Lebens finden. Natürlich gibt es nie eine Garantie, ich bin das beste Beispiel dafür.

Mein Telefon vibriert und als das Gesicht auf dem Bildschirm auftaucht, muss ich sofort lächeln.

»Was gibt es, Käferchen?«

»Nenn mich nicht so!« Meine achtjährige Schwester Zoe verdreht die Augen, wie nur Achtjährige es können. »Ich bin zu alt dafür!«

»Letzten Monat fandest du es noch süß.«

»Genau. Letzten Monat«, sagt sie, als wäre sie einen Monat später bereits viel weiser. »Mom sagt, dass du zu Thanksgiving nicht nach Hause kommst!«

Ich krümme mich. »Ja, aber vergiss nicht, dass Thanksgiving das ganze Wochenende dauert. Ich bin dann am Sonntag da.« Ich will nach Libbys Party zu meiner Familie fliegen und anschließend wieder zurück zu Aubrey, um sie heimzufahren.

»Wenn es vorbei ist!«

Was für ein Drama! Aber so ist meine kleine Schwester eben. Sie himmelt mich an, was total verständlich ist, wunderbar, wie ich nun einmal bin. Dass das allerdings trotz der dreiundzwanzig Jahre Altersunterschied so ist, ist schon bemerkenswert. Meine Mutter hat Jake geheiratet, als ich mich gerade im zweiten Jahr meines Jurastudiums befand, und dann kam plötzlich Zoe des Weges – oder eben Käferchen, wie ich sie von Anfang an genannt habe. Es war das perfekte Timing, weil ich mir wirklich schon Sorgen um meine

Momma gemacht hatte, die ganz allein zu Hause wohnte. Früher haben wir zwei zusammengehalten wie Pech und Schwefel – wir gegen den Rest der Welt. Diese Frau hat mir zuliebe wahnsinnig viele Opfer gebracht und ich habe es ihr zu verdanken, dass ich heute bin, wo ich bin. Jake war das Beste, was ihr je passiert ist. Na ja, bis Zoe auf die Welt kam, natürlich.

»Ich habe was für dich, aber wenn du jetzt quengelst …«

»Mache ich nicht! Mache ich nicht! Was ist es?«

»Eine Überraschung und mehr werde ich nicht verraten. Hey, ist Momma da?«

»Ich bin hier, Honey!« Natürlich ist sie das. Dass sie mit siebenundvierzig einen einunddreißigjährigen Sohn hat, ist schwer zu glauben. Sie ist noch immer jung und voller Energie, strahlt nur so mit ihrem natürlichen blonden Haar und den funkelnden blauen Augen. »Ich stimme deiner Schwester zwar nicht oft zu, aber in diesem Punkt gebe ich ihr recht. Du solltest am Feiertag bei deiner Familie sein.« Sie senkt die Stimme. »Da, wo du erwünscht bist. Gibt es da oben überhaupt Truthahn? Oder irgendein fancy Gericht wie Filet Mignon und Hummer zum Mittagessen?«

Sherry überträgt die von ihr imaginierten Klassenunterschiede immer auf die kulinarische Ebene. Aubreys Eltern ist sie nur einmal begegnet und war alles andere als begeistert.

»Momma, ich tue Aubrey nur einen Gefallen. Sie hat sich am Arm verletzt und kann nicht selbst fahren. Und es ist wichtig, dass sie ihre Großmutter in Boston treffen kann. Die gute Frau wird immerhin neunzig.«

»Ich weiß, ich weiß! Gott, du bist Aubrey einfach immer noch hoffnungslos verfallen.« Sie sieht meine finstere Miene und rudert schnell zurück. »Ich will doch nur nicht, dass du verletzt wirst.« *Wieder* verletzt wirst, meint sie wahrscheinlich, ohne es laut auszusprechen.

»Wir sind nur Freunde. Kumpel, die sich gegenseitig aushelfen.«

»Diese Frau hast du nun wirklich noch nie auf kumpelhafte Weise angesehen, Grant Roosevelt Lincoln.«

Sie hat recht. Ich war Aubrey total verfallen und konnte mich erst in den vergangenen Monaten wieder einigermaßen aufrappeln. Eine Frau wie Aubrey kann einen Mann wirklich in die Knie zwingen.

Wie aufs Stichwort erscheint die Herzensbrecherin vor der Eingangstür des Gebäudes, einen Katzenkorb in der einen Hand. Sie trägt meinen liebsten roten Mantel, in dem sie wie eine Märchenfigur aussieht, die auf der Suche nach Ärger durch den Wald stapft. Wegen der Armschlinge liegt er nur lose über ihren Schultern. Ihr muss furchtbar kalt sein.

»Momma, ich muss los. Ich melde mich dann zu Thanksgiving! Grüß Jake von mir und sag Zoe, dass ich auflegen musste.«

»Alles klar …« Aber da habe ich schon aufgelegt und springe aus dem SUV.

»Du hättest ein Taxi nehmen sollen«, meint Aubrey und runzelt die Stirn. »Du kriegst hier niemals einen Parkplatz.«

»Brauche ich auch nicht. Wir nehmen mein Auto.«

Sie kneift die Augen zusammen. »Nein … nein, wir sollten mit meinem fahren.«

»Ich mag deinen Wagen nicht.«

»Du bist nie damit gefahren!«

»Ganz genau.« Ich nähere mich dem Katzenkorb, den sie vor ihren Füßen abgestellt hat. »Hey, du kleiner Galleklumpen, wie läuft's denn so?«

»M#%*&!« Charmant wie eh und je – der Kater klingt

auch heute so, als würde er mich wüst beschimpfen. Sicherheitshalber schickt er noch ein Fauchen hinterher.

»Er weiß, dass du ihn hasst«, sagt Aubrey und klingt beinahe fröhlich. »Da musst du dir schon mehr Mühe geben.«

Ich bücke mich, um dem Kater auf Augenhöhe zu begegnen. Um sein rechtes Auge herum ist das Fell etwas dunkler, was ihn tatsächlich wie einen Piraten mit Augenklappe aussehen lässt. Er muss mindestens zehn Jahre alt sein und dieses eingebildete Viech konnte mich tatsächlich nie leiden, obwohl ich ihn einst gerettet habe. Man sollte meinen, er wüsste das zu schätzen! Aber Fehlanzeige.

»Hey, Kumpel, bereit für den Roadtrip?«

Sein Fauchen verwandelt sich in ein Knurren.

Ich richte mich wieder auf. »Ich denke, wir verstehen uns.«

»Er würde sich auf dem Rücksitz meines Autos wohler fühlen. Das ist eine vertrautere Umgebung.«

»Ich fahre. Und zwar entweder mit meinem Auto oder gar nicht.«

Sie verzieht ihren Mund auf diese Weise, die dafür sorgt, dass ich sie sofort entweder küssen oder sonst irgendetwas Unanständiges mit ihr anstellen möchte. »Schön.«

Zehn Minuten später diskutieren wir auch schon über die Musik. Aubrey zumindest. Ich halte mich da raus.

»Ich habe doch schon gesagt, dass es mir egal ist, welchen Radiosender wir hören.«

»Aber all deine Sender sind auf Klassikrock oder – argh – Country eingestellt.«

»Dann such dir einen aus, der dir gefällt.«

Sie grummelt und murmelt etwas wie »typisch« und »kompliziert«. Ich fordere sie nicht weiter heraus, weil ich weiß, dass sie nervös ist. Das ist eben Aubreys Art, sich einzugrooven.

Sie klappt ihr Telefon auf. »Ich habe die Route schon mal ins Navi eingegeben. Ich schätze, zur Abendessenszeit könnten wir in Buffalo sein.«

»Wir machen einen Stopp in Cleveland, Bean.«

»Aber das ist nur ein Drittel des Weges! Wenn wir bis Buffalo durchbrettern, dann könnten wir die Strecke in zwei Tagen schaffen.«

»Willst du deine Mutter wirklich einen Tag eher sehen?«

Aubrey guckt aus dem Fenster. »So schlimm ist sie nicht.«

Mein Schweigen ist Antwort genug.

»Sie hat nur gewisse Erwartungen.«

»Die niemand je erfüllen kann.« Ich spreche von mir selbst, aber dasselbe könnte man auch über Aubrey und die gesamte Familie sagen. Aber für einen Streit zu diesem Punkt bin ich noch nicht bereit – wir haben noch jede Menge Zeit dafür – und wechsele deswegen das Thema. »Ich will mir die Rock & Roll Hall of Fame ansehen, deswegen möchte ich nach Cleveland. Außerdem hatte ich dir doch gesagt, dass es drei Tage dauern würde.«

»Ich weiß, aber …« Sie verstummt kurz. »Das wird Cat Damon gar nicht gefallen.«

Sie meint damit natürlich, dass es *ihr* nicht gefallen wird. Ist mir egal. Mein Auto, meine Regeln.

Meine Aubrey, mein Plan.

Was ist der Plan? Ich bin mir noch nicht sicher. Aber ich brauche Zeit, um ihre Schale zu knacken und bis zu der Frau vorzudringen, in die ich mich auf der Stelle verliebt habe, als ich ihr zum ersten Mal begegnet bin. Zwei Tage werden nicht genügen.

Wieder schaltet sie am Radio herum und sucht weiter nach einem passenden Sender. Schließlich landet sie bei einer Sendung, in der es um Schlafforschung geht. Die Kernaussage des Features ist, dass man unbedingt acht Stunden Schlaf pro Nacht benötigt und ja nicht auf die Idee kommen sollte, das am Wochenende irgendwie auszugleichen. Auf dieser Schummelei fällt der Körper nicht herein.

»Schläfst du gut in letzter Zeit?«, erkundige ich mich.

»Ganz okay.«

Ich linse zu ihr hinüber, sehe die rosa Färbung ihrer Wangen, die auch aufgrund der Hitze im Wagen gerötet sind. Wenn sie Schlafprobleme hatte, die normalerweise von ihren Sorgen über alles Mögliche herrührten – über ihre Karriere, ihre Fälle, ihre Klienten, ihre Chefs, ihre Eltern, ihre Brüder, ihre Großmutter, ihre Katze –, dann hat sich der Grant-Schlaf-Express der Sache angenommen.

»Kriegst du nicht genug Orgasmen, Bean?«

»War ja klar, dass das nicht lange dauert.«

»Was?«

»Sex, Grant. Ich wusste, dass du bald damit um die Ecke kommen würdest. Lass uns mal eines festhalten: Du und ich werden auf diesem Trip unsere Genitalien nicht miteinander in Berührung bringen.«

»Du alte Romantikerin.«

»Im Ernst. Nur weil …« Sie bricht den Satz ab.

»Nur weil was, Bean?«

Sie gibt einen wütenden Laut von sich und klingt ein bisschen wie der Kater. »Und diesen Bean-Mist, den lässt du bitte auch sein, ja?«

»Es ist dein Name!«

»Nein, ist er nicht. Es ist ein dämlicher Spitzname, den du dir ausgedacht hast weil …« Wieder bricht sie den Satz ab. Wahrscheinlich erinnert sie sich daran, wie ich darauf gekommen bin und in welcher Nacht ich es ihr erklärt habe. Gründlich erklärt habe. Sie kramt in ihrer Tasche und holt ihren Laptop heraus. »Ich muss jetzt arbeiten. Wäre also toll, wenn du den Rand halten könntest.«

»Na logisch, Bean!«

»Grant!« Jetzt muss sie über meine Sturheit lachen. »Warum bist du nur so bockig?«

»Das sind wir doch beide. Deswegen war der Sex auch so fantastisch, es wollte eben keiner von uns nachgeben.«

Sie fährt ihren Computer hoch. »Außerhalb des Schlafzimmers hat uns die Sturheit aber nicht weitergebracht.«

Eigentlich waren wir auch in jedem anderen Raum des Hauses ziemlich gut. Aubrey hat gern den Ton angegeben und meistens habe ich ihr ihren Willen gelassen. Solange sie mir beim Sex das Kommando überlassen hat, war der Rest immer verhandelbar. Leider weiß ich jetzt, was ich falsch gemacht habe. Ich hätte sie mehr pushen müssen, hätte entschlossener mit ihrer Trauer umgehen müssen. Mit unserer Trauer.

Ich weiß, was jemand zu uns gesagt hätte, der sich außerhalb unserer Trauerblase befand: Es war doch noch kein echtes Kind. Es war nur ein Zellhaufen, der kaum Form angenommen hatte. Aber wir wussten es besser. Die Fehlgeburt passierte in der achten Woche. Aber in der kurzen Zeit, in der wir ein Kind erwarteten, war ich so glücklich wie nie zuvor. Wir waren wahnsinnig beschwingt und unsere Hoffnung wurde zu früh zerstört.

Ich habe ein Kind verloren und dadurch auch die Liebe meines Lebens.

6. KAPITEL

Aubrey

Der Schneefall setzt etwa hundertsechzig Meilen vor Cleveland ein, große, nasse Klumpen, die alles verlangsamen. Die Autos vor uns gerieten ins Schleudern und wir fahren an mehreren Unfällen mit Blechschaden und Wägen, die ins Schleudern gekommen sind, vorbei. Es ist erst vierzehn Uhr, aber der Himmel sieht verhängnisvoll aus.

Ich hätte den Zug nehmen und Cat Damon irgendwie hineinschmuggeln sollen, denn das hier ist gefährlich. Aber wann immer ich hinüber zu Grant spähe, wirkt er wie die Ruhe in Person – so wie üblich. Seine mitternachtsblauen Augen sind auf die Straße gerichtet, er runzelt konzentriert die Stirn. Früher war er immer glatt rasiert, aber das ist vorbei. Eigentlich mochte ich Bärte nie, aber bei Grant ist das was anderes. Ich dachte immer schon, dass er sich nur deswegen so gründlich rasiert, weil er besser zu den geleckten Jungs an der Juristischen Fakultät und später dann zu den Männern in den Gerichtssälen passen möchte. Dabei stehen die Stoppeln ihm viel besser.

Nichts hat ihn jemals aus der Bahn geworfen und ich habe es weiß Gott versucht! Grant zu widerstehen, war meine größte Herausforderung. Auch wenn er eher *mir* widerstanden hat, als wir begonnen haben, miteinander auszugehen.

Innerhalb unserer ersten zwei Wochen an der Uni hatte

Grant mich bereits dreimal zum Essen ausgeführt und sich bei jedem einzelnen Date wie der perfekte Gentleman verhalten. Es war so frustrierend! Klar, manchmal konnte ich ein wenig unnahbar wirken. Machte ich auf Grant vielleicht diesen Eindruck? Ich hatte keine Ahnung. In seiner Gegenwart wurde mir heiß und ich war schrecklich aufgeregt. Mir war zittrig und merkwürdig zumute.

Es machte Spaß, ihn kennenzulernen. Einerseits war er ziemlich zurückhaltend, andererseits richtig engagiert, wenn ihm etwas am Herzen lag. Seine Mom stand ihm sehr nahe und er machte sich große Sorgen um sie. Sie hatte nämlich einen Freund und er war sich nicht sicher, ob er ihn mochte - noch nicht.

»Du willst deine Mom beschützen«, sagte ich zu ihm. »Das ist süß!«

Er errötete und das fand ich noch viel niedlicher.

Es war Samstagabend und überall auf der Welt gingen die Leute miteinander aus. Grant sollte mich zu Hause abholen. Bis auf ein flüchtiges Küsschen auf die Wange war zwischen uns noch nichts gelaufen.

Zum Glück hatte ich einen Plan!

Ich strich das Kleid an meinen Oberschenkeln glatt und drehte mich einmal um, um meine Beine und die hohen Schuhe anzusehen. Heute trug ich die roten Schuhe von Christian Louboutin, in denen ich aussah, als wäre ich drei Meter groß. Leider war ich auch so noch zu klein, um Grants Lippen zu erreichen. Er würde sich bücken müssen.

Es läutete an der Tür. »Hallo?«

»Ich bin's, Grant.«

»Komm rauf!«

Das Herz schlug mir bis zum Halse und es kam mir vor wie eine Ewigkeit, bis er endlich die angelehnte Tür aufdrückte. Aber Grants Gesicht war nicht das Erste, was ich sah. Stattdessen fiel mein Blick auf das hässlichste Geschöpf, das ich je gesehen hatte. Es zog eine furchtbar muffige Miene. War es eine Katze? Vielleicht.

»Wer ist das?«

»Hab ihn draußen gefunden.«

Beim Anblick dieser hilflosen Kreatur in Grants Armen schmolz ich dahin. Ein klitzekleines bisschen eifersüchtig machte es mich allerdings, dass sie mehr Aufmerksamkeit bekam als ich. »Wir sollten sie füttern. Bestimmt hat sie riesigen Hunger.«

»Es ist ein Kater.« Grant folgte mir in die Küche und kurz dachte ich schon, dass ich meine Verführungspläne ad acta legen musste. Als ich mich aber umdrehte, bemerkte ich, dass er meine Beine musterte.

Er hob den Blick und sah mich an. »Du bist absolut umwerfend, Bean.«

Ich schluckte. Das Kompliment hatte mir die Sprache verschlagen, obwohl ich wusste, dass ich gut aussah. Ich hatte mir ja auch alle Mühe gegeben! Grant sah mich auf eine solch eindringliche und allumfassende Art an, dennoch hatte er mich noch nie berührt. Wollte er mich so sehr wie ich ihn?

»Milch?«

»Wie bitte?«

Er nickte in Richtung seines kostbaren Bündels. »Für unseren Gast.«

»Guter Start.«

Ich füllte ein Schälchen mit Milch und stellte sie auf den Fußboden. Grant setzte den Kater davor ab. Der schnupperte zweimal und stürzte sich dann auf die Milch.

»Denkst du, er hat einen Besitzer?«

»Wahrscheinlich nicht. Ist ein Straßenkater.«

Gerade war er vor allem ein hungriger Kater! Ich beobachtete das kleine Fellknäuel, dann traf mein Blick auf Grants, der mich fest und ungeniert ansah.

»Was?«

»In deiner Gegenwart fällt es mir echt schwer, mich wie ein Gentleman zu benehmen.«

»Wer sagt denn, dass du das sollst?«

Er lehnte am Tresen, die Hände hinter dem Rücken. »Ich. Eine Frau wie dich sollte man wie eine Königin behandeln.«

Mein Herz flatterte, dennoch war ich nicht sicher, was ich von seinem Spruch halten sollte. Natürlich gefiel es mir, auf einem von Grant erbauten Podest zu stehen. Dennoch wäre ich liebend gern hinab und direkt in seine starken Arme gesprungen.

»Manchmal tut es Königinnen gut, wenn man sie nicht ganz so ehrerbietig behandelt.«

Ein Muskel an seinem Kiefer begann heftig zu zucken und seine Wangen röteten sich, während sein Bizeps gegen den Ärmel seines blau gestreiften Hemdes drückte, als würde er seinen Arm anspannen oder ... oh!

Er umklammerte die Kante des Tresens hinter sich.

»Du versuchst also, mich nicht anzufassen?«

»Wenn ich das tue«, stieß er hervor und klang dabei wahnsinnig animalisch, »dann habe ich dir innerhalb von zehn Sekunden dieses Kleid ausgezogen.«

Vor Lust war ich wie erstarrt.

»Es wäre also nicht einmal Zeit für einen Kuss?« Ich nähere mich ihm vorsichtig wie einem eingesperrten wilden Tier und lege meine Hände auf seine harte Brust. Sein Herz wummerte unter meinen Fingerspitzen.

»Aubrey, ich versuche ...«

»... mich nicht einfach anzuspringen?«

»Dich nicht zu *verschlingen*. Du bist so zierlich und ich ... so ganz und gar nicht.«

Aber genau das liebte ich an ihm. Ich liebte seine bärige Gestalt neben meiner zarten. Wollte von ihm hochgehoben werden, von ihm umschlungen und genommen werden. Wollte, dass er diesen wilden Trieb an mir auslebte.

Ich stellte mich auf die Zehenspitzen und küsste ihn. Darauf hatte ich nun wochenlang gewartet. Vielleicht sogar Jahre. Grant erwiderte den Kuss so stürmisch, dass meine Haut von Kopf bis Fuß zu kribbeln begann. Unsere Zungen trafen aufeinander, umschlangen sich und entfachten so nach Wochen des Zündelns endgültig das Feuer. Drei Sekunden später hatte er meinen Po mit seinen Händen umschlossen und mich auf die Arbeitsfläche der Kücheninsel gehoben, sodass wir endlich auf Augenhöhe waren und zueinanderfinden konnten.

»Die zehn Sekunden dürften jetzt um sein und ich trage immer noch mein Kleid, Georgia. Scheinbar bin ich doch nicht so verführerisch, wie du behauptet hast.«

Er lehnte sich heftig keuchend zurück und durchbohrte mich mit seinen Blicken. »Es sieht teuer aus.«

»Ist es auch. Ich habe es extra gekauft, um dich zu verführen. Scheint zu funktionieren.«

Er sog an meiner Unterlippe, hielt sie fest und gab mir dann viele kleine Küsschen.

»Vielleicht sollte ich dich einfach noch eine Weile quälen ...«

»Das machst du doch schon, seit wir uns kennen! Ich konnte es kaum erwarten, dass du mich endlich berührst.«

Unser pelziger Gast miaute vorwurfsvoll, um unsere Aufmerksamkeit auf sich zu lenken.

»Denkst du, er kommt eine Weile ohne uns klar?«, fragte ich Grant.

»Was ist eine Weile?«

»So lange, wie du brauchst, um mich zum Kommen zu bringen. Zweimal.«

Seine Nasenflügel weiteten sich und einen Moment lang befürchtete ich, ich sei zu forsch gewesen. Vielleicht waren ihm höfliche Südstaatenschönheiten lieber und er mochte es nicht, wenn hochnäsige Frauen ihm so direkt ihre Bedürfnisse mitteilten. Wenn meine Mutter mich eben gehört hätte, würde sie die Krise kriegen.

Er packte meinen Po und zog mich an sich. »Zweimal also, ja?«

Grant hob mich in die Luft. Ich schlang meine Beine um seine Hüften und er lief los, während er mich bei jedem Schritt mit seinen Blicken verschlang. Obwohl er heute zum ersten Mal bei mir war, schien er sich in meiner Wohnung mühelos zurechtzufinden, ohne auch nur einmal über meine Schulter zu gucken. Dann setzte er mich sanft auf dem Sofa ab.

Ich deutete nach rechts. »Da ist das Schlafzimmer.«

»Keine gute Idee.« Zwei riesige Hände spreizten meine Schenkel und schoben mein Kleid nach oben.

»Aber ...«

»Wenn wir ins Schlafzimmer gehen, passiert es zu schnell. Zu verzweifelt.«

Klang doch super?

»Und ich will dich voll auskosten.«

Ich mochte, wie er das sagte. *Auskosten.* Und auch seine nächste Bewegung gefiel mir. Er hakte einen Finger in meinen schwarzen Seidentanga und zog ihn hinunter. Seine Hand zitterte, als hätte er Mühe, den Tanga nicht einfach hinunterzureißen.

Mein Kleid war jetzt über meine Hüften gerutscht, ich konnte mich also vor seinen Blicken nicht mehr verbergen. Mit seinen Handflächen spreizte er meine Schenkel weiterhin auseinander und konzentrierte sich ganz auf meine feuchte Blöße. So intensiv, so lang, dass mein Atem immer flacher ging.

»Grant, bitte. Berühr mich.«

Er knetete meine Oberschenkel und schob einen Daumen in Richtung meines Zentrums. Als er sich über die Lippen leckte, wusste ich, dass er den Anblick genoss. Wie ich auf seine Hände reagierte. Einladend ließ ich meine Hüften kreisen, sehnte mich nach Reibung.

»Was brauchst du, Bean?«

Früher dachte ich, sein Spitzname wäre von meiner Bostoner Herkunft inspiriert. Grant aber hatte mir versichert, dass es einen anderen Grund gab. »W- was heißt das? Bean? *Bohne*?«

Er schnappte kurz nach Luft. »Na, du bist zierlich und süß wie eine Bohne, also *Bean* auf Englisch. Steckst voller Potenzial, das sich noch nicht ganz entfaltet hat, wirst aber eines Tages in voller Blüte stehen. Mithilfe der richtigen Pflege und Ernährung, versteht sich.« Er fuhr mit dem Daumen über meine feuchte Pussy. Seine Berührung war sanft und zugleich präzise und als er kurz über meine Klit strich, bäumte ich mich auf. »Dieser kleine Knubbel ist wie eine Bohne. Hier verbirgt sich deine wahre Macht, Aubrey.«

Es war extrem merkwürdig, was er da sagte. Und ich liebte jedes einzelne Wort.

Wieder fuhr er leicht über meine Klit und behielt mich dabei genau im Auge, um meine Reaktion einzuschätzen. Ich wusste, was mir gefiel, hatte es aber noch nie jemandem anvertraut. Hatte mich noch nie von einem Mann lecken lassen.

Grant würde ich es erlauben. Ach was, wahrscheinlich würde ich ihn sogar anflehen, es zu tun.

»Pussy Power«, flüsterte ich und kaufte ihm seine Fantasie sofort ab.

»Genau, Bean. Hol sie dir. Sag mir, was du brauchst.«

Er streichelte meine Klit, die ich trotz allem nicht als »Bean« bezeichnen wollte, immer weiter. Allerdings viel zu sanft, als dass ich zum Höhepunkt hätte kommen können.

»Kann deine Zunge denn was, Georgia?«

Sein Mund verzog sich zu einem Grinsen. »Du hast mir im Unterricht wohl nicht zugehört?«

Oh, und wie ich das hatte! Grant war der cleverste, scharfsinnigste Typ, der mir je begegnet war. Wenn er während der Vorlesungen das Wort ergriff, war ich immer total fasziniert, wie er die cleversten Dinge auf seine bedächtige Art vortrug – und das mit dieser sirupartigen Stimme.

»Du wirst es schon aussprechen müssen, Aubrey. Genauigkeit ist vor Gericht doch das A und O.«

Er steckte einen Finger in mich hinein und dehnte mich leicht, als wollte er mich auf weitere Genüsse vorbereiten.

»Mehr, ich brauche mehr.«

»Mehr was?«

»Finger, Zunge.« *Deinen Schwanz, deine Worte, deinen Schutz.*

Ich hatte Brüder, die das mit dem Beschützen nie besonders gut hinbekommen hatten, Eltern, die mich kaum bemerkten. Ich war von klein auf unabhängig und immer schon eine Kämpferin gewesen, aber jetzt wollte ich gesehen werden. Grant reagiert mit seiner Ruhe auf die Kräfte, die in mir wüteten. Kräfte, die ich mein Leben lang unterdrückt hatte.

Jetzt schob er einen weiteren Finger in mich hinein und senkte seinen Kopf dorthin, wo ich ihn am meisten brauchte.

In einem köstlichen Rhythmus stieß er beide Finger in mich hinein und dann leckte er mich endlich. Sofort fühlte ich mich, als würde mein Körper in Flammen stehen. Ich kam so schnell, dass es beinahe peinlich war.

Er sah mich unter seinen schweren Lidern hervor an.

»Verdammt, ich liebe es, wenn du loslässt, Bean. Solltest du öfter tun.«

Er drückte seinen Handrücken zwischen meine Beine und verteilte meine Feuchtigkeit überall, wodurch er den perfekten Grundstein für einen zweiten Orgasmus legte. Ich war dieses Mal nicht besonders schnell und das machte es irgendwie noch besser. Vielleicht lag es auch daran, dass Grant mich nicht einen Moment aus den Augen ließ. Als der Orgasmus abklang, zog ich ihn an mich und küsste ihn. Sein Stöhnen fühlte ich überall.

»Lass mich dich berühren«, sagte ich. »Schlaf richtig mit mir.«

»Du hattest genug.«

»Aber was ist mit dir?«

Ich umschloss seine Erektion durch den Stoff seiner Hose hindurch mit der Hand. Spürte, wie sie zwischen meinen Fingern anschwoll. »Du brauchst das doch auch, Grant.«

Sein Gesicht war vor Lust verzogen und er schloss kurz die Augen, als wäre meine Berührung bereits zu viel. Es war wahnsinnig aufregend, diese Macht über ihn zu besitzen.

»Sag es, Grant. Sag, dass du es brauchst.«

Er nickte, schlug dann seine dunkelblauen Augen auf und presste ein raues »Ja« hervor.

Ich stieß ihn zurück, setzte mich rittlings auf ihn und zog mir gleichzeitig das Kleid über den Kopf. Mein BH stemmte meine bescheidenen Brüste immer sehr vorteilhaft nach oben, aber es lag scheinbar doch alles im Auge des Betrachters – denn Grants Augen wurden vom Anblick meiner Brüste ganz weit und sehnsüchtig. Mit dem Daumen strich er durch die Seide hindurch über meine harte Brustwarze. »Du bist so perfekt.«

Ich wusste, dass das nicht stimmte. Dass ich Tag für Tag nach irgendeiner verkorksten Form von Perfektion strebte, um meinen Eltern zu beweisen, dass ich unseren Nachnamen zu Recht trug. Scheinbar verriet mich mein Gesichtsausdruck, denn Grant legte die Hände um mein Gesicht und sah mich zärtlich an.

»Es spielt keine Rolle, was da draußen passiert. Hindernisse wird es immer geben, aber du sagst mir, was du brauchst, was du willst, wonach du dich sehnst, und hier drin, hier drin bei uns, werde ich das ermöglichen. Es wird perfekt sein. Verstehst du das, Aubrey?«

Das tat ich zwar nicht, aber ich wollte es verstehen. Ich sehnte mich nach der Bestätigung, die er mir gab, der Sicherheit, die er ausstrahlte.

»Jetzt in diesem Moment will ich dich in mir haben.« Ich war es nun mal gewöhnt, Dinge schnell und effizient zu erledigen. Nicht lang um den heißen Brei herumzureden. Wir Yankees trödelten nicht herum.

Aber sage das mal einer meinem Mann aus dem Süden!

»Ich lasse es langsam angehen, Baby. Gebe dir Zeit, mich in dir aufzunehmen.«

Na klar, du alter Angeber, dachte ich, als ich den Reißverschluss öffnete und – wow, das war aber wirklich eine ordentliche Ausstattung! Ich bezweifelte nicht, dass wir zusammenpassen würden, aber Grant streichelte mich bereits zwischen den Beinen, um sicherzugehen, dass ich feucht genug war. Er reichte mir ein Kondom und das Überstreifen war gar nicht so einfach, aber dann geschah es.

Quälend langsam.

O Gott, bitte. Zentimeter für herrlichen Zentimeter bahnte Grant sich seinen Weg in meinen Körper und in mein Herz. Zu spüren, wie er mich dehnte und mich dazu aufforderte, mich mit ihm zu vereinen, war wunderschön.

In diesem Moment schrieben wir Geschichte. Unsere Geschichte.

»Jesus, das fühlt sich so verdammt gut an!«

Es war das erste Mal, dass ich ihn fluchen hörte. Er war ein völlig anderer Mann, wenn er so berauscht war wie jetzt. Ich richtete mich ein wenig auf und nahm mit jeder Bewegung mehr von ihm in mir auf. Es fühlte sich so heiß an, so tief, so perfekt. Seine Hände auf meinem Po gaben den Rhythmus vor und die herrliche Reibung jagte Wellen der Lust durch meinen Körper. Ich ließ mich ganz hinabsinken und hielt einen Moment lang still, um die Verbindung mit Grant in vollen Zügen zu genießen.

»Wird es – wird es immer so sein?«, keuchte ich und schämte mich beinahe ein wenig, weil ich mich so verletzlich zeigte. Aber ich musste es wissen. *Versprich mir, dass es immer perfekt sein wird. Dass wir ein Team sind. Dass das mit uns für die Ewigkeit bestimmt ist.*

»Ich würde sagen: drei.«

»Drei was?«

Er hielt mich sanft fest, um mich zur Ruhe zu bringen. Dann nahm er meine Hand von seiner Schulter und drückte erst einen Kuss auf mein Handgelenk, anschließend einen auf meine Handfläche und zuletzt einen auf meinen Zeigefinger. Es war unglaublich erotisch, vor allem, weil er immer noch mit seiner ganzen Länge in mir steckte.

»Zwei Mädchen und ein Junge. Die Reihenfolge ist mir egal.«

Ich schnappte nach Luft und er lächelte.
»Das kannst du doch nicht einfach so bestimmen!«
»Kann ich wohl.«

In diesem Moment kam ich zum Höhepunkt und sah plötzlich alles vor mir. Unser gesamtes gemeinsames Leben, das vor uns lag, leuchtend und atemberaubend schön. Drei kleine Wonneproppen mit funkelnden blauen Augen und Grants scheuem Lächeln. Ich wollte es so sehr, dass ich ihm seine Lüge verzieh. Grant stand eben auch völlig im Bann dieser Situation.

Denn niemand, nicht einmal ein Mann wie Grant Roosevelt Lincoln, kann einem die Ewigkeit versprechen.

7. KAPITEL

Aubrey

Sobald wir in Cleveland angekommen sind, beziehen wir unsere getrennten Zimmer. Ich habe Grant gesagt, dass ich mir einen entspannten Abend machen und ihn dann morgen beim Frühstück sehen würde. Aber es dauert nicht lang, bis ich Hummeln unter dem Hintern habe und unter Leuten sein will. Selbst wenn es nur in der Hotelbar ist, anonym in einer anonymen Stadt. (Sorry, Cleveland, unter all dem Schnee bist du bestimmt ganz bezaubernd!)

Mein zweiter Dirty Martini steht vor mir, noch bevor ich meinen ersten ausgetrunken habe. Ich drehe mich um und entdecke ihn am anderen Ende der Bar. Kurz bleibt mir der Atem stehen, genau wie damals, als ich ihn zum ersten Mal im Vorlesungssaal gesehen habe. Wie macht er das? Und wie kann er es nur wagen?!

Er hebt seine Bierflasche – Budweiser, Grant ist eben bodenständig – und lächelt mich auf diese langsame, schüchterne Art und Weise an, von der mir noch immer ganz heiß wird und die mein Höschen zuverlässig ein Stück hinabrutschen lässt. Früher wäre es wohl direkt auf dem Boden gelandet, aber mit dem Alter bin ich eben vorsichtiger geworden.

Ich hebe mein Glas und rutsche ein wenig auf dem Stuhl herum, sodass mein Rock ein Stück nach oben wandert. Es ist kein Zufall, sondern eine Einladung. Und schon wenige Sekunden später sitzt der Mann mit dem schönsten Hintern der Welt auf dem Hocker neben mir. Unglaublich, dass er mal ganz mir gehört hat.

Schluss jetzt, Gates.

Der Hintern des Ex-Manns ist tabu!

Leider weiß jener Ex-Mann viel zu genau, welche verbalen Knöpfe er bei mir drücken muss. »Na, wollen wir uns in meinem Zimmer so richtig die Seele aus dem Leib vögeln?«

Ich verschlucke mich beinahe an meiner Olive. Grant klopft auf meinen Rücken, woraufhin ich zu husten beginne und die Olive auf einer Serviette landet.

»Sag mal, hast du schon mal was von Vorspiel gehört?«

Er zieht eine Augenbraue nach oben. »Reichen denn sieben Stunden Fahrt mit deinem jaulenden Kater nicht aus?«

Ich pruste vor Lachen. Meine Bauchmuskeln beginnen sofort zu schmerzen – ist wohl eine Weile her, seit ich so richtig ausgelassen war.

»Schon gut, schon gut, ich probiere es noch mal«, sagt er gedehnt. »Warten Sie auf jemanden?«

»Ja, auf meine Verabredung. Er steckt im Stau.«

»Er ist also nicht Ihr fester Freund?«

Ich sehe erst in sein Gesicht, dann werfe ich einen abschätzigen Blick auf seine Bierflasche und tue so, als wäre er völlig unter meiner Würde.

»Er wird jeden Moment hier sein. Liegt sicher am Wetter, wissen Sie?«

»War wahrscheinlich eine gute Entscheidung, sich nicht zu Hause von ihm abholen zu lassen.«

»Oh?«

»Er hätte Sie direkt an Ort und Stelle genommen, gleich

bei der Tür. Hätte Ihren Rock nach oben geschoben und sich sofort so tief wie möglich in Sie versenkt.«

Genau wie damals bei einem unserer ersten Dates. Vor einer halben Ewigkeit. Ich lasse mein Martiniglas lieber erst mal stehen. Meine Hand zittert nämlich so sehr, dass ich den Alkohol garantiert auf dem Tresen verschütten würde.

»Ich habe dir doch schon gesagt, dass zwischen uns nichts laufen wird, Grant. Es ist viel zu kompliziert.«

»Aber du streitest nicht ab, dass es dir in den Sinn gekommen ist.«

»Wie auch nicht? Sex war ja nicht unser Problem. Du bist immer noch einigermaßen attraktiv und ich bin schließlich nicht tot.«

Wenn überhaupt, ist Grant im vergangenen Jahr noch heißer geworden. Vielleicht ist es die leichte Trauer in seinem Blick, die ich mir einbilde, wenn ich ihn ansehe. Melancholie sollte eigentlich nicht so sexy sein.

»Uns stehen also lediglich unsere gemeinsame Geschichte, tonnenweise Schuldzuweisungen, Bitterkeit und Scheitern im Wege, ja?«

Er nippt an seinem Bier und zieht wissend eine Augenbraue nach oben, während er mich weiter ansieht. »Ich bin also nur einigermaßen attraktiv, Bean?«

Ich schüttele den Kopf. »Genug Selbstbewusstsein hattest du ja schon immer, Georgia.«

»Oh, ich weiß nicht. Ab einem bestimmten Punkt habe ich doch ein wenig den Glauben an mich verloren.«

Da ist sie wieder. Jene Mauer zwischen uns, die wir offenbar einfach nicht überwinden können.

»Ist das jetzt der Punkt, an dem ich mich entschuldigen sollte?«

»Nein«, sagt er sofort. »Ich sage das nicht, um dir ein

schlechtes Gewissen zu machen, sondern nur, um dir mitzuteilen, wie es um mich steht. Wir kennen uns doch viel zu gut, um die Sache schönzureden.«

Er hat recht. Aber unser Wissen um all die Macken und Ticks des anderen macht es nicht leichter. Eigentlich belastet es uns eher. Was wir hatten, war unendlich kostbar – und ist jetzt nur noch ein Häufchen Asche.

Die Klänge von Elvis Presleys *Burning Love* durchbrechen die drückende Stille zwischen uns. Grant zieht sein Telefon aus der Hosentasche und sagt, ohne auch nur aufs Display zu sehen: »Da muss ich rangehen.«

Das war's dann wohl.

Er entfernt sich ein paar Schritte von der Bar, aber ich höre gerade noch, wie er die Anruferin begrüßt.

»Hey, Süße. Ich hatte gehofft, dass du anrufen würdest.«

Hey, Süße?

Bei dem Gedanken, dass Grant so liebevoll mit einer anderen Frau spricht, zieht sich mein Herz zusammen. Es kann ja nicht seine Mutter sein, also muss es – o Gott, er hat eine Freundin. Aber hätte er mir das nicht erzählt?

Wer weiß? Er gehört mir nicht mehr, dafür habe ich gesorgt.

Weniger als eine Minute später ist er wieder da – lang genug, um mich selbst völlig fertigzumachen.

Ich erhebe mich, streiche meinen Rock glatt. Als ich aufblicke, sehe ich, dass er mich eindringlich ansieht. »Ich geh dann mal ins Bett.«

»Lass uns noch was essen.«

»Was wurde aus dem Plan, uns die Seele aus dem Leib zu vögeln?«

»Dafür brauchen wir Kraft, Baby. Du weißt doch, wie es immer war.«

Ich hatte es eigentlich scherzhaft gemeint, aber in Bezug auf Sex hat Grant noch nie Spaß verstanden. Diese Angelegenheit hat er stets sehr ernst genommen und auch wenn sein Spruch ganz leichtfüßig daherkam, weiß ich, dass er an unsere Marathons zwischen den Laken denkt. Es war ein heißes, verschwitztes, langsames Vergnügen, das bis in die späte Nacht andauerte.

Aber wie war das noch mal? *Hey, Süße.*

»Schlaf gut, Grant.«

Und dann gehe ich, wohl wissend, dass er seinen Blick nicht von meinem hübschen Hintern lassen kann.

Zurück im Hotelzimmer faucht Cat Damon mich an, weil ich ihn so lange allein gelassen habe. Also tröste ich ihn erst einmal. Sobald er sich beruhigt hat, mache ich mich an die Arbeit: Ich bereite eine Slideshow vor, die Libbys Leben feiern soll. Sie ist beinahe fertig, aber ich mache mich noch ein bisschen daran zu schaffen, schiebe hier ein Bild weiter oder kürze da eine Sekunde weg.

Als ich von meinem Perfektionismus gelangweilt bin, rufe ich bei Charlie an, aber sie hebt nicht ab. Wahrscheinlich hat sie gerade Sex mit ihrem brandneuen Ehemann. Danach versuche ich es bei Trinity, bekomme aber nur eine tiefe männliche Stimme mit britischem Akzent an den Apparat.

»Oh, hallo, werte Anruferin. Freu dich, dein alter Kumpel Lucas ist am Telefon.«

»Ich wollte eigentlich mit deiner Frau sprechen.«

»Sie ist unter der Dusche. Ich hab deinen Namen auf dem Display gesehen und dachte, es handelt sich um einen Notfall.«

»Sei nicht albern, Wright. Ich rufe nur an, um mit einer Freundin zu quatschen.«

Er schweigt, was ihm sicher wahnsinnig schwerfällt. Er ist die größte Quasselstrippe, die ich kenne. Komischerweise war Lucas mir in den vergangenen Monaten ein richtig guter Freund. Nach der Scheidung war meine Beziehung zu Max etwas angespannt – er hat sich um Neutralität bemüht, aber da er und Grant zusammenarbeiten, war sie immer ein wenig gefährdet. Lucas ist mit beiden gut befreundet, aber es gelingt ihm dennoch, über den Dingen zu stehen. Von seiner starken Schulter habe ich auf jeden Fall profitiert. Ich habe in seiner Anwesenheit zwar nie geweint (um Himmels willen, das würde er mir auch nie durchgehen lassen), aber ich habe ihm mehr anvertraut, als ich das je bei einer Freundin getan habe.

»Das war eine furchtbare Idee«, sprudelt es aus mir hervor. »Da versuche ich, in Ruhe und Frieden was an der Hotelbar zu trinken, und da taucht Grant doch glatt auf und ist unfassbar sexy.«

»Wie kann er es wagen?«

»Halt bloß die Klappe. Hat er eine Freundin?«

»Nicht, dass ich wüsste.«

Vielleicht war es doch seine Mom oder seine Schwester? »Ich habe seit Ewigkeiten nicht mehr so viel Zeit mit ihm verbracht, es ist echt komisch.«

»Auf eine schlechte Weise?«

»Ja und nein.« Ich seufze und streichele über Cat Damons Wirbelsäule. Er drückt den Rücken durch, will mehr davon. »Ich denke einfach, dass wir auf keinen Fall miteinander schlafen sollten.«

»Warum? Weil du dann wieder mit ihm zusammen sein willst?«

»Nein. Er könnte sich Hoffnungen machen.«

Lucas lacht auf.

»Was ist daran so komisch?«

»Du. Weil du angeblich die Finger von ihm lassen willst, um seine Gefühle nicht zu verletzen. Du opferst dich also, um die Unantastbarkeit der Scheidung zu gewährleisten.«

Ich gebe auf. »Okay, ich will nicht verletzt werden. Grant hat so eine Art ...«

»... dich rumzukriegen?«

»Ja! Er ist wirklich Mister Super-Intensiv, immer konzentriert. Es erinnert mich an damals, als alles noch gut war und wir uns unbesiegbar gefühlt haben.«

Er brummt: »Nostalgie kann echt ein Spielverderber sein. Aber vielleicht solltet ihr euch mal darauf konzentrieren, was gut an eurer Beziehung war. Und klären, was schlimm war.«

»Leichter gesagt als getan.«

Ich höre, dass ich eine Nachricht bekommen habe, und sehe aufs Display. Grant hat mir ein Foto geschickt, das aussieht wie die Erfüllung meiner kühnsten kulinarischen Träume. In Cleveland. Es ist ein doppelter Burger, auf dem sich Pilze und Bacon türmen.

Ja, das ist wirklich wahr, hat er dazugeschrieben.

»Grant hat mir gerade ein Foto von einem Hamburger geschickt.«

»Wow, jetzt zieht er aber schwere Geschütze auf!«

»Er weiß eben, dass ich den Mund gern voll mit heißem Fleisch habe.«

Lucas stöhnt und ich kichere. Ja, der Scherz war mies, aber solche Sprüche sind gut für meine Laune.

»Hör mal, Aubs, ich weiß ja, dass du verletzt bist. Du musst mir auch nicht sagen, warum, denn die Gründe sind nicht so wichtig wie das Gefühl selbst. Aber du bestimmst, was mit dir passiert, okay? Selbst wenn er jetzt den perfekten Burger mit ins Spiel bringt.«

Es raschelt in der Leitung, dann höre ich einen kurzen Wortwechsel. Als Nächstes ertönt Trinitys Stimme im Hörer.

»Aubrey? Alles klar bei dir?«

»Jepp, ich wollte mich nur mal aus dem verschneiten Cleveland melden. Dein Freund hat mir gerade einen gruseligen Einblick in die männliche Psyche gegeben. In seine eigene.«

»Oh, shit, nein!«

Ich lache. »Es geht ihm gut. Ich bin gerade einfach etwas dünnhäutig, glaube ich. So ist das eben, wenn ich Zeit mit Grant verbringe.«

»Ich bleibe gern noch ein bisschen in der Leitung, um dich von irgendwelchen Dummheiten abzuhalten.« Sie senkt die Stimme. »Wobei dir ein paar Dummheiten vielleicht gar nicht schaden würden.«

»Hab ich ihr auch schon gesagt!«, mischt Lucas sich ein.

»Männer! Denken, sie hätten die Weisheit mit Löffeln gefressen.«

Wieder muss ich lachen. Die beiden sind aber auch zu süß zusammen! »Jetzt aber ab mit dir. Mach dein Ding.«

Ich lege auf und überlege, was ich als Nächstes tun soll. Bin ich Frau genug, um mich der Hamburger-Herausforderung zu stellen?

8. KAPITEL

Grant

Es dauert zehn Minuten, bis an meiner Tür ein Klopfen ertönt. Ja, ich gebe es zu: Ich führe ein kleines Freudentänzchen auf. Dann bemühe ich mich um ein würdevolles Auftreten, öffne die Tür und lehne mich lässig an den Rahmen.

»Was geht?«

Aubrey verdreht liebevoll die Augen. Ein ausgeblichener grauer Kapuzenpulli mit einem violetten Northwestern-Law-Schriftzug rutscht über eine ihrer zu schmalen Schultern. Das Haar hat sie sich über dem Kopf zusammengebunden und sie hat ihre schicke Brille aufgesetzt. Vielleicht denkt sie, dass das nicht sexy ist. Aber da liegt sie falsch.

»Also, bringen wir's hinter uns«, murmelt sie ungeduldig.

Ich halte ihr die Tür auf und sie zischt an mir vorbei, streng bemüht, mich nicht zu berühren. Als sie auf den Tisch blickt, klappt ihr der Kiefer herunter.

»Du - du hast meinen Burger aufgegessen?«

»Ich habe *meinen* Burger aufgegessen.«

»Aber was zum Teufel sollte dann die Nachricht?«

Ich fülle ein Glas mit Pinot und reiche es Aubrey, ehe ich wieder nach meinem Bier greife. »Ich wusste, dass du nicht sofort rüberkommen würdest, weil du nicht zu … gierig erscheinen wolltest. Deswegen habe ich erst mal nur einen Burger für mich bestellt und dann …«

Wie aufs Stichwort ertönt erneut ein Klopfen an der Tür.

»Momentchen.« Ich mache auf, um den Zimmerservice hereinzulassen. Der Mann wirft mir einen verächtlichen Blick zu, weil ich ihn innerhalb einer halben Stunde zweimal zu mir geordert habe.

»Ihre zweite Bestellung, Sir.«

»Danke, Buddy.« Während er das Essen auf dem Schreibtisch abstellt, unterschreibe ich die Rechnung und gebe ihm ein sehr ordentliches Trinkgeld. Sobald er weg ist, hebe ich die Abdeckung vom Tablett. Ein dampfender, frisch zubereiteter Doppelburger mit Pilzen und Bacon kommt zum Vorschein, zusammen mit Pommes frites und allem, was dazugehört.

Aubrey starrt den Burger an, dann mich. »Du warst dir so sicher, dass ich kommen würde?«

»Nein. Aber wenn du nicht aufgetaucht wärst, hätte ich dir das Ding höchstpersönlich vorbeigebracht. Klingelstreich mit Burger quasi.«

Auf ihrem Gesicht erscheint dieses Lächeln, mit dem sie Welten erschaffen und implodieren lassen kann.

»Du bist unmöglich!«

»Nur gut vorbereitet. Mach es dir auf dem Bett gemütlich, Bean, und lass mich … das machen.«

Eigentlich wollte ich sagen, dass ich mich um sie kümmern will. Aber vielleicht ist es dafür etwas zu früh.

Sie knurrt zwar, macht es sich dann aber auf den Kissen gemütlich, zieht die Decke über die Beine und wartet darauf, dass ich ihr den Leckerbissen bringe. Ein sehr vertrautes Ritual, bei dem es entweder um Süßigkeiten, Burger oder mich höchstpersönlich geht.

Ich lehne mich an das einzige Kissen, das sie mir übrig gelassen hat, das Tablett steht zwischen uns. Aubrey nippt an ihrem Wein und linst über die Kante des Glases hinweg zu mir, ehe sie eine Pommes in die Hand nimmt. Erst nagt sie zögerlich daran, kaut, dann leuchten ihre Augen vor Freude auf. Ich genieße den Anblick, so wie ich jede einzelne Sekunde mit ihr genieße. Jede gute und jede schlechte auch.

»Sag die Wahrheit, Grant.«

»Immer.«

»Du hast kurz das Tanzbein geschwungen, als ich an die Tür geklopft habe, oder?«

Ich merke, dass ich erröte. »Ertappt, Bean.« Am Beginn unserer Beziehung habe ich meinen Sieg nach jedem Kuss, jeder Berührung, jedem Lächeln mit einem kurzen Freudentänzchen gefeiert. Manchmal in ihrer Anwesenheit, manchmal ohne sie.

Sie gibt mir einen sanften Knuff. »Du hast dich kein bisschen verändert, seit ich dich kennengelernt habe. Bist immer noch der Typ, der alles feiert.« Plötzlich wirkt sie ein wenig verlegen und widmet sich wieder ihrem Burger. Erst teilt sie ihn mit dem Messer, dann greift sie nach einer Hälfte und nimmt einen großen Bissen. Eine Weile sitzen wir schweigend da, und währenddessen klaue ich ihr die zu lange frittierten Pommes. Die mag sie nämlich nicht. Wir sind eben ein gutes Team.

»Ich habe seit Ewigkeiten nichts gegessen, das so lecker ist.«

Sie hat im vergangenen Jahr eindeutig ein paar Kilo verloren. Das macht mir Sorgen, aber wenn ich es erwähne, wird sie garantiert sauer. Wir befinden uns auf einem Minenfeld.

»Fertig?«

Sie nickt und ich bringe das Tablett weg. Zurück auf dem Bett biete ich ihr mehr Wein an, aber sie schüttelt den Kopf.

Als ich ihre finstere Miene sehe, weiß ich schon, was sie als Nächstes sagen wird.

»Ich sollte besser zurück in mein Zimmer gehen.«

»Noch vor deiner Fußmassage?«

Sie haut auf meine Brust und lässt dann ihre Finger dort verweilen. »Trainierst du noch?«

»Ich gehe schwimmen. Bei Max.« Nach der Trennung von Aubrey habe ich mich erst mal dem Frustessen gewidmet und mit dem Sport aufgehört. Jetzt aber bin ich so gut in Form wie schon seit Jahren nicht mehr.

Sie streicht über meine Schulter, überprüft meine starken Muskeln. Ihre Berührung fühlt sich göttlich an, aber ich will auf keinen Fall, dass sie das merkt.

»Lucas findet, ich sollte es einfach machen«, flüstert sie.

»Was denn machen?«

»Das mit dir. Dich ausnutzen und benutzen. Diese Schultern könnten mich direkt auf die dunkle Seite befördern.«

Mein Puls beginnt zu rasen. Einerseits, weil sie immerhin darüber nachdenkt, meinen Körper zu benutzen, andererseits, weil mein Freund und Kollege irgendwie involviert ist. »Du hast mit Lucas über mich gesprochen?« Nicht einmal *ich* spreche mit Lucas über mich!

»Ich habe bei Trinity angerufen und Lucas hat abgehoben. Du kennst ihn ja, er kann nie seine Klappe halten und muss immer seinen Senf dazugeben.«

Ich weiß. Ich liebe den Kerl, aber manchmal möchte ich ihm auch eine reinhauen. Na ja, meistens sogar.

Aubrey nippt an ihrem Wein und beobachtet mich immer noch aus diesen silbergrauen Augen, denen nichts entgeht.

»Vielleicht sollten wir fernsehen? Während ich über deine Schultern nachdenke.«

Wir können von mir aus irgendeine schreckliche Realityshow ansehen, aber es gefällt mir gar nicht, wie wir umeinander herumschleichen. Als wären wir beide furchtbar unruhig.

»Klar, gute Idee.«

Sie sucht einen Thriller aus, der ziemlich schaurig ist. Aubrey hatte immer schon eine blutrünstige Ader. Wir halten zwar Abstand, aber ich nehme sie dennoch überdeutlich wahr. Ihren flachen Atem, die leisen Seufzer, die Art, wie sie ihre Zehen durchbiegt. Sie trägt Socken, dennoch bin ich wie hypnotisiert von ihren Füßen. Natürlich dauert es nicht lange, bis sie es bemerkt.

»Hör auf damit, du Weirdo.«

»Ich kann nicht anders. Ist eine Weile her, seit mir mein Objekt der Begierde so nah war.«

»Alles klar, dann nutz es aus.« Sie wechselt die Position, sodass ihre Füße in meinem Schoß liegen. Natürlich lasse ich mir das nicht zweimal sagen und streife sofort einen Socken ab. Ihre Füße sind klein, meine Hände sind groß. Dieser Kontrast hat immer schon die Dynamik zwischen uns geprägt. Ich bin groß und animalisch, sie klein und zierlich.

Ich streiche mit dem Daumen über ihre Fußsohle und drücke auf bestimmte Stellen, von denen ich weiß, dass sie sich gut anfühlen. Aubrey wimmert leise auf und unterdrückt ein Stöhnen.

»Lass es ruhig raus, Bean.«

»So gut ist es aber noch nicht.«

Es quält mich richtig, sie auf diese Weise zu berühren. Ihr so nah zu sein und dennoch nicht zu wissen, ob ich willkommen bin. Da ist es mir fast lieber, ihr im Gerichtssaal zuzusehen, wenn sie diese frostige Unnahbarkeit ausstrahlt und uns so beide schützt. Sie so zu sehen wie jetzt – sie zu berühren und dennoch nicht zu erreichen –, ist ein Kampf, von dem ich nicht weiß, ob ich ihn gewinnen kann.

Ich strenge mich noch mehr an, um sie endlich stöhnen zu hören. Ja, ich bin ein Masochist.

»O ja, das ist es.« Sie rekelt und streckt sich wie eine faule Katze. Apropos Katze …

»Wo ist der Dämon?«

»Der schlummert nach einer Mahlzeit aus Thunfisch und Frühlingsgemüse auf meinem Bett.«

»Du bist also hier, weil es in deinem Zimmer mieft?«

Sie grinst. »Mach einfach deine Arbeit.«

Das mache ich. Sie stöhnt. Ich bekomme eine Erektion. Der ewige Kreislauf.

Sie streckt die Beine aus und legt den Kopf aufs Kissen, während sie mich ansieht. »Danke, dass du das machst. Dass du mich heimfährst, meine ich. Es tut mir leid, dass ich das nicht längst gesagt habe. Mir ist schon klar, dass du überall lieber wärst als hier.«

»Ich weiß nicht. Cleveland hat seinen ganz eigenen Charme, finde ich.«

»Es ist trotzdem supernett von dir.«

»Hat der Vibrator was damit zu tun?«

Sie blinzelt. »Wie bitte?«

»Mit deiner Verletzung.« Sie wird es mir bald erzählen müssen.

»Ich sollte gehen«, meint sie, macht aber keinerlei Anstalten aufzustehen.

»Hast du Angst, dass du mir nicht widerstehen kannst?«

Sie verdreht die Augen. »Du warst immer schon verdammt eingebildet, Grant Roosevelt Lincoln.«

»Und du warst nie eingebildet genug.«

Sie runzelt die Stirn. »Wie meinst du das?«

»Du hast nie genug an dein Talent geglaubt. Daran, dass du toll bist. Das tust du immer noch nicht.«

»Glauben ist nun mal nicht genug. Ich musste immer härter arbeiten als du. Kann sein, dass ich den Eindruck gemacht habe, aber ich bin kein Naturtalent in Sachen Jura. Du marschierst zur Zulassungsprüfung, ohne auch nur in ein Buch geschaut zu haben. Ich? Ich muss vier Wochen büffeln und mir deswegen die Nächte um die Ohren schlagen.«

Ich schüttele den Kopf. »Das liegt daran, dass du alles unter hundert Prozent als Scheitern ansiehst. Das Kochen hast du zum Beispiel direkt aufgegeben, weil deine ersten paar Versuche nicht geklappt haben.«

»Die Lasagne ist verbrannt!«

»Das Filet Wellington auch. War aber auch ganz schön ambitioniert für jemanden, der nicht mal ein weiches Ei kochen kann.«

»Ich wollte eben, dass das erste Essen in unserer neuen Wohnung perfekt ist.«

Ich lächele. »War es doch sowieso. Weil du da warst.«

»Grant, ich ...«

»Ich meine doch nur, dass deine Messlatte immer so unglaublich hoch liegt. So hoch, dass sie dich zurückgehalten hat.«

Sie richtet sich auf. »Was ist denn falsch daran, gewisse Standards zu haben? Zu wollen, dass die Dinge laufen? Denn wenn sie schiefgehen, ist das das schlimmste Gefühl der Welt, Grant.«

»Ich weiß.«

Ihr Gesichtsausdruck ist dermaßen gequält, dass ich sofort ein schlechtes Gewissen habe. Ich habe diese Gefühle in ihr ausgelöst. War es vielleicht eine schlechte Idee, mich auf diese Reise zu begeben? Aber es ist doch *unsere* Reise. Die sollten wir gemeinsam machen.

Aubrey schwingt ihre Beine aus dem Bett. »Danke für

den Burger. Ich sollte jetzt wirklich …« Sie winkt Richtung Tür.

»Feigling.«

Ihre Augen weiten sich. »Wie bitte?«

»Sobald das Gespräch vertraut wird, stiehlst du dich davon.«

»Denkst du nicht, dass wir genug geredet haben, Grant? Das haben wir. Wir sind beide Scheidungsanwälte und deswegen können wir besser als jeder andere Dinge ausdiskutieren, herumstreiten und die andere Gegenseite verletzen. Und ich weiß, worauf es schließlich doch jedes Mal hinausläuft – auf mein Bedürfnis, in Ruhe mein Leben weiterzuleben, während du unbedingt alles in Ordnung bringen möchtest. Mich eingeschlossen. Es geht dir sogar ganz besonders um mich, dabei bin ich grundsätzlich irreparabel. Das mit uns konnte gar nicht funktionieren. Wir sind zu unterschiedlich.«

»Und dennoch ging es sieben Jahre lang gut. Wir haben sieben Jahre durchgehalten.«

»Aber wir haben die ganze Zeit furchtbar gestritten.«

Ich erhebe mich und sehe sie an. »Wir sind aber immer zueinander zurückgekehrt.«

Ihre Augen sind groß und voller Verlangen. »Ja, indem wir Sex hatten.«

»Aber auch, weil wir einander kennen. Wir wissen, wer wir sind, dass wir ein eingespieltes Team waren und welche Grundlage wir geschaffen haben. Es hätte nicht so leicht sein dürfen, das alles einfach einzureißen.«

»Und dennoch sind wir heute hier.«

Ich umschließe ihr Kinn mit meiner Hand, gebe ihr Zeit, auf Abstand zu gehen. »Ja. Da sind wir.«

»Ich … ich bin das wandelnde Chaos, Grant.« Sie deutet auf ihren Körper, als wäre ihr Äußeres ein Problem. Als könnten ihre Worte mich in die Flucht schlagen.

Aber einmal bin ich geflohen. Vielleicht stehen die Dinge zwischen uns heute deswegen so, wie sie nun einmal stehen. Ich hätte härter kämpfen sollen.

»Du denkst, du bist ein wandelndes Chaos? Nicht so sehr, wie du es sein könntest, Bean. Nicht so sehr wie ich.« Ich küsse sie und hoffe, dass sie danach ähnlich aufgewühlt sein wird, wie ich es jetzt schon bin.

Ihr Mund ist so süß, so empfänglich. Ich habe ihn schrecklich vermisst. Den Hunger danach, die Freude.

Unsere Zungen verknoten sich, es ist die perfekte Wiedervereinigung. Jetzt wissen wir wieder, wie verdammt gut wir zusammen waren. Sie stöhnt in meinen Mund und plötzlich packe ich ihren Hintern, ziehe sie an mich, bin wild entschlossen, sie nie wieder gehen zu lassen. Ich kann nicht anders.

Aber die Geste kam zu plötzlich. Sie reißt sich mit glasigen Augen von mir los. »Das ... ich weiß nicht, ob ich das kann.«

Ich nicke und schaffe es irgendwie, mich von ihr zu lösen. Es fühlt sich zwar völlig unnatürlich an, aber ich versuche, es zu überspielen. »Du schmeckst wie früher.«

Sie berührt ihre Unterlippe und leckt dann mit der Zunge darüber. Vielleicht, um mich zu schmecken. Hoffentlich.

Ich schnappe mir ein Kissen und halte es vor meinen Schoß. »Mach das nicht! Das ist zu viel.«

Sie lächelt dieses Katzenlächeln und seltsamerweise löst sich dadurch die Spannung zwischen uns. Ich will ihr das Gefühl geben, die Kontrolle über die Situation zu haben. Sie soll sich nie wieder Sorgen darum machen müssen, dass ich sie zu sehr drängen könnte.

»Ehrlich?« Sie beißt sich auf die Unterlippe, sodass sie feucht und einladend schimmert. Oh, sie weiß ganz genau, was sie da tut.

»Du bist eine Nachkommin der Hexen von Salem. Wusste ich es doch.«

»Ich sollte gehen.« Es ist bestimmt das dritte Mal, dass sie das sagt.

»Bleib. Aber nur, wenn du dich benehmen kannst.« Ich gehe zurück zum Bett und strecke mich aus, die Kissen im Rücken und den Arm hinter meinem Kopf verschränkt. »Ich werde dich nicht wieder küssen. Nicht einmal, wenn du mich anbettelst.« Ich finde die Fernbedienung und zappe mich durch die Sender, bis ich auf *The Good Place* stoße. Die Sendung mag ich, weil Ted Danson einfach ein Genie ist.

Aubrey wartet einen Moment lang ab, dann noch einen. Nach einer gefühlten Ewigkeit streckt sie sich neben mir aus. Sie berührt mich nicht, liegt aber doch nah genug bei mir, um mir erneut Hoffnung zu schenken.

9. KAPITEL

Aubrey

Ich erwache in den Armen meines Ex-Manns und nutze den Moment, um ihn mir genau anzusehen.

Als ich Grant zum ersten Mal begegnet bin, konnte ich gar nicht fassen, wie sehr er mich anzog. So etwas war mir noch nie passiert. Klar, ich hatte auch andere Männer heiß gefunden, aber ich hatte noch nie stark auf jemanden reagiert. War immer misstrauisch, was das anging. Wahrscheinlich sind das meine Neuengland-Gene. Sich von seinen Hormonen den Verstand vernebeln zulassen, kam mir immer unpraktisch und ungehörig vor.

Zu Beginn des Studiums saß ich im Unterricht hinter ihm und konnte ihn auf diese Weise unbemerkt anstarren. Er war der einzige Student ohne Laptop und schrieb immer in großer, geschwungener Schrift auf einen Notizblock. Während alle anderen fleißig in die Tasten hauten, hörte er konzentriert zu und notierte sich ab und an etwas. Ihn zu beobachten, war eine echte Offenbarung.

Jetzt mustere ich ihn, als sähe ich dieses Prachtexemplar zum ersten Mal. Was ist es, das Grant so unwiderstehlich macht?

Natürlich lassen sich seine äußerlichen Vorzüge nicht leugnen. Seine wunderschöne Kieferpartie zum Beispiel. Stark und kantig, der perfekte Anlaufpunkt für meine Stirn.

Seine Lippen sind fest und großzügig. Sie haben mich noch nie enttäuscht.

Aber eigentlich geht es um Grants Augen. Sie sind mitternachtsblau, intensiv und feurig. Und können gleichzeitig so liebevoll gucken, dass es einem fast das Herz bricht.

Gerade sind sie zum Glück geschlossen. Wenn man nämlich in diese Augen sieht, verliert man auf der Stelle den Verstand. So war es auch, als ich ihm zum ersten Mal begegnet bin. Als würde mir mein Körper nicht länger gehören – und direkt zum Eigentum von Grant Roosevelt Lincoln werden.

Ich bin mir nicht sicher, ob auch ich je eine solche Macht über ihn hatte. Klar, er hat meine Nähe genossen – aber vielleicht war ich auch einfach eine Herausforderung für ihn? Es hat ihn irgendwie angemacht, dass ich mich trotz meiner vermeintlich blaublütigen Bostoner Gene auf einen bodenständigen Südstaatler wie ihn eingelassen habe. Dieses Spiel haben wir ziemlich lang gespielt, aber wahrscheinlich war eher ich es, die dadurch Distanz zu halten versuchte.

Grant braucht etwas, woran er sich festhalten kann. Einen Grund zur Hoffnung. Diesem ein Meter neunzig großen sexy Gentleman aus den Südstaaten ist ein sehr gelassener und zugleich grenzenloser Optimismus zu eigen. Außerdem hat Grant Nerven aus Stahl. Mir ist nie jemand begegnet, der so entschlossen ist wie er.

Deswegen habe ich auch Nein gesagt, als er mir zum ersten Mal einen Heiratsantrag gemacht hat.

Zwei Wochen vor der Abschlussprüfung zerbrach ich mir immer noch den Kopf über eine geeignete Stelle. Mein Vater wollte, dass ich zurück nach Boston komme und dort in der Rechtsabteilung der familieneigenen Firma arbeite. Aber Grant blieb in Chicago. Er hatte ein Angebot von Fairfax and Mullen bekommen, einer der Topfirmen der Stadt. Mir wiederum wurde eine Offerte von einer kleineren Boutique-Kanzlei in Chicago gemacht. So war das eben, wenn die Noten nicht so gut waren.

Grant hat nie bezweifelt, dass wir den klassischen Weg einschlagen würden: eine Hochzeit nach dem Abschluss, ein Leben in den Suburbs, drei Kinder (zwei Mädchen, ein Junge, laut ihm). Aber er war nun mal der selbstbewussteste Mensch, den ich kannte.

Als er mir also den Antrag machte, fragte ich mich, ob ich jemals so sicher sein würde wie er. Wollte ich diese Person sein? Die Tochter, an die hohe Erwartungen gerichtet wurden, die Frau eines erfolgreichen Anwalts, die Mutter, die keine Zeit für ihre Kinder finden würde, so wie ihre eigene?

»Ich muss darüber nachdenken.«

Grant kniete vor mir und starrte mich an. Wir hatten einen Spaziergang am See gemacht und gerade ging die Sonne unter. Plötzlich erschien ein verschmitztes Lächeln auf seinen schönen Lippen.

»Du machst es einem auch wirklich nie leicht, was, Bean?«

Ich hätte am liebsten geschrien, dass das hier nicht eines unserer Spielchen war. Ich wollte ihn nicht überbieten oder es ihm absichtlich schwer machen. Nein, ich machte mir einfach Sorgen, ich könnte von seinem Ehrgeiz subsumiert werden. War ich einfach eine weitere Trophäe, die er ergattern wollte? Ein weiterer Haken auf seiner Liste? Aber irgendwie gelang es mir nicht, diese Bedenken in Worte zu fassen. Also warf ich nur den Kopf zurück und lachte kokett.

»Warten wir es ab!«

Und zog zurück nach Boston.

Grants Antwort darauf: *Jetzt übertreibst du es aber ein bisschen, oder, Bean?*

Ich sagte ihm, dass ich Raum bräuchte. Im ersten Jahr

arbeitete man in unserem Berufsfeld doch sowieso jede Woche achtzig Stunden. Der Abstand würde uns dabei helfen, alles zu klären.

In diesem ersten Jahr kam er mich jedes Wochenende besuchen, selbst wenn es nur für eine Nacht war. Ich hätte nicht gedacht, dass ich ihm noch mehr verfallen könnte, aber Grant Roosevelt Lincoln wusste, wie man eine Frau umwirbt. Ich war an wohlhabende Studentenverbindungsmitglieder von Cape Cod gewöhnt, an schnell redende Investmentbanker, an Typen mit politischen Ambitionen, die mir meine permanent enttäuschte Mutter andauernd vorsetzte.

Grant war so anders. War langsam und entschlossen in dem, was er sagte, wollte und was er mit mir im Bett anstellte. Er war ein Mann auf Mission. Und die Mission war ich.

Sie verlief erfolgreich. Nach einem Jahr zog ich zurück nach Chicago und wir brannten nach Vegas durch, um zu heiraten. Ich ertrug den Gedanken daran nicht, dass meine Mutter bei einer großen Bostoner Hochzeit auf ihn und seine fantastische Familie hinabblicken könnte.

Sie hatte bereits genug schneidende Kommentare über seinen Akzent (*passt hervorragend zu Banjomusik*), seine bedächtige Herangehensweise (*was auch immer gerade in seinem Südstaatlerhirn vor sich gehen mag*) oder sein schiefes Grinsen gemacht, wenn man ihm beim Dinner drei Gabeln und zwei Löffel vorlegte (*Grant, mon cher, benutz, wonach auch immer dir der Sinn steht*). Meine Brüder sahen in ihm eine Art Karnevalstypen, obwohl er sie bei jedem Thema mühelos in den Schatten stellte. Und mein Vater ... Nun, der hatte gewöhnlich ordentlich einen im Tee, wann immer er zu Hause war. Wenn er denn mal nach Hause kam. Sein Bürosofa oder die Oberschenkel seiner Assistentin hatten ihn schon immer mehr gereizt.

Die einzige Person, die Grant genauso zu schätzen wusste wie ich, war meine Großmutter. Ich hatte eigentlich erwartet, dass sie ihn auseinandernehmen würde, aber er hatte ein Händchen für sie. Sorgte mit seinem Charme dafür, dass sie sich schön fühlte. Wenn Grant während eines Besuchs bei meiner Familie plötzlich nicht mehr auffindbar war, steckte er garantiert in Libbys Domizil (das ziemlich geräumig ist und sich auf dem Grundstück der Familie befindet). Den beiden beim Herumalbern zuzusehen, brachte mein Herz regelmäßig zum Überfließen.

Es wird sie sehr schmerzen, dass Grant sich nicht mehr um mich kümmert. Bestimmt findet er die richtigen Worte, wenn er persönlich mit ihr spricht. Wobei ich nicht weiß, ob es die überhaupt gibt. Grant und Aubrey sind kein Paar mehr. Kann das jemals richtig klingen? Eigentlich ist es die schlimmste Nachricht der Welt, aber Grant wird es vielleicht schaffen, es irgendwie *akzeptabel* klingen zu lassen. Das ist alles, worauf ich hoffen kann.

Jetzt, da ich in einem Hotelzimmer in Cleveland neben ihm liege, fällt mir auf, dass sein Atem genauso stabil ist wie er. Ich habe mich mit niemandem je so sicher gefühlt wie mit Grant. Sein Hemd ist ein paar Zentimeter nach oben gerutscht, sodass ein Stück seines muskulösen Bauchs zu sehen ist und ich sofort das Bedürfnis habe, ihn zu berühren. Ich fahre mit dem Finger den Streifen der Härchen entlang, die unter seinem Bauchnabel wachsen, bis ich an die Kante seiner Jeans stoße – die erste Barriere von vielen. Ein Knopf, ein Reißverschluss, mein Schmerz und natürlich meine Vernunft, die mir sagt, dass ich nicht einmal daran denken soll.

Nun, habe ich aber. Und es hat mir … gefallen. Sehr sogar. Ich öffne den Knopf und schaue dann in sein Gesicht.

Unter schweren Lidern sieht er mich verschmitzt an. »Kann ich dir irgendwie behilflich sein?«

»Nein.« *Ja. Das hier wird mir helfen. Mir das Gefühl geben, dass ich alles im Griff habe – einfach nur, weil ich endlich wieder etwas fühle.*

Ich streichele über seine Bauchmuskeln, jetzt, da ich seine Erlaubnis dazu habe. Moment, habe ich die? Ich halte inne, bin mir plötzlich unsicher. »Ist das – okay?«

Er nickt und wirkt plötzlich ebenfalls verunsichert. Oder so, als hätte meine Berührung ihm den Wind aus den Segeln genommen.

»Sag es«, presse ich hervor. »Ich brauche dein Ja.«

»Ja, Aubrey. Ich will, dass du mich berührst. Ich will, dass du alles machst, was du brauchst.«

Nicht *willst*, sondern *brauchst*. Niemand versteht mich so gut wie dieser Mann.

Als Nächstes ist der Reißverschluss dran, den ich langsam und verführerisch öffne, wobei die Beule unter der Hose einen leichten Widerstand bildet. Vielleicht hatte er die ganze Nacht einen Ständer? Vielleicht hat er ihn schon, seit wir in Chicago losgefahren sind. Ich fahre mit der Handfläche an seiner Erektion entlang, die gegen den Stoff seiner schwarzen Boxershorts drückt. Grant bäumt sich leicht auf.

»Immer musst du mich piesacken«, murmelt er.

»Entspann dich«, murmele ich zurück.

»Du denkst vielleicht, das sei eine Beleidigung, aber von dir werde ich eigentlich gern auf die Folter gespannt.«

Ich schließe die Hand um seinen Penis und drücke zu, ohne den Blick von ihm abzuwenden. Oh, das gefällt mir. Sein Gewicht in meiner Hand, sein Stöhnen und wie er sein Gesicht vor Schmerz oder Lust verzieht – und mich damit nur noch mehr anturnt.

»Aubrey, ich ... ich muss ... dich anfassen. Bitte.«

»Nein, noch nicht.« *Niemals.* Meine Mission ist es, die Kontrolle über die Situation zu behalten. Wenn ich mich von ihm anfassen lasse, er seine Finger in mein Höschen schiebt und dort reibt, wo ich seinetwegen schon richtig feucht bin, dann werde ich mich definitiv nicht mehr im Griff haben. Aber genau das will ich jetzt. Ich will einmal die Kontrolle über mein Leben haben, das ansonsten aus den Fugen geraten ist.

Ist vielleicht komisch, dass ich mein inneres Gleichgewicht wiederherstellen will, indem ich meinem Ex-Mann einen runterhole. Ich kann es auch nicht erklären, nur fühlen.

»Jeans runter«, befehle ich. Als er es nicht sofort macht, umschließe ich seinen Penis noch fester.

Mit einem lüsternen Stöhnen reißt er seine Jeans und seine Boxershorts hinunter und ich betrachte ihn voller Ehrfurcht.

»Wow«, sage ich und starre seinen Penis an.

»Du könntest mir ruhig ins Gesicht sehen.«

»Ich schaue mir lieber deinen Schwanz an.« Ich fahre mit dem Zeigefinger an der Unterseite seines Penis entlang, dann umschließe ich ihn mit meiner Hand. Er ist so dick, dass ich vor Freude heulen könnte.

»Bean, Himmel!« Seine Bauchmuskeln ziehen sich zusammen, als wollten sie sagen: *Mehr! Mehr! Mehr!* An seiner Eichel tritt ein Tropfen aus, Vorbote seiner Lust. Ich kann nicht widerstehen und lecke ihn ab.

»O Gott«, sagt er, ehe er meinen Nacken mit seinen Händen umschließt. »Sorry, darf ich? Bitte?«

Wahnsinn, wie vorsichtig wir miteinander umgehen. Als ich seine Handflächen auf meinem Hals spüre, beginnt mein ganzer Körper zu kribbeln. Ich habe es immer geliebt, wenn er das gemacht hat.

Und ich glaube, ich werde es wieder lieben.

Ich nehme ihn in den Mund, bade ihn mit meiner Zunge, mache meine Wangen hohl, um an ihm zu saugen. Er bemüht sich darum, mich nicht zu fest zu packen, aber ich weiß, dass er mehr braucht. Ich auch. Wer auch immer Blowjobs für eine Art von Unterwerfung hält, hat sie einfach nicht drauf. In diesem Moment fühle ich mich jedenfalls wie eine Königin.

Als er auf meine Zunge spritzt, schlucke ich sein Sperma hinunter und sauge dann weiter an seiner empfindlichen Stelle, bis ich sicher bin, dass nichts mehr in ihm ist.

»Verdammt! Aubrey!«

Ich löse mich von ihm und lege den Kopf auf seinen Bauch. Ich kann ihn nicht ansehen. Noch nicht.

Er massiert mit seinen Fingern meinen Nacken. »Sie ist immer noch da.«

Er meint diese ganz bestimmte, unbestreitbare Chemie zwischen uns. Ich bewege meinen Kopf leicht, sodass ich mein Kinn auf seinen steinharten Bauchmuskeln abstützen kann, und sehe unter meinen Wimpern hervor zu ihm auf. »Ich bin die Königin der Blowjobs. Schon vergessen?« Diesen Titel habe ich mir bei unserem fünften Date verdient.

»Ich sollte mich revanchieren.«

Ich setze mich ruckartig auf. »Nein!«

»Nein?«

»Du schuldest mir keinen Orgasmus, Grant.«

»Stimmt. Ich schulde dir drei. Mindestens.«

Bei dem Gedanken beginnt es, in meiner Brust zu flattern. Natürlich würde es ihm gelingen. Aber ich will dieses andere, neue Gefühl nicht gleich wieder verlieren.

»Ich gehe jetzt in mein Zimmer.«

Er verzieht so entsetzt das Gesicht, dass es schon wieder niedlich ist. »Bist du dir sicher?«

Mir ist jetzt leichter zumute, obwohl all meine Gliedmaßen ganz schwer vor Lust sind. Wenn ich jetzt die Kontrolle behalte, dann überstehe ich auch die nächsten paar Tage. Ganz sicher.

»Lass mich dich zurückbringen«, sagt er. Er klingt ein wenig verzweifelt, weil ihm klar geworden ist, dass ich nicht nachgeben werde.

»Mein Zimmer ist doch nur drei Türen weiter.«

Er erhebt sich, schlüpft in seine Boxershorts und Jeans und zieht den Reißverschluss hoch. »Hier sind eine Menge zwielichtiger Gestalten unterwegs, habe ich gehört.«

Ich gebe eine Mischung aus Schnauben und Kichern von mir und lasse mich dann doch von ihm begleiten.

»Danke für den Burger.«

»Danke für den Blowjob.« Er grinst mich so frech an, dass ich beinahe dahinschmelze. Gleichzeitig merke ich, dass es ihm sehr unangenehm ist, dass wir nicht quitt sind. Er ist nun mal ein echter Gentleman.

Ich muss den Kurs dringend halten! »Bis morgen früh dann.«

»Schlaf gut, Bean.«

Grant besteht darauf, dass wir die Rock & Roll Hall of Fame besuchen. Ich kann es ihm schlecht abschlagen, es ist schließlich furchtbar nett, dass er mich fährt. Tatsächlich gehe ich sogar mit hinein und mache »Ohhh« und »Aah« in der Ausstellung, um zu zeigen, dass ich keine Spielverderberin bin.

Auf dem Weg zu unserem geplanten Mittagsstopp in Erie, Pennsylvania bekomme ich einen Anruf von meinem Vater.

Da er ansonsten lieber mithilfe von Großbuchstaben oder falschen Emojis und einer Menge Ausrufezeichen kommuniziert, hebe ich sofort ab, weil ich mir Sorgen um meine Großmutter mache.

»Dad, ist alles in Ordnung?«

»Natürlich, warum denn nicht?«

Ich linse hinüber zu Grant. »Ich dachte nur – ach, ist egal. Worum geht es?«

»Brauche ich denn einen bestimmten Grund, um meine Tochter anzurufen?«, brüllt er wie üblich ins Telefon. Hätte ich doch nur gewartet, bis wir angehalten haben! Dann könnte ich in Ruhe telefonieren und Grant wäre nicht stummer Zeuge dieses Gesprächs.

»Nein, ich bin nur überrascht, von dir zu hören. Morgen bin ich in Boston.«

»Also, deine Mutter will sich das Haus auf St. Barts unter den Nagel reißen.« Diese Aussage mag im ersten Moment völlig zusammenhangslos klingen, aber ich weiß es besser. Mein Vater ist nicht der Typ, der lang um den heißen Brei herumredet. Darum kommt er natürlich sofort auf den Scheidungsprozess zu sprechen, der langsam epochale Ausmaße annimmt. Sieht nicht so aus, als würde er je enden. »Sie hat keinen Anspruch darauf, oder?«

»Du solltest mit deinem Anwalt darüber sprechen. Aber grundsätzlich ist jede Anschaffung, die während der Ehe gemacht wurde, Teil der Verhandlungen. Es ist weniger als zehn Jahre her, dass du es gekauft ha-«

Er unterbricht mich. »Ja, mit meinem Geld!«

»Das sieht das Gericht nicht so. In der Ehe geht es um mehr als nur die Frage, wer was bezahlt hat. Wichtig ist auch, wer welchen Beitrag geleistet hat. Nicht alle davon sind monetär. Mom hat zu Hause alles am Laufen gehalten, während du« – *deinen Penis in fremde Frauen gesteckt hast* – »dich ums Geschäft gekümmert hast.« Das habe ich ihm schon Dutzende Male erklärt.

»Ich bin überrascht, dass du dich auf ihre Seite schlägst. Sie war schließlich nie besonders mütterlich.«

Wer sollte ihr einen Vorwurf daraus machen? Ich bestimmt nicht.

Es gibt da nämlich zwei, drei Dinge, die man über mein Elternhaus wissen sollte. Die Gates sind eine der ältesten und elitärsten Familien in Neuengland. Ein paar Vogelarten, der Kuckuck zum Beispiel, sind Brutschmarotzer. Sie legen ihre Eier in die Nester fremder Vögel, töten zu diesem Zweck manchmal sogar ein Junges des Gastvogels und bringen diesen dann durch Tricks dazu, die Vogeljungen als ihre eigenen aufzuziehen. Mein Leben ist die menschliche Version dieses Phänomens.

Ich bin das Resultat einer Affäre meines Dads. Als meine biologische Mutter nach Komplikationen bei der Geburt starb, wurde ich der Familie Gates quasi vererbt. Ich weiß nicht, weshalb mein Dad und seine Frau sich nicht getrennt haben, aber aus irgendeinem Grund ließ sich Marie-Claire zu einer Adoption bewegen. Die Familie weiß von seinem Fehltritt – der sich irgendwie in meinen verwandelt hat –, aber wir sprechen nicht darüber. Wir tun einfach so, als wäre es vollkommen normal, das Kind der toten Geliebten anzuschleppen und zu erwarten, dass die Ehefrau es großzieht.

Marie-Claire ist nun mal die einzige Mutter, die ich je hatte. Sie kann nichts gegen ihre Unterkühltheit mir gegenüber machen. Verdammt, ich verstehe sie nur zu gut. Mein Leben lang habe ich mich darum bemüht, meine Dankbarkeit zu zeigen. Dafür, dass ich Kuckuckskind aufgenommen wurde. Und jetzt verwendet mein Dad die gute Tat meiner Mutter gegen sie.

»Ich werde nicht Partei ergreifen, Dad. Und ich habe dir auch schon gesagt, dass ich dich in der Angelegenheit nicht beraten kann. Genau aus diesem Grund hast du doch deine teuren Anwälte, die auf Scheidungsrecht in Massachusetts spezialisiert sind.« So groß sind die Unterschiede da zwar gar nicht, aber da sich mein Vater von dem Juristenjargon beeindrucken lässt, bin ich zumindest kurz aus dem Schneider.

»Wie geht es Libby?«, frage ich. Er hat eine recht kampflustige Beziehung zu seiner Mutter. Sie ist nämlich nicht so begeistert von seinem Lebenswandel.

»Sie ist die halbe Zeit ziemlich … zugedröhnt.«

»Ich kann es kaum erwarten, sie zu sehen. Euch alle, meine ich«, füge ich eilig hinzu.

Jetzt, da ich nicht länger vor dem Ego meines Vaters katzbuckle, werde ich rasch entlassen.

»Papa Gates klingt ganz so, als wäre er in Topform«, merkt Grant an, nachdem ich aufgelegt habe.

»Lass gut sein, Lincoln«, murmele ich, weil ich nicht in der Stimmung bin.

Wir halten an einem Diner in Erie. Ich bestelle einen Salat und Grant Grillkäse mit Bacon. Tonnenweise Bacon sogar. Um seine Arterien zu schützen, bediene ich mich daran. Er hebt mein Glas an und salzt die Serviette. Die Geste ist so vertraut, dass mir kurz das Herz aufgeht. Er hat das auch früher immer gemacht, damit mein Glas nicht an der nassen Serviette festklebt.

»Lass uns über gestern Abend reden«, sagt er.

»Lass uns das nicht tun.«

»Ich wüsste gern, warum ich mich nicht revanchieren durfte.«

»Pssst, die meisten Männer würden das nicht infrage stellen.«

Seine dunklen Augen werden zu schmalen Schlitzen.

»Ja, ich weiß, Grant. Du bist anders.«

»Das war nie unsere Dynamik. Ich habe dich nie unbefriedigt zurückgelassen.«

»Wer sagt denn, dass ich das war? Ich kann mich selbst um meine Orgasmen kümmern.«

Seine Wangen erröten. »War das das Geräusch, das ich durch die Wände hindurch gehört habe?«, fragt er.

»Du hast nicht …« Mir wird klar, dass er nur Spaß gemacht hat. »Ich will bloß sagen, dass ich das gebraucht habe. Es ist eine Weile her, dass ich mich … nun ja, wie ein sexuelles Wesen gefühlt habe. Und dich zu befriedigen, hat mir das Gefühl von Kontrolle gegeben.«

Er starrt mich einen elektrisierenden Moment lang an, eindeutig überrascht von meinem Geständnis. Ich bin ja selbst etwas verdattert.

»Und wenn ich dich berühren, mit meinem Finger über deine feuchte Stelle, in dich hineinfahren würde, dann käme dir dieses Gefühl wieder abhanden?«

Jetzt ist es an mir zu erröten. »Ich bin noch nicht bereit, das wieder jemand anderem zu überlassen. Wenn es irgendwann so weit ist, weiß ich auch nicht, ob es mit dir passieren wird.«

Anstatt beleidigt zu sein, grinst er. Ich spüre ein leichtes Ziehen in der Magengegend. »Aha, du übst also nur so lange mit mir, bis du wieder in Schwung bist?«

»Was ist falsch daran?«

»Du bist mir vielleicht eine!«

Wir grinsen einander an wie zwei Volltrottel und fragen uns, wie das mit uns je schiefgehen konnte.

Als wir bereits die Hälfte unseres Essens verzehrt haben, höre ich Stimmen, die mal erregt, mal beruhigend klingen. Außerdem verdrehen mehrere Gäste den Hals, um das Geschehen hinter mir mitverfolgen zu können. Ein Mann, der vielleicht der Geschäftsführer des Diners ist, steht vor einer Sitznische in der Ecke des Ladens. Er hat uns zwar den Rücken zugewandt, aber ich sehe, dass er mit einer Frau spricht.

Mit einer Frau mit Baby, um genau zu sein. Das Kind heult auf und der Mann weicht zurück, als hätte das Geräusch ihn beleidigt. Dann sehe ich erst, was ihn tatsächlich anzugreifen scheint.

Die Frau stillt – oder hat gestillt. Ihre Bluse ist bis zum Nabel aufgeknöpft, wurde aber offenbar eilig wieder zugezogen, um etwas zu verbergen, was eigentlich ein ganz natürlicher Anblick sein sollte. Schnell sehe ich mich um, um herauszufinden, welches Arschloch sich beschwert haben könnte.

Jetzt, da wir genauer hinhören, können wir einzelne Gesprächsfetzen verstehen.

»Sie haben kein Recht ...«

»Die Toiletten sind dort hinten.«

»Lassen Sie sie doch ...«

»Ich bin gleich wieder da«, zische ich Grant kochend vor Wut zu.

»Hallo«, mische ich mich energisch ein, auch wenn ich gerade vielleicht nicht die passende Ausstrahlung habe und auch nicht mein Anwaltsoutfit trage. »Uns würde alle brennend interessieren, was hier eigentlich los ist.«

»Ma'am, bitte gehen Sie wieder an Ihren Tisch«, sagt der Geschäftsführer mit einer Stimme, die schmierig wie Margarine klingt. »Es tut mir leid, dass Sie gestört wurden.«

»Oh, das wurde ich gar nicht.« Ich wende mich an die Mutter, die jung ist und furchtbar müde aussieht. Die Frau, die ihr gegenübersitzt, sieht wie eine ältere Version von ihr aus. Ist wahrscheinlich die Großmutter des Kindes.

Und das Baby ... Das hat jede Menge dunkles Haar und strahlend blaue Augen. »Ist das ein Junge oder ein Mädchen?«

»Ein Junge. Simon.« Sie sieht mich unsicher an. Bestimmt fragt sie sich, ob ich ebenfalls hier bin, um mich zu beschweren.

»Wie alt ist Simon denn?« Ich nehme neben ihr Platz, um ihr zu zeigen, dass ich auf ihrer Seite bin.

»Sechs Wochen. Morgen sechs Wochen.«

Ich strecke schon die Hand aus, um seinen Kopf zu streicheln, halte dann aber inne.

»Oh, bitte, machen Sie ruhig«, sagt die Frau. »Er ist nur ein bisschen unleidig, weil er Hunger hat« - sie wirft dem Geschäftsführer einen anklagenden Blick zu, der sich mittlerweile sichtlich unwohl fühlt -, »aber er beißt nicht.«

Ich streichele mit den Fingerknöcheln sanft über Simons Wange. Sie ist überraschend warm und der Duft des Neugeborenen trifft mich so unerwartet, dass ich sofort ganz hingerissen bin.

»Hat Ihnen dieser Gentleman gesagt, dass Sie hier drin nicht stillen dürfen?«

»Er hat gesagt, dass wir dafür die Toilette benutzen sollen. Aber dort ist es ziemlich schmuddelig, wirklich kein Ort, um ein Kind zu füttern«, meldet die andere Frau sich zu Wort. Sie reicht mir ihre Hand. »Ich bin Carrie Ann und das ist meine Tochter Bailey.«

»Hallo, Ladys. Ich bin Aubrey und Anwältin, hauptsächlich tätig im Bereich Familienrecht. Ich arbeite zwar in Chicago, bin aber auch mit der Gesetzeslage dieses Staates vertraut. Alle Frauen haben das Recht dazu, ihre Kinder in der Öffentlichkeit zu stillen.«

Der Geschäftsführer hustet. »Es gab eine Beschwerde ...«

»Und als Sie sich entscheiden mussten, eine Beschwerde zur Kenntnis zu nehmen oder das Gesetz zu brechen, haben Sie sich für Letzteres entschieden?«, spotte ich. Carrie Ann lacht auf und das Gesicht des Geschäftsführers verfärbt sich rot.

»Ich muss die Bedürfnisse all meiner Kunden berücksichtigen«, stottert er.

Mein Telefon vibriert. Ich ziehe es aus der Tasche und sehe, dass Grant mir eine Nachricht mit dem entsprechenden Paragrafen in den Pennsylvania Consolidated Statutes und einen Link geschickt hat – für den Fall, dass ich den Geschäftsführer mit der ganzen Kraft des Gesetzes beeindrucken muss. Sofort schlägt mein Herz schneller.

»Bestimmt würden die Lokalnachrichten und örtlichen Frauengruppen Sie liebend gern interviewen« – ich spähe auf sein Namensschild –, »Jakob. Oder ich logge mich mal bei Facebook ein und schaue, ob ich die Sache viral gehen lassen kann.«

Er hebt eine Hand. »Nein, nein, natürlich kann sie ... das hier tun.« Mit diesen Worten, die wohl eine Entschuldigung sein sollen, sucht er das Weite.

»Wow«, sagt Bailey mit einem nervösen Grinsen. »Dem haben Sie es aber gezeigt!«

»Ich kann Tyrannen nicht leiden.« Wieder zieht es meinen Blick zu dem kleinen Wonneproppen. »Und Ihr Baby ist einfach zu süß!«

Jetzt, da die Auseinandersetzung beendet ist, beginnt mein Oberschenkel zu zittern. Vielleicht ist es das Adrenalin – ist es nicht, ist es nicht –, aber auf einmal ist mir schwindelig. Das heißt, dass ich aufstehen sollte, oder?

Ha, natürlich! Ich halte mich an der Tischkante fest und stemme mich nach oben.

»Lassen Sie es sich noch gut schmecken. Besonders du, mein Kleiner.« Meine Stimme muss seltsam klingen, denn beide Frauen sehen mich ein wenig irritiert an.

Sie sagen irgendetwas, wahrscheinlich bedanken sie sich. Aber in meinen Ohren rauscht es, als befände sich ein Wasserfall in meinem Gehirn. Mein Herz rast und ich mache auf dem Absatz kehrt, um blindlings Richtung Toilette zu stolpern.

10. KAPITEL

Grant

Ich sollte ihr nicht folgen, aber ich will sie nicht allein weinen lassen. Unsere Trauer hat viel zu oft in getrennten Zimmern stattgefunden.

»Bean.«

Sie wischt sich über die Augen und wendet sich von mir ab, um sich zu schnäuzen. »Du darfst nicht hier drin sein.«

Ich schließe die Tür hinter mir ab. »Bin ich aber.«

Sie schüttelt den Kopf. »Gott, wie ich es hasse, wenn solche Arschlöcher sich einmischen! Für wen hält dieser Kerl sich bitte schön?« Sie wettert noch eine Weile weiter und irgendwann nehme ich sie in den Arm.

»Grant …«

»Darf ich dich umarmen, Bean?«

»Bei mir ist alles in Ordnung.« Sie schnieft. »Ehrlich, es ging mir so gut. Es ist Monate her, dass ich die Nerven verloren habe. Und ich muss mich dringend wieder sammeln, ehe wir in Boston ankommen.«

»Es ist doch okay, aufgewühlt zu sein. Ich glaube, dass hast du dir nie richtig klargemacht.«

Sie lehnt sich zurück und starrt mich aus ihren verquollenen Augen an. »Danke, dass du mir deine Erlaubnis gibst.«

Ich merke, dass ich plötzlich gereizt bin. »Du benimmst dich eben immer so, als bräuchtest du eine. Als würdest du sofort von deiner Mutter bestraft werden, wenn du mal deine Gefühle zeigst.«

Sie versucht zurückzuweichen, aber ich halte sie fest. So, wie ich es schon vor zwei Jahren hätte machen sollen.

»Du hattest eine Fehlgeburt, Aubrey. Du hast ein Kind verloren, das du bereits zu lieben begonnen hattest, und du – du hast dich geweigert, darüber zu sprechen.«

»Du weißt, dass ich so nicht erzogen wurde.«

»In dem Teufelskreis deiner Erziehung gefangen zu bleiben, ist also der einzig richtige Weg?«

Sie löst sich von mir und dieses Mal tue ich nichts dagegen. Egal, wie sehr ich es versuche, sie wird sich jetzt nicht an mich schmiegen.

»Es hat mir geholfen, es durchzustehen.«

»Nein. Es war eher eine ... Flucht.«

Sie legt anklagend einen Finger auf meine Brust. »Jetzt geht das wieder los. Ich werde aber nicht auf meine Brust eintrommeln und meinen Schmerz in die Welt hinausbrüllen, nur weil Grant Roosevelt Lincoln das für richtig hält.«

Ich schüttele den Kopf und bin wieder einmal fassungslos, wie sie die Geschichte umdeutet. »Du wolltest allein trauern. Und ich dachte, wir sollten das gemeinsam durchstehen.«

»Was ist denn so verkehrt an meiner Art, damit umzugehen? Warum muss alles besprochen und bis zum Gehtnichtmehr durchgekaut werden? Wieso konnten wir die Sache nicht einfach hinter uns lassen? Ach, stimmt, das hast du ja. Als du gesagt hast, dass du nicht mehr mit mir zusammenwohnen kannst. Du konntest ... mich nicht mehr lieben.«

Eine einzelne Träne rinnt aus ihrem Auge und ehe sie sie wegwischen kann, fange ich sie mit dem Daumen auf. Dann lege ich meine Hände um ihren Kopf und lehne mich zu ihr.

»Ich habe nie gesagt, dass ich dich nicht mehr lieben kann,

Bean. Ich wollte mit dir reden, eine Paartherapie machen, herausfinden, wie wir trauern und unseren Schmerz anerkennen können. Unseren Schmerz. Das alles ist nicht nur dir zugestoßen. Ich weiß, dass es dir furchtbar schlecht ging, Baby. Aber als du mich nicht an dich herangelassen hast, hatte ich das Gefühl, dass du mich nicht mehr brauchst.«

Als ich es ausspreche, wird mir klar, dass das die Geschichte meines Lebens ist. Meine Mutter, die mit fünfzehn Jahren von einem älteren Mann geschwängert wurde, der seine Verantwortung nicht anerkennen wollte. Sie wurde von ihren Eltern verstoßen, war gezwungen, ihren eigenen Weg zu gehen und mich allein großzuziehen. Sobald ich alt genug war, suchte ich mir einen Job und begann, ihr alles zurückzuzahlen, wurde ihr Ritter in der schimmernden Rüstung. Jede Entscheidung, die ich künftig traf, von der Schule über die Arbeit bis hin zu meiner Ehefrau, diente nur dazu, meine Momma stolz zu machen. Mein Leben sollte ein lautes »Fuck you« an all jene sein, die nicht an uns geglaubt hatten. Ich weiß, dass ich Aubrey aus einem ganz bestimmten Grund ausgewählt habe.

Sie brauchte mich.

Das klingt im ersten Moment natürlich total verrückt, wenn man sich unsere unterschiedlichen Herkünfte ansieht.

Warum sollte eine Frau mit Aubreys Privilegien sich auf einen Hinterwäldler wie mich einlassen? Was hatte ich ihr zu bieten? Aber als wir uns zum ersten Mal trafen, war mir sofort alles so klar, wie der Chicagoer Sommerhimmel manchmal ist: Ich würde ihr zeigen, was es bedeutete, angebetet zu werden, und hätte dadurch eine echte Aufgabe. Ich würde ein perfektes Leben für sie gestalten und sie und die Familie, die wir haben würden, immer beschützen. Würde meine gebrochene silberäugige Prinzessin heilen.

Ich hatte mich bereits um meine Momma gekümmert und ein Ritter ist eben stets auf der Suche nach neuen Kreuzzügen.

»Natürlich habe ich dich gebraucht«, sagt sie. »Aber noch wichtiger war mir eine Rückkehr in unser altes Leben. Ich wollte wieder streiten und Sex haben. Grant und Aubrey. Stattdessen hast du mich nur noch mit Samthandschuhen angefasst. Als wäre ich nicht länger eine Frau, sondern eine fragile, zerstörte Quelle, die nicht ...« Sie verstummt.

»Die nicht was?«

»Die keinen Sohn und Erben austragen kann. Deinen Traum nicht erfüllen kann. Das komplette Programm.«

Ich habe Aubrey mit Samthandschuhen angefasst, weil sie für mich schon immer unendlich kostbar war. Und ist. Dazu kam mein schlechtes Gewissen, weil ich meine rauen Redneck-Finger einfach nicht von ihr lassen konnte. Ich habe sie zwar stets angebetet, aber vielleicht nicht mit genug Ehrfurcht.

Sie schließt die Augen, in ihren dunklen Wimpern sitzen diamantförmige Tränen. »Ich habe mich wie ... eine echte Niete gefühlt. Es gab diese eine Sache, die du wolltest, das Leben, das du brauchtest ... Und ich konnte es dir nicht geben. Du wolltest darüber reden. Dass wir es wieder versuchen könnten. Wie wir die Situation durchstehen. Und ich konnte nur eines denken ...«

»Was denn, Bean? Sag es mir.«

»Dass du ohne mich besser dran wärst. Mit einer anderen Frau, die dir alles geben kann, ohne dich permanent zu verletzen.«

Himmel! Verdammt, verdammt, verdammt. Wie kam sie bloß darauf? War das die Botschaft, die ich ihr irgendwie vermittelt habe: *Ein Lattenzaun und zwei Komma fünf Kinder bitte, ansonsten bist du in meinen Augen völlig wertlos.*

Ich bin so wütend, dass ich keinen klaren Gedanken fassen kann. Oder kann ich zum ersten Mal seit Ewigkeiten klar denken?

Ich lasse sie los und trete zurück. Sie hat sich mir anvertraut und eigentlich sollte ich sie jetzt verstehen. Endlich.

Dennoch kreisen meine Gedanken nur um mich selbst: *Wie kann sie es wagen? Wie kann sie es wagen, so etwas zu behaupten?*

»Ich schätze mal, du hast mich kein bisschen gekannt.«

Alarmiert durch meinen eisigen Tonfall öffnet sie die Augen.

Über mich spült eine Woge aus Wut, schlechtem Gewissen und Lust hinweg. Scheint untrennbar miteinander verbunden zu sein, wenn zwei Menschen eine Vergangenheit und dieselbe Trauer miteinander teilen.

»Deine Aufgabe war es doch nie, einen Nachkommen für mich auszutragen, Aubrey! Vielleicht hat deine Familie dich von Kindesbeinen an dazu erzogen und ich kann auch nicht leugnen, dass ich gern Kinder haben möchte. Die Vorstellung, dass wir zusammen welche bekommen könnten, fand ich so aufregend, dass mir davon ganz schwindelig wurde. Ich wollte mich um dich kümmern, dich behüten und heilen. Aber dass du unseren Verlust dafür benutzt, um unsere Beziehung zu beenden – für wen zum Teufel hältst du dich eigentlich?«

Aubreys Augen weiten sich. Eigentlich raste ich nämlich nie aus. Ich bin wahnsinnig zurückhaltend. Aber das hier ... Ich schwanke zwischen Schuldbewusstsein und dem Bedürfnis, ihr klarzumachen, dass wir mal ein Team waren und *sie, verdammt noch mal, alles ruiniert hat.*

»Grant«, flüstert sie und breitet ihre Hand auf meiner Brust aus. Ihre Berührung brennt wie Feuer und ich verzehre mich nach mehr.

»Grant«, sagt sie wieder und umschließt mein Kinn mit ihrer Hand. Jetzt kann ich mich nicht mehr beherrschen. Ich lege meine Lippen auf ihre, auf diese Lippen, die ich so sehr verehre und die ich brauche wie keine anderen. Auch meine Schuldgefühle kann ich nicht länger verbergen.

Der Kuss ist wie eine Explosion, die uns dazu bringt, an der Kleidung des anderen zu reißen, aber ich bin stärker und schiebe sie weg. Ich habe ihre Berührungen nicht verdient. Nein, ich habe rein gar nichts verdient. Und dennoch will ich ihr jetzt das geben, was sie mir letzte Nacht nicht erlaubt hat. Meine Hand in ihrem Höschen. Meine Finger, die in ihre Hitze vordringen.

Irgendein Idiot hat mal gesagt, dass alles, was einen nicht umbringt, stärker macht. Liebe hat diesen Effekt angeblich auch. Aber mit Aubrey fühle ich mich immer ängstlicher und schwächer. Und sehnsüchtiger. Werde ich jemals ein besserer Mensch werden?

Ich schiebe meine Finger in sie hinein und freue mich über ihr sinnliches Keuchen. Auf diese Art haben wir immer zueinandergefunden. Wenn wir sonst nicht mehr kommunizieren konnten, haben eben unsere Körper das Kommando übernommen.

Als ich meine Finger an ihre Klit drücke, schreit sie in meinen Mund. Das Aufbäumen ihres Körpers fühlt sich an, als würde man mir eine Goldmedaille überreichen. Aber plötzlich kommt es mir so vor, als hätte ich ihr ihren Orgasmus gestohlen. Sie wollte ihn doch für sich allein haben ...

Sie umklammert noch immer meine Schultern und drückt ihre Stirn an mein Kinn. Ich halte sie ganz fest, um so ihren Sturz abzufedern. Beinahe gebe ich dem Impuls nach, mich zu entschuldigen, aber noch ehe ich etwas sagen kann, legt sie einen Finger an meine Lippen.

»Ist okay«, sagt sie, obwohl es das nicht ist und ich auch nicht weiß, ob es das je sein wird.

Jemand klopft an die Tür und beendet damit den geräuschvollen Frieden, der kurz zwischen uns geherrscht hat.

Leise streichen wir unsere Kleidung glatt und brechen auf.

Aubrey

Ein Schluchzen reißt mich aus dem Schlaf. Einen Moment lang denke ich, dass es …

Nein, es ist der Kater. Wir sind wohl über einen Eisklumpen geholpert und Cat Damon reagiert sehr empfindlich auf alle ruckartigen Bewegungen des Autos.

Ich sehe hinüber zu Grant, der sich auf die Straße konzentriert. »Ist alles okay?«, fragt er mich.

»Jepp, ich dachte - wo sind wir?« Der Himmel ist dunkel, was bedeutet, dass ich geschlafen habe, seit wir in Erie losgefahren sind. Lag wohl am Bacon und dem Orgasmus, den ich dank Grant hatte.

»Etwa eine Stunde vor Skaneateles.«

»Bei den Finger Lakes? Ich dachte, wir legen einen Stopp in Buffalo ein.«

»Ich habe beschlossen, durchzufahren.«

Zweifellos, um mich früher in Boston absetzen und loswerden zu können. Ein Schauer läuft mir über den Rücken. Wir waren schon mal hier, in einem anderen Auto, auf einer anderen Straße, bei diesen Seen. Wir haben dreimal die Feiertage in Boston verbracht und haben dreimal in einer der Städte bei den Finger Lakes übernachtet. Es ist schon fast eine Tradition.

»Das heißt, wir können morgen ausschlafen«, fügt er hinzu. »Es ist dann nicht mehr so weit bis in die Stadt.«

Heute bin ich um zwei Uhr morgens in Grants Armen

aufgewacht. Es hat sich falsch und richtig zugleich angefühlt und außerdem alles dazwischen.

»Hat er gejammert, während ich geschlafen habe?« Ich sehe nach hinten zu Cat Damon, der mich wie immer anklagend anstarrt.

»Nicht mehr als sonst.«

»Ich glaube, er vermisst dich.«

Grant schnaubt. Zwischen den beiden herrscht diese Hassliebe, an die ich eigentlich keine Sekunde geglaubt habe.

Als wir in Skaneateles ankommen, einer hübschen Stadt am Ufer des gleichnamigen Sees, ist es schon fast Zeit fürs Abendessen. Ich hatte eigentlich auf einen grauen Hotelklotz direkt am Highway gehofft, stattdessen landen wir in einer kolonialistischen Villa voller festlicher Blumenkränze. Furchtbar kitschig. Na dann, frohe Feiertage!

»Ein Zimmer«, sage ich, als wir hinauf in den dritten Stock steigen. Die Wände sind mit viktorianischen Kameen und Daguerreotypien behängt, die ziemlich echt wirken.

»Mach keine große Sache draus, Aubrey.« Kein »Bean« mehr, aha. Seine Stimme klingt genauso angespannt, wie die Reise seit Erie ist. Seit ich auf der Toilette des Diners einen Orgasmus hatte und ihm gesagt habe, dass unsere Beziehung enden musste, weil ich ihm keine gute Ehefrau sein konnte.

Grant holt ein paar Kissen und eine Bettdecke aus dem Schrank, um sie anschließend aufs Sofa zu werfen und dadurch klarzumachen, wer heute Nacht wo schläft.

Alles klar.

Wir sind beide nicht hungrig und in Anbetracht des Wetters und unserer Stimmung werden wir wohl auch keine romantischen Spaziergänge machen. Es werden mindestens dreißig Zentimeter Schnee erwartet, vielleicht auch mehr.

Ich locke Cat Damon aus seiner Transportbox. »Komm schon, Kater.«

Das Reisen bringt den Kater durcheinander, also lasse ich ihn durch den Raum tigern, alles beschnuppern und sich an den Möbeln reiben. Dann fülle ich seine Schüssel mit etwas Wasser und öffne eine Tüte mit getrocknetem Katzenfutter. Angeblich ist das gut für die Tiere.

»Ist es in Ordnung, wenn ich als Erster ins Bad gehe?«, fragt Grant.

»Klar!«

Wir behandeln einander jetzt also wieder richtig vorsichtig.

Als ich allein bin, atme ich zum ersten Mal seit Stunden tief durch. Ich habe Grant noch nie wütend erlebt - mürrisch, verärgert, angeturnt, herrisch, das ja, aber nie wutentbrannt. Nicht einmal, als klar wurde, dass unsere Ehe gescheitert war. Damals wichen wir einander wie Geister aus und gingen von einer Sphäre in die nächste über. Das vorherrschende Gefühl war Trauer, alles schien davon vollgesogen zu sein. Der Countdown lief, das Ende unserer Liebe schien absehbar.

Ein wütender Grant ist interessant. Und ziemlich scharf.

Ich weiß, dass er verletzt ist. Immerhin habe ich ihm gesagt, dass ich unsere Ehe aufgegeben habe, weil ich vermutet habe, er sei enttäuscht von mir - weil ich ihm kein Kind schenken konnte. Vielleicht habe ich einfach einen Rückzieher gemacht. An diese Zeit erinnere ich mich nur sehr verschwommen. Es war eine einzige Woge aus Trauer und Schmerz und ich kann nicht einmal jetzt genau sagen, was warum passiert oder nicht passiert ist. »Verletzte verletzen«, sagt man das nicht? Damals haben wir scheinbar nichts anderes getan.

Ein Tag vor ein paar Jahren sticht besonders hervor, weil ich kurz dachte, wir kämen ein wenig voran. Die Eingangstür ging auf und mich überfiel einen Moment lang Panik: *Mein Ehemann ist zu Hause.*

»Aubrey?« Grant erschien in der Küchentür und zog fragend die Augenbrauen nach oben. Er stellte seine Reisetasche ab. »Was ist hier los?«

Was meinte er damit? Der Ofen hatte eben den perfekten Moment ausgewählt, um zu piepen ... Nein, es war nicht der Ofen. Es war der Rauchmelder! Ich folgte einem ersten Instinkt und riss die Ofentür auf, in dem der Braten, an dem ich den ganzen Nachmittag herumgewerkelt hatte, vor sich hin schmorte und schmorte.

Das war eine schlechte Idee. Sofort verteilte sich der Rauch in der gesamten Küche.

Grant schnappte sich ein Geschirrhandtuch und wedelte damit unter dem Rauchmelder herum. Dann stellte er die Sicherung ab, legte seine Hände auf meine Hüften und sah mich mitleidig an.

»Du machst Abendessen?«

Ich lächelte ihn verkrampft an. Kochen war nicht meine Stärke, was für Grant sicherlich eine Enttäuschung war. Bestimmt erwartete er mehr von seiner Frau.

»Kling nicht so geschockt! Ich wollte dich überraschen.« Unterdessen verbrannte meine Überraschung zu einem verkohlten Etwas. Die Hände immer noch in den Topfhandschuhen holte ich das Blech heraus und stellte es auf dem Tresen ab. Keine Chance, der Braten war nicht mehr zu retten.

»Mist! Ich habe mir solche Mühe gegeben!«

Er legte seinen Arm um mich, was sich so seltsam anfühlte, dass ich einen Moment lang erstarrte. Als er meine Reaktion bemerkte, ließ er ihn wieder sinken.

Es war zwei Monate her, seit unsere Welt in zwei Teile zerfallen war. Auf der einen Seite lag ich, kaum in der Lage zu funktionieren. Auf der anderen Seite wartete mein Ehemann darauf, dass ich zu der Frau wurde, die er geheiratet hatte. Ich kochte normalerweise nicht, es war also vielleicht nicht die beste Art, sein Herz zurückzugewinnen. Aber ich wollte mal etwas anderes ausprobieren. Etwas, das nicht so vorbelastet war.

Er griff nach einem Steakmesser und stach damit in den Braten. »Das Ding ist mausetot, Bean. Gut gemacht!«

»Oh, halt bloß die Klappe!« Ich versuchte, seine Neckerei zu genießen. »Wie war deine Reise?«

»Ziemlich ereignislos.« Er war in New York gewesen, um eine eidesstattliche Erklärung von einem Klienten aufzunehmen, der selbst nicht nach Chicago kommen konnte. Tatsächlich hatten sich die paar Tage, die ich allein gewesen war, erschreckend leicht angefühlt. Ich hatte sofort ein schlechtes Gewissen gehabt, weil ich die Pause von dem Mann, den ich über alles liebte, so genoss. Aber es war weniger eine Pause von Grant als viel mehr von der Aubrey, die ich in seiner Gegenwart momentan war – immer hin- und herschwankend zwischen Heulsuse und verzweifelter Nymphomanin. Ich wollte das, was wir hatten. Aber mein Mann behandelte mich, als hätte es in meiner Familie einen Todesfall gegeben.

Was ihn zu einem guten Menschen machte und mich zu einem Monster.

»Dann also Pizza«, sagte er mit einem verschmitzten Grinsen. In diesem Moment dachte ich: *Wir kriegen das schon wieder hin.*

»Ich gehe mal duschen. Bestellst du was?«

»Das ist doch das Mindeste, was ich nach meinem verpatzten romantischen Dinner tun kann.«

Grant runzelte die Stirn. Romantische Abendessen waren für gewöhnlich sein Spezialgebiet, das ich jetzt einfach zu unterwandern versucht hatte.

»Ab mit dir!«, scheuchte ich ihn ins Badezimmer.

Eine Dreiviertelstunde später kauten wir beide an unserer Pizza und versuchten so zu tun, als wäre alles so wie vorher. Als wären wir einfach nur Grant und Aubrey, das super glückliche Anwaltspärchen.

Ich hatte alles über Fehlgeburten gelesen, was ich finden konnte. Auch darüber, was eine angemessene Reaktion darauf war. Offenbar war man sich einig, dass es keine gab. Aber ich befürchtete immer noch, dass ich irgendetwas falsch verstanden hatte und dem Trauer-Drehbuch nicht gerecht wurde. Am schlimmsten war für mich die Tatsache, dass ich meinem Körper so hilflos ausgeliefert war und dieser mich betrogen hatte.

Es war die Aufgabe meines Körpers gewesen, dieses Lebewesen gesund zur Welt zu bringen, sozusagen seine Quelle zu sein. Aber dieser Körper – dieser zerbrechliche, schwache und vergängliche Haufen Fleisch – war gescheitert.

Deine Herausforderung, solltest du sie annehmen, besteht ganz sicher nicht darin, das Baby in dir zu töten.

Ich wollte, dass wir wieder im Einklang miteinander waren, so wie damals, als ich das Sagen hatte. Grant konnte mir dabei helfen, indem er mich und meinen Körper so behandelte wie vorher. Ich wollte mich von der Trauer nicht unterkriegen lassen. Meine neue Mission bestand also darin, die frühere Banalität wiederherzustellen – die aus Streit, Sex und echten Gefühlen bestanden hatte.

Nach dem Essen machten wir es uns gemütlich, um einen Film anzusehen. Erleichtert atmete ich aus. Wir waren zurück. Und als ich meine Hand während des Abspanns auf seine Brust legte und dann hinab zu dem Bund seiner Jogginghose gleiten ließ, fühlte es sich an wie die normalste Sache der Welt.

»Grant«, flüsterte ich in seinen Nacken, während ich seinen halbsteifen Penis umschloss.

»Bean.« Er griff nach meiner Hand und legte sie auf seinen muskulösen Bauch. Wir waren seit der Nacht, in der ich die Fehlgeburt erlitten hatte, nicht mehr intim miteinander geworden. Wir hatten noch miteinander geschlafen, ehe wir ins Restaurant aufgebrochen waren. Ich hatte Grant in dem roten Kleid verführt, das er so liebte und in dem ich in seinen Augen absolut unwiderstehlich war.

Bevor sich alles veränderte.

Er spürte meine Enttäuschung. »Ich bin ziemlich müde. Es war eine lange Reise.«

»Natürlich!« Ich strahlte ihn an, um ihm zu zeigen, dass alles in bester Ordnung war.

Mal abgesehen davon, dass er auch in der vergangenen Woche stets müde gewesen war und da keine Reise als Entschuldigung gehabt hatte. Als mir das einfiel, beschloss ich, das Thema doch anzusprechen.

»Ich werde einfach das Gefühl nicht los, dass du nicht mehr auf mich stehst, Ehemann.«

Er fuhr hoch und fühlte sich sichtlich angegriffen. »Was? Das ist doch totaler Quatsch! Ich bin nur müde. Wenn, dann ...« Grant verstummte.

»Wenn, dann ...?«, hakte ich nach.

Er schluckte. »Wenn, dann würde ich lieber darüber sprechen, was passiert ist und wie wir uns fühlen, ehe wir wieder übereinander herfallen.«

»Was gibt es da zu sagen? Es ist passiert, Grant. Das war's.«

»Ehrlich?«, stieß er ungläubig hervor. »Hast du denn überhaupt keine Gefühle, was das angeht? Etwas, das du teilen willst, bezüglich deines Schmerzes, deines Kummers, deines Verlusts?«

Warum war es denn *mein* Schmerz, *mein* Kummer und *mein* Verlust? Es verletzte mich, dass ich mir alles von der Seele reden sollte, weil mein Schmerz vermeintlich größer war als seiner. Aber das hier war doch nicht allein mein Problem, nur weil das Baby physisch mit mir verbunden gewesen war. Vielleicht war ich auch zu verärgert über Grants Zurückweisung, um zu sehen, was er wirklich wollte: nämlich, dass wir beide ehrlich zueinander waren.

Je zorniger ich war, desto sachlicher wurde ich. Typisch Nordstaatlerin. »Können wir den Schmerz und den Kummer nicht einfach als Fakt anerkennen? Und diesen Schritt quasi auslassen, um uns direkt um unsere Heilung zu kümmern?« Was ich meinte, war eine sexuelle Heilung.

Er sah mich an, als wäre ich ein kaltherziger Roboter, unfähig, auch nur das Mindestmaß menschlicher Gefühlsregungen an den Tag zu legen. Aber ich fühlte mich taub und vermutete, dass das erst aufhören würde, wenn Grant mich nicht mehr wie ein rohes Ei behandelte.

»Ich versuche nur, dir zu helfen«, sagte er, bemüht, nicht die Geduld zu verlieren.

»Du kannst mir nur auf eine Weise helfen, Grant. Und zwar sicher nicht mit deinem rustikalen Südstaaten-Charme.«

Sein Gesicht verwandelte sich in eine Maske, weil ich verhinderte, dass er seine übliche Wunderwaffe anwendete: Worte. Aber ich brauchte jetzt wirklich keine langen Predigten über das Baby, das nie das Licht der Welt erblicken würde. Ich wollte begehrt werden.

Aber das würde heute Abend nicht mehr passieren. Erschöpft stand ich auf und verzog mich ins Schlafzimmer. Allein.

Monate und Jahre später begreife ich, dass ich ihm unrecht getan habe. Und das muss ich korrigieren.

Grant kommt aus dem Bad und trägt nichts als eine Jogginghose. Sofort erwacht meine Libido wieder zum Leben. Diesem stämmigen Körper bin ich nun mal hoffnungslos verfallen. Grant geht zum Fenster und späht hinaus.

»Ganz schön heftiger Sturm«, murmelt er.

Das gefällt mir gar nicht. »Wir können doch trotzdem raus, oder?«

»Ja, klar. Das Bad ist jetzt frei.«

Ich bin bereit für meine kleine Ansprache und sitze auf dem Bett. Irgendetwas muss doch passieren und mir wird langsam klar, dass ich den Anfang machen muss. »Also wegen der Sache vorhin im Diner …«

»Welche Sache meinst du genau?«

»Alles. Damals, vor zwei Jahren, habe ich total dichtgemacht. Und du warst so lieb zu mir, die ganze Zeit. So sanft. Aber das wollte ich nicht. Ich wollte unser Geraufe wieder zurück – all die Neckerei und Streiterei, die Kämpfe im Gerichtssaal und hinterher den Sex als Belohnung.«

»Aubrey …« Er reibt über seinen Mund. »Wir konnten doch nicht so tun, als wäre nichts geschehen. Dachtest du vielleicht, wir könnten uns einfach zurück in die Normalität vögeln?«

Ich ziehe eine Schulter nach oben, als mir klar wird, wie dumm das war. »Ja, das – das habe ich.«

»Baby, das hätte doch niemals funktioniert. Nicht, wenn …«

»Nicht, wenn was?«

Er übergeht meine Frage. Mir kommt es so vor, als wäre

mir etwas Wichtiges entgangen, ein Einblick in Grants Psyche. Er hat sich immer mehr auf meinen Schmerz konzentriert anstatt auf seinen eigenen.

»Du hast mich nicht enttäuscht«, meint er, obwohl ich denke, dass er eigentlich etwas anderes sagen wollte. »Ich weiß, dass du das dachtest, und ich weiß auch, dass ich nicht gut damit umgegangen bin. Als ich dir gesagt habe, dass wir es ja wieder versuchen können.«

»Das sagen einem die Leute eben. Der Arzt auch.«

»Aber das hat dir in dem Moment nicht geholfen. Es klang ja so, als könne man das, was wir verloren haben, einfach so ersetzen.«

Ja, genau so klang es. Als wäre das Baby noch nicht groß oder alt genug gewesen, um es zu lieben, zu beschützen oder darum zu trauern.

»Wir haben beide Fehler gemacht.«

Er nickt und lächelt zögernd, als probiere er es nur aus. Es ist, als käme nach dem Sturm wieder die Sonne hinter den Wolken hervor, und ich sauge ihr Licht gierig auf.

»Wir sollten lieber schlafen gehen, damit wir morgen früh aufbrechen können und zur Mittagszeit in Boston sind.«

»Okay.« Ich mache mich bereit zum Schlafen und bin mir mehr als bewusst, dass auf dem Sofa ein halb nackter Mann ausgestreckt ist. Leider ist es furchtbar kurz. Seine Beine hängen über die Lehne und überhaupt ist er viel zu groß für das Ding.

»Grant, du kannst hier im Bett schlafen, wenn du willst.«

»Ist schon okay.«

»Auf diesem Sofa wirst du kein Auge zutun.« Ich lege ein Kissen links neben mich, um eine Art Trennwand zu bauen. »Komm her, Georgia.«

Resigniert steht er auf und reibt seine Brust. Er macht

das oft, nicht, um mich zu necken oder anzumachen, es ist nur eine Gewohnheit. Grant ist schon immer eine sehr *touchy person* gewesen. Ganz im Gegensatz zu mir – ich kann mich nicht einmal an eine richtig herzliche Umarmung von meiner Mutter oder von meinem Vater erinnern. So eine Familie sind wir nicht.

Mit dem Rücken zu mir zieht er seine Jogginghose aus, sodass ich die herrliche Aussicht auf Grant Roosevelt Lincolns Po genießen kann. Der Mann hat einfach den perfekten, runden Hintern, der liebevoll von seiner schwarzen Boxershorts umhüllt wird. Mein ganzer Körper kribbelt – meine Brüste, mein Bauch, meine Oberschenkel, meine Füße. Ja, meine Füße! Es kribbelt wirklich überall.

Und dann ist da sein wunderschöner breiter Rücken mit diesen appetitlichen Muskeln. Er macht nicht viel Training, geht nur laufen und schwimmen. Und dann verschwindet dieser bezaubernde Ausblick und wird ersetzt durch einen anderen, nicht weniger hübschen. Als er sich auf den Rücken legt, einen Arm unter dem Kopf, habe ich freie Sicht auf seine muskulöse Brust. Sie ist leicht behaart und es juckt mich in den Fingern.

Er sieht, dass ich ihn anstarre. »Was ist?«

»Nichts.« Ich schalte das Licht aus.

Im Dunkeln schaltet er seinen E-Reader an. »Stört dich das?«

»Nein, gar nicht.«

Ich habe ihm immer gern beim Lesen zugesehen und das ist jetzt nicht anders. So sind wir, so waren wir früher. Ich tue so, als wäre es ganz normal, ehe mich der Schlaf übermannt.

11. KAPITEL

Grant

Ich erwache in einem kalten Bett.

Meine Hand wandert auf die andere Seite der Kissenmauer, wo sie eigentlich liegen sollte. Nichts.

Mit hämmerndem Herzen setze ich mich auf. So war das früher ganz oft. Sie wollte nicht in meinen Armen liegen – außer wir hatten Sex. Ich habe uns geschadet, indem ich sie zu lange festgehalten habe.

Aber diese Nacht – die ganze Reise – ist anders. Etwas ist dort in diesem Diner passiert. Wir mögen nicht das Powerpärchen von früher sein, aber dafür irgendetwas anderes. Vielleicht ist es ein nützlicher Schlenker?

Ich horche nach Geräuschen aus dem Badezimmer, kann aber nur den Wind hören. Also stehe ich auf und sehe aus dem Fenster, hinaus in die Dunkelheit. Versuche, eine Bewegung auszumachen, aber da ist nichts. Mein Herz hämmert mittlerweile wie ein Presslufthammer.

Wo ist meine Frau?

Ein leises Klopfen erregt meine Aufmerksamkeit, also schaue ich ins Bad. Das Nachtlicht hüllt es in ein ätherisches Leuchten und da steht doch tatsächlich dieser dämliche Kater im Waschbecken und betrachtet sich im Spiegel. Das Kerlchen ist so verdammt seltsam. Wahrscheinlich spricht er sich gerade selbst Mut zu und versichert sich, dass er der beste Kater der Welt ist und es keine Rolle spielt, was die anderen sagen.

»Hey, Buddy, alles klar bei dir?«

»M#%&*!«

Ich sehe in den Spiegel und versuche zu erkennen, was der Kater da anstarrt. Aber ich sehe nur diesen Vollidioten, den ich selbst so satthabe. Mich. Ich weiß nicht genau, wie ich mir diese Reise vorgestellt habe, aber Blowjobs und wütenden Sex auf einer Diner-Toilette habe ich mir sicher nicht ausgemalt. Ich will Aubrey nicht wehtun. Das fühlt sich nämlich an, als würde ich mir selbst irgendwelche Körperteile abhacken.

Der Kater gibt einen kehligen Kratzlaut von sich, also hebe ich ihn hoch und setze mich auf die Klobrille.

»Was denkst du, Kater? Hat Momma die Hotelküche überfallen?«

»M@*#!«

»Jepp, ich mache mir auch Sorgen um sie.«

Ein Geräusch lässt mich zusammenfahren. Aubrey steht in der Tür unseres Zimmer, ihr roter Mantel und ihre Stiefel sind schneebestäubt, ihre Augen leuchten vor Kälte. Schneewittchen auf Mission.

Ich bin unglaublich erleichtert, dass sie wieder da ist. »Wo zum Teufel warst du?«

»Psst. Nicht vor Cat Damon!« Sie kommt herein und zieht die Tür hinter sich zu. »Ich konnte nicht schlafen, also bin ich spazieren gegangen.«

»Ich bin aufgewacht und du - shit, Aubrey, da draußen stürmt es richtig heftig.« Der Kater springt von meinem Schoß. Ich stampfe hinüber zu Aubrey und will ihr den Mantel aufknöpfen, ehe ich bemerke, dass er bereits offen ist. Sie hat ihn sich wegen der Armschlinge nur über die Schultern gelegt und die Vorderseite ihres Sweatshirts ist feucht. Das heißt, dass sie mit offenem Mantel draußen war.

Ich ziehe ihr den Mantel ein wenig ruppig von den Schultern. »Mach das nicht, Aubrey. Bitte nicht.«

»Oh. Du dachtest, ich wäre weg.«

»Wäre ja nicht das erste Mal.«

»Ich bin zurückgekommen.«

Nachdem es passiert war, spazierte sie manchmal lange durch den Garten oder fuhr mit dem Auto herum. Damals schliefen wir in getrennten Räumen. Ich stand also am Fenster des Gästezimmers und sah zu, wie sie den Fischteich umkreiste, oder wartete auf das Licht ihrer Scheinwerfer und ihre Rückkehr.

Heute Nacht fühlt ihr Körper sich an, als wäre sie aus Eis. Ich lege meine Hände auf ihre Schultern und rubble dann an ihren Oberarmen.

»Grant«, sagt sie, aber ich ignoriere sie, weil ich sie unbedingt aufwärmen möchte. Ganz machen möchte. Sie für mich haben will.

»Grant«, wiederholt sie. »Mir geht es gut. Ich wollte nur den Sturm fühlen, ein bisschen von dem Wahnsinn aufsaugen. Meine Großmutter hat mich früher inmitten eines tobenden Nor'easters mit hinausgenommen, damit ich seine Kraft zu spüren bekomme.«

Ich höre auf, wie ein Besessener an ihren Armen zu rubbeln. »Das hast du mir nie erzählt.«

»Ein bisschen geheimnisvoll muss ich ja schließlich bleiben, Georgia.«

»Du frierst.«

»Ich fühle mich lebendig.«

Das merkt man. Ihr Körper vibriert förmlich, ihre Augen leuchten. »Es tut mir leid. Alles, was ich dir angetan habe.

Dass ich dir so wehgetan habe, als ich dich nicht mehr an mich herangelassen habe.«

»Bean, das muss doch nicht sein.«

»Doch. Du sollst wissen, dass ich mich geirrt habe. Ich weiß, dass diese unausgegorene Entschuldigung es nicht wiedergutmachen kann, aber ...«

Ich unterbreche sie, indem ich meinen Mund stürmisch auf ihren presse. Endlich die ersehnten Worte zu hören, erlöst mich zwar von meinen Sünden, aber ich halte es nicht aus. Ich ertrage es nicht, dass sie die Schuld auf sich nimmt.

Unser Kuss wird immer leidenschaftlicher und ich verstehe jetzt, wie sie das mit der Kraft des Sturms gemeint hat. Aber in Wahrheit ist es *unsere* Kraft.

»Ich muss ... ich muss dich anfassen«, keucht sie. Aubrey fährt mit ihren Händen über meine Brust, über all ihre Lieblingsstellen. Ich wehre mich nicht und greife nach dem Saum ihres Sweatshirts.

Sie hebt die Arme und ich ziehe den Pullover sachte nach oben, um ihren Gipsarm nicht zu sehr zu strapazieren.

Endlich steht sie nackt vor mir.

Sie ist noch genauso schön wie damals, als ich sie zum ersten Mal gesehen habe. Vielleicht sogar noch schöner, weil sie so viel durchgestanden hat und ihre Güte dennoch durchschimmert.

Meine Hände, mein Gehirn und mein Schwanz haben alle denselben Wunsch: Sie überall zu berühren. Ich habe zwei Jahre lang daran gedacht, habe mich gefragt, wann ich die volle Aubrey-Erfahrung wieder haben würde. Ich wollte mit meinen Händen ihren ganzen blassen Körper streicheln, um ihr zu zeigen, wie sehr ich jeden Zentimeter an ihr verehre. Ich wollte es ganz langsam angehen lassen ...

Verdammt, vergiss es!

Wie ein hungriger Wolf packe ich ihren Po, ziehe sie an mich heran und knete ihren runden Hintern. Nein, ich bin nicht sehr sanft, sondern ziemlich wild. Aubrey macht mich zum Tier.

»Das habe ich vermisst«, murmelt sie. »Ich habe dich vermisst.«

Ich kann nur noch knurren und sie dann erneut küssen, meine Zunge um ihre schlingen, während ich ihren Po immer weiter drücke.

»Leg dich aufs Bett.«

»Sorg doch dafür«, schießt sie zurück.

Mögen die Spiele beginnen.

Ich schubse sie aufs Bett und ziehe meine Boxershorts hinunter. Ich bin so steif, dass es wehtut, aber noch berühre ich mich nicht.

Diese ehrenwerte Aufgabe überlasse ich ihr.

Stattdessen greife ich nach ihrem linken Fuß und ziehe ihr Stiefel und Socken aus, dann dasselbe noch mal auf der anderen Seite. Als Nächstes ist die Jogginghose dran, die immer noch feucht vom Sturm ist. Draußen heult der Wind und auch hier drin wird es gleich hoch hergehen.

Aubrey liegt ausgebreitet vor mir und trägt nur noch ihr Höschen. Ich knie mich zwischen ihre Oberschenkel und bin vor lauter Verlangen wie gelähmt. Sie ist immer noch jenes zarte, zerbrechliche Wesen und ich will so gern in sie eindringen. Gleichzeitig habe ich Angst, ich könnte ihr erneut wehtun.

Sie stützt sich auf ihre Ellbogen. »Grant, ich brauche dich.« Aubrey umschließt meinen Schwanz mit ihrer Hand. Er ist hart und bereit für sie. Ich schließe meine Augen, um den Moment in vollen Zügen zu genießen, und merke, dass ich zittere.

»Hat es eine andere Frau gegeben?«, fragt sie mich leise.

Ich öffne blinzelnd die Augen.

Aubrey beißt sich auf die Unterlippe. »Ungeschützt, meine ich.«

»Die letzte Frau, mit der ich ungeschützten oder geschützten Geschlechtsverkehr hatte, war meine werte Gattin.«

Sie lächelt mich an. »Und der letzte Penis, der die heiligen Hallen meiner Vagina betreten durfte, war der meines Ehemanns.«

Ich liebe sie für diese Sprüche. »Was für ein Glückspilz!«

»Fand ich auch immer.«

Ach, Glückspilz ist noch untertrieben. Mit Aubrey schlafen zu dürfen, ist ein echter Segen. Dass sie mich auserwählt hat, ist das Größte, was mir je passiert ist. Ich fand ja nie, dass ich sie verdient habe. Aber gleichzeitig wollte ich sie auch nie aufgeben.

Bis es zu schmerzhaft war, an unserer Liebe festzuhalten.

»Und ich verhüte. Du hast also nichts zu - na, du weißt schon.« Das Thema ist natürlich heikel, aber sie hält sich nicht damit auf. »Also hol dir, was du brauchst, Georgia.«

Sie kam auch im Bett immer rasch zum Punkt. Ich aber muss es langsam angehen. Weil ich will, dass es eine Weile dauert - damit ich möglichst lang von dieser Erinnerung zehren kann.

Ich presse meine Eichel an ihren Eingang, stupse leicht dagegen und sehe zu, wie mein Penis in sie hineingleitet. Zwei Zentimeter. Vier.

»Hör auf, mich zu necken, du Mistkerl«, murmelt sie und es ist nicht ganz klar, ob sie mich oder meinen Schwanz damit meint. Meine Aubrey ist offenbar wirklich von den Toten auferstanden. Der Gedanke bringt mich zum Lachen.

Sie fühlt sich wahnsinnig eng und wahnsinnig heiß an, als ich sie ganz ausfülle. *Zu gut. Zu gut. Viel zu gut. O mein Gott!*

Ich muss zwei Jahre lang ein Zombie gewesen sein. Nur mit ihr fühle ich mich wie ein Mensch aus Fleisch und Blut.

Die Hände um Aubreys Po gelegt, dringe ich in sie ein und bemühe mich, sie in einer Position zu halten, in der ich die Kontrolle über die Situation habe. Auch wenn Aubrey eine scharfe Zunge hat, liebt sie es, wenn ich die Führung übernehme. Ihre herrische Art ist eine Rolle, die sie perfekt für die Gerichtsverhandlungen kultiviert hat. Wenn wir zusammen sind, ist sie wie ein Kätzchen, das sich von mir streicheln lässt. Dann biegt sie den Rücken durch und bittet mich verzweifelt murmelnd um mehr.

Und ich gebe es ihr, genauso heftig, wie sie es braucht. Der Rhythmus bleibt gleich und ich versuche, mich zurückzuhalten. Stets ängstlich, ich könnte es übertreiben. Sex mit Aubrey war immer schon eine Herausforderung, was meine Ausdauer angeht. Dieses Mal aber geht es auch um meine … Menschwerdung. Ohne Aubrey war ich ein Geist. Jetzt kehren einzelne Teile meines früheren Ichs mit jedem Stoß zurück.

Als sie die Nägel ihrer nicht vom Gips eingeschränkten Hand in meinem Hintern vergräbt, fühle ich mich so lebendig wie seit zwei Jahren nicht. Sie zieht sich um mich herum zusammen und als ihre Pussy zu beben beginnt, werde ich tatsächlich wieder vollständig. Mein Herzschlag erfüllt mich erneut mit Leben. Als Aubrey zum Höhepunkt kommt und schreit, komme auch ich. Mein Orgasmus dauert rekordverdächtig lang …

Sobald mir klar wird, dass ich ihr wehtun könnte, ziehe ich meinen Penis aus ihr heraus. Ich mustere sie und dabei fällt mein Blick auf ihren Gipsarm.

»Wie ist das denn passiert?«

»Na, erst hast du dich fürchterlich aufgeregt, weil ich draußen im Sturm war. Und zwei Sekunden später sind wir übereinander hergefallen, als gäbe es kein Morgen.«

Ich knurre. »Eigentlich habe ich deinen Arm gemeint.«

»Ach, das.« Sie zuckt mit den Schultern und murmelt irgendetwas von Gefühlen.

»Wie bitte?«

»Es ist dumm. Ich war ... ach, egal.« Sie errötet.

Ich packe ihren Po und drücke zu. »Baby, du wirst es mir sagen müssen. Ansonsten lecke ich die Antwort aus dir heraus.« Ich schiebe einen Finger zwischen ihre Beine, um ihr zu zeigen, dass ich es ernst meine. Es macht mich wahnsinnig an, mein Sperma dort zu sehen, wo es hingehört. Sofort beginnt mein Penis wieder zu pulsieren.

»Du drohst mir mit einem weiteren Orgasmus?«

Ich streiche mit dem Daumen über ihre Klit. »Du bist gerade so empfindlich, dass du mich schon nach wenigen Sekunden anflehen wirst aufzuhören.« Ich drücke leicht zu, reibe dann. Aubrey beginnt sich zu winden.

»Okay, okay. Ich habe zu *In My Feelings* getanzt und bin gestolpert.«

»Drakes *In My Feelings*? Wie in der Challenge? Bist du aus dem Auto gestiegen, um diesen dummen Tanz aufzuführen, und wurdest dann angefahren?«

»Nein! Ich habe zu Hause getanzt und bin über den Couchtisch gestürzt.«

Ich rolle mich von ihr hinunter und liege dann bebend vor Lachen neben ihr.

»Das ist nicht komisch! Ich musste in einem Taxi in die verdammte Notaufnahme fahren. Der Kater war leider vollkommen nutzlos.«

»Oh, Baby. Das ist so irre lustig.« Ich kann mir überhaupt nicht vorstellen, wie Aubrey zu Drake abgeht. Sie ist nicht gerade die wildeste Frau, die ich kenne. »Warum hast du nicht jemanden angerufen, damit er oder sie dich fährt?« Ich wäre doch sofort zur Stelle gewesen.

»Ich habe mich wie der letzte Trottel gefühlt. Da versuche ich ein einziges Mal, ein bisschen albern zu sein … Ich wollte mal was anderes ausprobieren und eine andere Reaktion in mir hervorrufen, vermute ich.«

Kann ich mir vorstellen. Aubrey hat ihr Leben lang die Regeln befolgt, die ihre Familie vorgegeben hat. Die Ehe mit mir hat zwar alles auf den Kopf gestellt, aber während ihrer Krise ist sie in ihre alten Muster zurückgefallen. Ich frage mich, ob wir alle dazu verdammt sind, immer wieder auf unser ursprüngliches Selbst zurückgeworfen zu werden. Ist eine echte Veränderung überhaupt möglich?

»Ich finde es gut, dass du mal was anderes ausprobiert hast. Wahrscheinlich habe ich deswegen …« Ich verstumme. Eigentlich wollte ich das ja nicht ansprechen.

»Du hast was?«

»Na ja, vielleicht habe ich deswegen beschlossen, mich wieder mit Frauen zu verabreden.«

Vor drei Monaten habe ich auf dem Junggesellenabschied eines Freundes eine Frau kennengelernt und bin ein paarmal mit ihr ausgegangen. Einmal waren wir bei Max zum Grillen eingeladen. Aubrey war auch da und es war schrecklich, ihren Gesichtsausdruck zu sehen. Ihr war deutlich anzumerken, dass sie sich betrogen fühlte – auch ein Jahr nachdem wir die Scheidungsunterlagen unterzeichnet hatten.

»Nein, Grant, das war gut. Wir mussten ja irgendwie wieder in die Gänge kommen und uns aus diesem Loch befreien, in das wir gestürzt sind. Ich wollte immer nur, dass du glücklich bist.«

Aber eigentlich ist sie überzeugt davon, dass das nur mit ihr möglich ist.

»Gleichfalls, Bean.«

Sie verzieht den Mund. »Ich wusste, dass du dich irgendwann wieder mit Frauen treffen würdest. Und auch, dass du zu Max' Party kommst. Ich habe nur nicht daran gedacht, dass diese beiden Fakten zusammenfallen könnten. Also habe ich ein paar Gläser Wein mehr getrunken als üblich. Bestimmt habe ich mich schrecklich peinlich benommen.«

Nicht, dass ich wüsste. Sie hat ein paar Sprüche geklopft, aber sie hat mich auch zum Lächeln gebracht. Und es war weiß Gott lang her, dass mir das zum letzten Mal passiert war. Als ich damals merkte, wie ich mich in ihrer Gegenwart fühlte, wurde mir klar, dass ich noch nicht bereit für eine neue Frau war. Nicht, wenn ich immer noch verrückt nach meiner Ex-Frau war.

»Nein, gar nicht. Es war nur ein Schutzmechanismus, um mit der Situation klarzukommen. Das verstehe ich schon.«

»Und das hier? Dass wir miteinander vögeln, während es draußen schneit? Was bedeutet das?«

Sie klingt herausfordernd. *Denk ja nicht, dass das irgendetwas ändert*, will sie mir damit sagen.

»Ich möchte dich nur aufwärmen, Bean.«

Ihr Lachen erfüllt mich mit Licht. Aber dann verschwindet ihr Lächeln. »Wir können nicht ungeschehen machen, was passiert ist. Ich habe gerade erst herausgefunden, wer ich ohne dich bin. Und diese Person muss ich noch eine Weile sein.«

Das Ding ist, dass ich den Grant, der ich ohne sie bin, gar nicht leiden kann. Das ist ein klappriger Niemand, der sich danach sehnt, sich um seine Frau zu kümmern. Aber Geduld hat sich noch jedes Mal ausgezahlt, wenn es um Aubrey ging. Und ich bin der geduldigste Kerl der Welt!

»Ich würde es niemals wagen, deinen Selbstoptimierungsprozess zu stören! Und ich will unbedingt noch ein Drake-Tänzchen sehen, ehe das Wochenende um ist.«

12. KAPITEL

Aubrey

»Sieht ganz so aus, als wären wir eingeschneit, Bean. Der Sturm tobt noch immer.«

Ich springe aus dem warmen Bett, in dem es vergangene Nacht hoch hergegangen ist, und öffne die Vorhänge. Draußen ist es weiß, so weit das Auge reicht. Der Schnee schlägt immer noch in schweren, nassen Riesenflocken an die Scheibe. Es ist Mittwoch und ich hatte eigentlich gehofft, dass wir später am Tag in Boston ankommen würden. Rechtzeitig für Thanksgiving morgen.

»Bist du dir sicher? Können wir das Auto nicht ausgraben? Mit ›wir‹ meine ich natürlich dich.«

»Der Schnee fällt ja immer noch tonnenweise vom Himmel. Man kann ihn nirgends hinräumen und die Straßen sind unpassierbar. Ich habe gerade mit Joanne geredet.«

»Wer ist Joanne?«

»Unsere Wirtin. Sie sagt, dass sie jede Menge Konservensuppe gelagert hat. Wir kommen also klar.«

Ich spähe wieder hinaus und versuche, ein fahrendes Auto oder vielleicht eine Lücke im Sturm zu entdecken, um Grant zu zeigen, dass er falschliegt. Aber leider ist da nichts zu machen.

»Vielleicht am Nachmittag?«

»Im Wetterbericht hieß es, dass es die nächsten acht

Stunden weiter schneien wird. Vielleicht morgen. Wir sind eingeschneit, Ehefrau – du weißt, was das heißt.«

Ich kneife die Augen zusammen, während mein Herz klopft wie verrückt. Einfach nur, weil er mich Ehefrau genannt hat.

»Klär mich auf.«

»Sex. Jede Menge. Und dann reden wir. Auch eine Menge.«

»Ich kenne wirklich keinen anderen Mann, der hinterher unbedingt reden will.«

»Und währenddessen.«

Meine Wangen glühen. Grant hat heute Nacht in der Tat einen sehr kreativen Umgang mit der englischen Sprache bewiesen. »Können wir vor dem Sex-und-Plauder-Festival vielleicht noch frühstücken?«

Wie aufs Stichwort ertönt ein Klopfen an der Tür und Grant grinst. Ich werfe ein Kissen nach ihm.

»Du hast es wirklich faustdick hinter den Ohren, Grant Roosevelt Lincoln!«

Eilig schlüpfe ich unter die Laken. Joanne – wenn das ihr echter Name sein sollte – muss mich ja nicht splitternackt sehen. Grant geht in den Flur und ich höre undeutlich, wie er und die heilige Joanne ein paar Worte wechseln. Dann kommt er mit dem Tablett zurück. Unsere Gastgeberin hat sich selbst übertroffen: Eier, Toast, Früchte und Kaffee. Ich bin im siebten Himmel.

Und während ich zusehe, wie Grant mir den Kaffee einschenkt, wird mir klar, dass »Himmel« in meinem Fall gleichbedeutend mit »Schwierigkeiten« ist.

»Also, wie geht es Sherry?«

Wir haben das Frühstück beendet und es uns wieder unter der Bettdecke gemütlich gemacht. Grant malt mit seinem Zeigefinger Kreise auf meine linke Brust – die mochte er schon immer am liebsten. Männer sind komisch.

»Ich will gerade nicht über meine Mutter sprechen.«

Ist sie die »Süße«, mit der du gesprochen hast? Oder war es vielleicht ... »Wie geht es Zoe? Sie muss mittlerweile schon total groß sein.«

Grant ächzt und greift nach seinem Telefon, das auf dem Nachtkästchen liegt. Er tippt kurz darauf herum und schon scrolle ich mich durch die Fotos des letzten Weihnachtsfests. Sherry und Jake sehen so glücklich aus und Zoe ... wow, die ist richtig erwachsen geworden.

»Ich liebe dieses Mädchen.«

»Sie vermisst dich.«

»Ich habe ihr Geschenke zu den Feiertagen geschickt und auch was zu ihrem Geburtstag.«

»Das ist sehr lieb von dir.« Aber nicht dasselbe, ich weiß.

»Momma arbeitet immer noch an der Schule und behält den Überblick über all die kleinen Quälgeister. Ich finde, sie sollte in Rente gehen. Aber weder Jake noch Mom würden ein Geschenk von mir annehmen, das ihnen das ermöglicht.«

Grants Mom arbeitet als Verwaltungsassistentin an einer Highschool. »Das müssen sie selbst entscheiden, denkst du nicht? Außerdem liebt sie ihren Job.«

Grant runzelt die Stirn. Er war Sherry immer so dankbar dafür, dass sie ihn mit sechzehn zur Welt gebracht und allein großgezogen hat, ganz ohne einen Mann an ihrer Seite. Es ist Grant schwergefallen, seine Beschützerrolle an Jake abzutreten, obwohl dieser seine Mutter wirklich anbetet.

»Meine Mom schuftet sich schon seit meiner Kindheit

kaputt. Ich will einfach nur, dass sie glücklich ist. Vielleicht sogar eine Zeit lang als Mutter und Hausfrau.«

»Die Frau ist erst siebenundvierzig, Grant! Versetz sie doch bitte noch nicht in den Ruhestand.«

Sein Lachen ist warm und nachgiebig. »Sie fragt ständig nach dir.«

Mein Herz zieht sich zusammen. »Weiß sie, was passiert ist?«

»Nein. Erst wollte ich sie nicht beunruhigen ... Und als wir uns dann getrennt haben, erschien es mir zu spät, darüber zu sprechen.«

Was habe ich getan? Ich umschließe sein Kinn mit meiner Hand und streiche mit dem Finger über seine Bartstoppeln, sodass ein leises, schönes Geräusch entsteht. »Aber du wolltest darüber reden und hast dennoch alles für dich behalten. Mir zuliebe.«

»Ich weiß doch, wie diskret du bist. Du hättest es nicht ertragen, wenn irgendjemand dich bemitleidet hätte, also habe ich mich für diesen Weg entschieden.«

Dieser Mann. Dieser wundervolle Mann. Aber es ging mir nicht nur um das Mitleid der anderen. Grant hat sich nun mal in meine coole, eisprinzessinnenhafte Unerschütterlichkeit verliebt. Er sollte nicht merken, was für ein Wrack ich war. Ich hatte furchtbare Angst, meinem Ehemann meine hässliche Seite zu zeigen.

»Ich hätte dir das nicht aufbürden dürfen. Du hättest dich frei fühlen sollen, dich jederzeit Menschen anzuvertrauen. Max, deiner Mom, wem auch immer.« Vielleicht sogar einer anderen Frau. Ob uns das wohl helfen würde, bereit für den nächsten Lebensabschnitt zu sein? Leider zieht sich mein Magen von dem Gedanken, Grant könnte sich auf eine andere Frau einlassen, schmerzhaft zusammen.

Seine Miene verdunkelt sich. Ich weiß, dass ich etwas Falsches gesagt habe. Das tue ich immer.

»Apropos Familie«, wechselt Grant für seine Verhältnisse höchst unelegant das Thema. »Wie läuft es mit deinem Dad?«

Er will also nicht über uns reden. Vielleicht ist das auch zu viel verlangt, nachdem wir so lange nicht wirklich miteinander gesprochen haben. Das müssen wir erst wieder üben.

»Er ruft mich an, wenn er verunsichert ist und einen Egoboost braucht. Besonders jetzt, da er sich in einem Scheidungskrieg mit meiner Mutter befindet. Er erwartet, dass ich für eine Seite Partei ergreife. Ich sollte mir wirklich nicht mehr so viele Gedanken machen.«

Grant legt sein Kinn auf meine Schulter. Er weiß, dass ich immer ein distanziertes Verhältnis zu meinem Vater hatte. Ich beneide ihn um die Wärme und die Solidarität, die in seiner Familie herrschen. Als ich im zweiten Jahr meines Jurastudiums zum ersten Mal zu Weihnachten zu Besuch bei seiner Familie war, habe ich die halbe Zeit in seinem ehemaligen Kinderzimmer verbracht und mir die Augen aus dem Kopf geheult.

Bean, es ist Weihnachten. Warum weinst du am Geburtstag des kleinen Jesuskindes?

Und ich, deren Herz immer größer wurde, konnte nur sagen: *Sie sind alle so furchtbar nett!* Nur um gleich darauf erneut zu schniefen. Und trotzdem hat Grant mich geheiratet! Vielleicht habe ich ihn unterschätzt und er kann in Wahrheit ganz gut mit meiner Verrücktheit umgehen. Kann schon sein, dass ich mir keinen Gefallen damit getan habe, meine Gefühle immer zu verbergen oder zu unterdrücken.

»Ich erwarte nicht viel von meinem engsten Familienkreis. Eigentlich tue ich das alles nur für meine Großmutter.«

»Immerhin ist eine von ihnen normal – und kein Arschloch.«

»Du wirst dich doch benehmen, oder?«

»Ich bin ein Gentleman aus den Südstaaten, Aubrey«, erwidert er gespielt entsetzt. »Gute Manieren habe ich im Blut und deine Familie wird nichts anderes von mir zu sehen bekommen.«

Ich streichele mit der Hand über seine breite Brust und schiebe sie dann unter die Decke. »Hier drin kannst du deine guten Manieren gern einen Moment lang vergessen.«

»Ich liebe Frauen, die wissen, was sie wollen.«

Ich weiß, dass das nur so dahingesagt ist. Aber das Wort »Liebe« war in unserem Fall immer sehr aufgeladen. Grant hat mir seine Liebe schon so früh gestanden, dass ich sie doch noch gar nicht verdient haben konnte. Bis ich ihm begegnet war, hatte nur Libby mich so bedingungslos geliebt.

Meine Mutter hat jedenfalls klargestellt, dass die Hochzeit für Grant einen sozialen Aufstieg bedeutet hat – und ihm unterstellt, dass genau das seine Absicht war. Ich war ganz und gar nicht ihrer Meinung. Seine Gründe waren komplexer. Er wollte etwas reparieren, das kaputt war. Das arme kleine, reiche Mädchen war das ideale Projekt für einen Beschützer wie Grant. Damals war ich bereit, gerettet zu werden. Und erfülle diese Rolle auch heute wieder perfekt.

Dabei habe ich mir doch geschworen, auf dieser Reise die Kontrolle wiederzuerlangen. Ich wollte das Sagen haben. Grant muss mich nicht retten, das kann ich ganz gut allein!

Am besten, ich fange gleich damit an. »Ich möchte dich um einen Gefallen bitten.«

»Und zwar?«

»Ich möchte dich fesseln.«

»Ähm …«

»Es wird sexy, versprochen.«

Er überlegt. »Ist das Teil deines Plans, wieder in die Gänge zu kommen?«

»Vielleicht.«

»Dann nichts wie her mit den Handschellen.«

Wenn ich doch nur vorbereitet wäre! Ich verwende stattdessen Grants Krawatten und einen Gürtel. Den Kater verbanne ich ins Badezimmer.

»Hier drin wird es ziemlich freakig zugehen, mein Katerchen.«

»Aaaaargh!«

Ganz genau.

Grant zieht an der Krawattenfessel, mit der ich sein rechtes Handgelenk am Kopfteil des Bettes fixiert habe. »Und jetzt?«

Ich setze mich rittlings auf ihn, immer noch in meinen Panties und oben ohne. »Es ist lieb, dass du mich das machen lässt.«

Er starrt auf meine Brüste. »Nichts daran ist lieb. Ich werde sicherlich auch gewaltig davon profitieren.«

»Vielleicht, vielleicht auch nicht.« Ich streiche mit dem Finger an der Kante meines Höschens entlang und schiebe ihn dann hinein.

Grants Augen leuchten auf. »O ja, ich werde das hier sehr genießen.«

Ich sehe ihn an und berühre mich selbst, streichele langsam und fest meinen bereits feuchten Schritt. Grant zerrt an den Fesseln, seine Brust hebt und senkt sich, seine blauen Augen leuchten.

Dieses Spiel spielen wir ein paar Minuten lang: Ich entfache in uns beiden das Feuer, er sieht schweigend zu. Natürlich könnte er sich aus seinen Fesseln befreien und das Kommando übernehmen, aber das tut er nicht. Der Mann weiß, was ich jetzt brauche.

Zeit, noch einen Schritt weiterzugehen.

Ich schnappe mir ein paar Kissen und stapele sie zwischen uns auf, genau wie es ich es letzte Nacht getan habe, um eine Barriere zwischen uns zu bauen. Dann schlüpfe ich auf der anderen Seite unter die Decke.

Grant knurrt: »Hey, ich kann nichts mehr sehen.«

»Ganz genau.« Ich ziehe mein Höschen aus und setze die Streichelei unter der Decke fort.

»Das ist echt unfair, Bean.«

»Sorry«, stöhne ich. »Ich bin gerade ziemlich beschäftigt.« Mit jeder Berührung nähere ich mich dem Orgasmus, aber frustrierenderweise ist er noch außer Reichweite.

»Sprich mit mir«, murmelt er. »Sag mir, wie es sich anfühlt.«

»Feucht, heiß, gut.« Mein Dirty Talk war immer ... sagen wir: routiniert.

»Komm schon, Baby. Das kannst du besser.«

Mein Blick wandert zu seinen Boxershorts, unter deren Stoff sich seine Erektion mehr als deutlich abzeichnet. »Sag mir, was du machen würdest, wenn deine Hände frei wären.«

Er zögert einen Moment. »Wahrscheinlich würde ich meinen Penis streicheln, weil ich weiß, dass du mir dabei gern zusiehst.«

Ich schließe meine Augen und stelle es mir vor. »Und dann?«

»Ich würde deine perfekten Brüste küssen ...«

»Sie sind klein.«

»Sie haben das perfekte Gewicht für meine Hände. Deine Nippel passen perfekt zu meiner Zunge. Rundum perfekt, um mit meinen Zähnen daran zu ziehen und meine Frau ganz wild zu machen.«

Ich stöhne auf. Meine Finger reiben heftiger, streicheln meine Klit und die Funken der Lust breiten sich in meinem ganzen Körper aus.

»Aber ich würde natürlich auch deine Pussy nicht vernachlässigen. O nein. Um die würde ich mich als Nächstes kümmern, mit meinen Fingern. Meine sind ja rauer und größer als deine. Und sie wissen ganz genau, was du brauchst.«

Ich schlage blinzelnd die Augen auf und sehe auf seinen kräftigen Körper. Schließlich will ich wissen, wie er auf unser Spielchen reagiert. Jede seiner Muskeln ist angespannt und sein Schwanz sieht so hart aus, dass es beinahe schmerzhaft wirkt.

Ich kann nicht anders, ich will ihn sehen und hören. Also werfe ich Kissen und Decke beiseite und lege mich seitlich neben ihn.

»Ich glaube, meine Finger genügen mir«, scherze ich.

Grant schenkt mir sein typisches langsames, sinnliches Lächeln. »Willst du mir beweisen, dass du keinen Mann brauchst, Bean?«

Nein, nur dass ich *diesen* Mann nicht brauche. Dennoch bin ich mir plötzlich nicht mehr so sicher, ob ich mit dieser Methode mein Ziel erreichen werde.

Meine Berührungen werden schneller und das leise Geräusch, das dabei entsteht, vermischt sich mit meinem rauen Stöhnen. Grant lässt mich nicht aus den Augen.

»Das ist es, Baby. Du bist ganz nah dran, das merke ich. Wenn deine Augen die Farbe wechseln – ja, genau, es geht los.«

Seine schmutzigen Worte feuern mich an, während ich heftig zum Höhepunkt komme.

»Meine Augen wechseln die Farbe?«

»Ja. Normalerweise werden sie plötzlich silbern, wenn du dich aufregst. Aber wenn du kommst, dann sieht es aus, als schlügen sie blaue und violette Funken.«

»Das hast du mir nie gesagt.«

»Ich erzähle dir eben nicht alles, Bean. Aber eins kann ich dir verraten: Dir beim Orgasmus zuzusehen, ist fast das Heißeste, was es gibt.«

Ich lehne mich zu ihm und küsse ihn innig. »Was hast du mir denn noch nicht erzählt?«

Er denkt kurz nach. »Ein paar deiner Geräusche klingen so, als würde gerade eine Beutelratte gebären.«

Ich haue auf seinen Arm. »Grant! So klinge ich überhaupt nicht! Und hey, du scheinst zu vergessen, dass du immer noch gefesselt bist …«

Ich kann den Satz nicht beenden, weil ich plötzlich auf dem Rücken liege und über mir der wunderschöne, muskulöse Mann erscheint - ohne Fesseln. Hart und einfach wunderbar fügt er sich perfekt zwischen meine Oberschenkel ein. Ich bin immer noch empfindlich und es fühlt sich göttlich an.

»Das mit dem Fesseln muss ich wohl noch üben.«

»Mich kann eben nichts von dir fernhalten.« Er reibt seine Nase an meiner und mir geht das Herz auf. »Egal, was passiert, Bean, ich bin immer für dich da. Was dich angeht, lautet mein Urteil lebenslänglich.«

Ich schlucke. Der Kloß in meinem Hals hat die Größe eines Muffins. »Das ist wirklich hart.«

»Nein, es ist mir ein Vergnügen.«

Und dann zeigt er mir sehr genau, wie groß dieses Vergnügen ist.

13. KAPITEL
Grant

Ich verbringe zwei Stunden damit, mein verdammtes Auto aus dem Schnee zu graben. Die Räumfahrzeuge sind bereits unterwegs, es sieht also so aus, als könnten wir aufbrechen. Wenn wir Glück haben, kommen wir rechtzeitig zum Thanksgiving-Dinner in Boston an.

Ich würde lieber hierbleiben. Endlich kommen wir ein bisschen vorwärts und die vollkommen gestörte Dynamik der Familie Gates wird uns ganz sicher nicht dabei helfen. Aber Aubrey muss ihrer Großmutter zuliebe nach Hause – also grabe, grabe und grabe ich.

Sobald ich fertig bin, rufe ich zu Hause an. »Happy Thanksgiving, Momma!«

»Happy Turkey Day, Schatz! Behandeln Aubreys Leute dich anständig?«

»Wir kommen erst in ein paar Stunden an. Sind einen Tag lang an den Finger Lakes hängen geblieben.«

»Das war sicher ... interessant.«

Vor meinem inneren Auge ziehen die Ereignisse der letzten Tage vorbei wie ein Film. Alles, was zwischen Aubrey und mir passiert ist. Das klingt jetzt so, als hätte es auf Gegenseitigkeit beruht, was rein technisch gesehen auch stimmen mag. Aber tief in mir drin weiß ich, dass ich sie ausgenutzt habe. Liegt wahrscheinlich daran, dass Aubrey so schwer zu knacken ist. Wenn ich eine Chance wittere, ihr näherzukommen, dann muss ich sie sofort nutzen.

Selbst wenn sie eine gebrochene Frau ist, die immer noch unter ihrem Verlust leidet?

Verdammt, was bin ich nur für ein egoistischer Bastard! Aber in den vergangenen Tagen habe ich Aubrey genauso sehr gebraucht wie sie mich.

»Grant, bist du noch dran?«

»Jepp, ich habe nur grad nachgedacht.«

»Ich hasse es, wenn du das tust! Wenn du so stumm wirst, weiß ich, dass irgendetwas Wichtiges passiert ist. So wie damals, als du deine Jungfräulichkeit an Missy Capshaw am See verloren ...«

»Momma!«

»Du hast drei Tage lang geschwiegen, während du dir ganz allein den Kopf zerbrochen hast.«

Ich schnaube. »Hätte ich das etwa erst einmal mit dir besprechen sollen?«

»Hätte doch nicht geschadet! Ich hätte dir zum Beispiel sagen können, dass Missy dieses kostbare Geschenk gar nicht verdient hat. Nicht, wenn sie bereits ein Auge auf Tommy Jackson geworfen hat.«

Es kommt wahrscheinlich für jeden Mann unerwartet, wenn seine Jungfräulichkeit als »kostbares« Geschenk bezeichnet wird – besonders aus dem Mund der eigenen Mutter. »Du warst immer schon zu sensibel, zu fürsorglich.«

Ich spüre einen Kloß im Hals. Das ist ihre Art zu sagen, dass keine Frau je gut genug für mich sein wird.

»Aubrey und ihre Leute sind anders als wir«, werfe ich ein. »Um sie hat sich nie jemand so richtig gekümmert.«

»Und jetzt musst du das übernehmen? Selbst auf Kosten deines eigenen Wohlergehens? Ich wusste schon in deiner ersten Woche an der Uni, dass ich dich verloren habe. Als du mich angerufen und mir gesagt hast, dass du deine künftige Ehefrau kennengelernt hast.«

»Du hast mich nicht verloren, Momma. Jetzt sei nicht so dramatisch.«

Sie lacht. »Grant, ich will doch nur, dass du auf dein Herz achtgibst. Es ist so gut und du bist so ein guter Mann.«

»Aber nur wegen der fantastischen Frau, die mich großgezogen hat.« Das gibt ihr den Rest. »Momma, fang doch bitte nicht an zu weinen!«

Sie schnieft. »Wenn eine Mutter nicht einmal weinen darf, um ihrem Sohn ein schlechtes Gewissen zu machen, weil er an ihrem Lieblingsfeiertag nicht bei ihr ist – was bleibt ihr dann noch?«

Ich lache. »Ich bin doch am Sonntag da. Nur noch drei Tage, Momma. Hab dich lieb.«

»Ich hab dich noch lieber, Baby.«

Nachdem ich aufgelegt habe, denke ich über ihre Worte nach. Darüber, dass sie denkt, sie hätte mich verloren, als ich Aubrey kennengelernt habe. Manchmal necke ich sie zwar, weil sie in der Hinsicht ziemlich eigen ist. Aber ist das nicht auch ihr gutes Recht?

An meinem zweiten Tag in der juristischen Fakultät sondierte ich immer noch meine Umgebung. Wer war wer, wer wollte mit wem vögeln und wer vögelte bereits mit wem? Oder sollte ich vielleicht besser sagen: Wer vollzog mit wem den Geschlechtsakt?

Meine Mutter hatte gescherzt, dass ich mich bestimmt wie ein Yankee ausdrücken würde, wenn ich aus Chicago zurück nach Helen, Georgia käme. Wenn ich denn überhaupt zurückkäme. Ja, die Frau wusste, wie man einem Sohn ein richtig schlechtes Gewissen macht.

Jedenfalls befürchtete sie, dass mich mein Studium in einen waschechten Dandy verwandeln würde.

Aber deinen Namen änderst du auf keinen Fall, Grant Roosevelt Lincoln, hatte sie jeden Tag mindestens einmal gesagt. *Du wurdest nach den drei wichtigsten Präsidenten benannt und ich weiß, dass du mich stolz machen wirst.*

Damit baute sie natürlich ganz dezent Druck auf!

Der Vorlesungssaal war der größte, den ich je gesehen hatte. Das war wirklich noch mal etwas anderes als die Säle am Georgia Gwinett College, wo ich Wirtschaft im Hauptfach studiert hatte. Ich war schließlich kein komplettes Landei und auch in Atlanta konnte man es ordentlich krachen lassen. Hey, auch bei uns gab es Macy's! Dennoch war Chicago eine andere Nummer. Selbst die Bestellung eines Kaffees konnte verhängnisvolle Folgen haben: Wählte man beispielsweise die falsche Bezeichnung für seinen Latte, outete man sich sofort als Hinterwäldler.

Ich hatte zur Einführung in das Justizwesen Platz in der sechsten Reihe genommen, also irgendwo in der Mitte. Auch wenn ich mich im Unterricht stets behaupten konnte, wollte ich weder vorn bei den Strebern noch hinten bei den Partykids sitzen. Wohin und zu wem es die Leute am ersten Tag zieht, lässt häufig tief blicken.

Der Saal füllte sich und überall war Geschnatter und Geplapper zu hören, als sich ein Schatten über mich legte. Der Kerl, der neben mir Platz nahm, grinste über beide Backen. Er hatte dunkles Haar, markante Gesichtszüge und das perfekte Zahnarztlächeln. Tatsächlich war er mir bereits begegnet. Ich hatte sogar im Rahmen eines Wirtschaftsseminars an der Gwinett über die Industrialisierung der Landwirtschaft im 19. Jahrhundert von seiner Familie gehört.

Das war also Max Henderson, Erbe eines Fleischverarbeitungskonzerns, Treuhänder, ein adretter Vorzeige-Amerikaner, dessen Nachname auf einer polierten Goldplakette am Eingang des Vorlesungssaals hing, in dem wir gerade saßen.

»Lincoln, wie geht es Ihnen an diesem prächtigen Augustmorgen?«

Ich musterte ihn. Es gab jede Menge freier Sitze, Max hätte sich überall hinsetzen können. Wir hatten vor ein paar Tagen auf einer Erstsemesterparty miteinander geplaudert und auch wenn ich es nur ungern zugab – ich mochte ihn. Gern hätte ich ihm seinen Wohlstand, sein gutes Aussehen und sein charmantes Auftreten vorgehalten, aber das war nicht meine Art. Der Name seiner Familie mochte am Eingang des Vorlesungssaals stehen, aber er musste sich genauso ins Zeug legen wie alle anderen hier.

»Wunderbar, Henderson.«

Er grinste und auch ich musste über unseren Running-Gag lachen, der darin bestand, den anderen mit dem Nachnamen anzusprechen. Er klappte seinen Laptop auf (ein Spitzenmodell natürlich) und warf einen Blick auf meinen Block und meinen Stift. »Du bist wohl ganz oldschool unterwegs, was?«

»Ich mache mir auf diese Weise die besseren Notizen.«

»Gehst du heute Abend zu dem Spiel?«

»Würde ich doch niemals verpassen wollen.« Die Uni hatte einen Reisebus und Tickets für das Spiel der Cubs, des hiesigen Baseball-Vereins, organisiert. Die Plätze waren wahrscheinlich richtig mies, aber ich freute mich darauf, zum ersten Mal das historische Baseballstadion zu betreten.

»Willst du in der dritten Reihe hinter der Homebase sitzen?«

»Wow! Ist das ein Scherz?«

Er lächelte. »Meine Familie hat Dauerkarten, vier Plätze. Klar, ich könnte mich auf der Zuschauertribüne mit dieser Meute hier ordentlich betrinken, aber ich schätze mal, ich kann die Leute auch in den kommenden drei Jahren noch kennenlernen.«

»Und es gibt nun mal nicht unbegrenzt viele Cubs-Spiele, zu denen man gehen kann. Ist eine kostbare Währung.«

»Auf jeden Fall! Die Cubs sind eindeutig wichtiger als meine Kommilitonen, die ich und mein Superhirn ohnehin zerstört haben werden, noch ehe das Jahr um ist.«

Das brachte mich zum Lachen. Ich mochte seine kompetitive Art. Und auch wenn die Nummer mit den Dauerkarten irgendwie etwas lackaffig war, würde ich sein Angebot bestimmt nicht ausschlagen.

»Es wäre mir eine Ehre, Ihr Plus-Eins bei dem Spiel zu sein, Henderson.«

»Loser!«, hörte ich hinter mir jemanden sagen, auch wenn es mehr wie »Looza« klang.

Max und ich drehten uns um und schon war es um mich geschehen. Da saß Schneewittchen aus dem Disneyfilm. Schneewittchen mit Haar so schwarz wie Ebenholz, das ihr auf die Schultern fiel, mit Haut, die die Farbe weißen Marmors hatte, klugen grauen Augen und rubinroten Lippen, die meinen Penis bestimmt perfekt umschließen könnten. Wobei ihr hämisches Grinsen darauf schließen ließ, dass sie vielleicht toll blasen konnte, einem aber auch schnell mal den Penis abbiss, wenn man ihr dumm kam.

»Aubrey, dein fanatischer Red-Sox-Nationalismus hat hier überhaupt nichts zu suchen«, sagte Max zu der Erscheinung hinter uns. »Du hast dir diese Jurafakultät ausgesucht und jetzt musst du damit leben. Chicago gibt es nur ganz oder gar nicht, Baby.«

Mein Herz sank. Die beiden kannten sich und es war glasklar, wie die Sache laufen würde. Ich bemerkte kleine Details an ihr, die mein Selbstbewusstsein sofort schrumpfen ließen. Das Diamantenarmband an ihrem schmalen Handgelenk. Der Schnitt ihrer hellgrünen Bluse – die garantiert nicht von der Stange war und wahrscheinlich auch nicht als »grün« bezeichnet wurde, eher als »chartreuse« oder irgendein anderes todschickes Wort. So drückten sich Frauen wie sie wahrscheinlich aus. Ganz zu schweigen von ihrem Namen.

Aubrey.

Noch nie hatte ich einen prätentiöseren, blaublütigeren Frauennamen gehört. Henderson hatte sie wahrscheinlich bereits für sich gewonnen – tja, Gleich und Gleich gesellt sich eben gern. Und Bauerntölpel aus Georgia, die von ihrer Mutter allein aufgezogen wurden – die drei Jobs gleichzeitig hatte –, konnten Frauen wie Aubrey nun einmal nicht für sich gewinnen. Hätte ich mich bei den Kennenlernpartys ein bisschen mehr ums Kennenlernen bemüht, könnte ich jetzt auch Witze über fanatische Red-Sox-Fans reißen.

Max wedelte mit der Hand zwischen uns hin und her. »Lincoln, haben Sie schon …«

Ich war bereits aufgesprungen und hatte mich mit ausgestreckter Hand umgedreht. Dieser Frau würde ich mich ganz bestimmt nicht sitzend vorstellen. Das würde Momma mir nie verzeihen.

»Grant Roosevelt Lincoln.«

Sie blinzelte mich an und ihre grauen Augen wurden silbern, während ihre Wangen sich röteten, als hätte man sie mit Wasserfarben bemalt. Sie schluckte und schüttelte dann leicht den Kopf, als müsste sie sich selbst aufwecken.

»Aubrey Elizabeth Gates.« Sie griff nach meiner Hand und drückte sie. Ohne sie loszulassen, nutzte sie sie als Halt und erhob sich. Obwohl sie eine Reihe höher stand als ich, war sie immer noch an die vierzig Zentimeter kleiner als ich. Aber nichts an ihrer Haltung wirkte winzig. Diese Frau wusste, wie man das Kommando über einen Raum behielt. Sie bekam garantiert immer, was sie wollte.

»Ist mir eine Freude, Miss Gates.« Das »Miss« zog ich in die Länge.

»Kommst du aus dem Süden?«

»Georgia, durch und durch.«

Sie zog den Mundwinkel leicht nach oben; ihre Art, Anerkennung zu zeigen. Sie mochte kühl und unnahbar wirken, aber ihr Mund war der sinnlichste Teil an ihr. Dahinter tobte das Feuer und ich wollte es zu gern anfachen.

»Und du kommst aus Boston?«

»Meine Adern sind mit Fischsuppe gefüllt.«

Im Moment waren *meine* Adern voller Raketentreibstoff. Jede meiner Zellen schien vor Verlangen fast zu explodieren – dabei entsprach Aubrey so gar nicht meinem Beuteschema. Normalerweise stand ich auf athletische Blondinen, robuste Bauernmädchen, die unter meinen rauen Berührungen nicht gleich zerfielen. Aubrey hingegen wirkte derart zerbrechlich, dass es mir beinahe Angst machte. Und gleichzeitig wahnsinnig neugierig.

»Lieber Jahrgang 2013 der Northwestern School of Law«, rief eine Stimme. »Willkommen zur Einführung in das Justizwesen und den drei grausamsten Jahren eures Lebens.«

»Bist du bereit hierfür?«, fragte ich Aubrey, diese wunderschöne blaublütige Frau aus Boston.

Sie leckte sich über die Lippen und mein Penis zuckte, aber es war mir egal, wenn sie es bemerkte. Aubrey Elizabeth Gates sollte ruhig wissen, worauf sie sich da einließ.

»Ich bin immer bereit.«

Sie ließ meine Hand los und setzte sich wieder hin. Ich starrte sie ein letztes Mal an, um sie mir gut einzuprägen, dann nahm auch ich Platz.

»Die Drei-Namen-Strategie also. Nett«, murmelte Max.

Ich lächelte. »Ihr Elitekids seid eben nicht die Einzigen, die es draufhaben, Henderson.«

Und ich hatte es offenbar wirklich drauf. Aubrey für mich einzunehmen, war mir genauso wichtig, wie Jahrgangsbester zu werden. Ich habe beides geschafft, aber ich hätte nie gedacht, dass unsere Liebe schon beim ersten großen Hindernis in die Brüche gehen würde. Es ist nicht ein Tag vergangen, an dem ich es nicht bereut habe, unserer Ehe nicht ein bisschen mehr Zeit gegeben zu haben. Jetzt habe ich eine neue Chance, und um Aubrey zurückzugewinnen, ist mir jedes Mittel recht.

Nachdem ich das Auto aus seinem Schneegefängnis befreit habe, gehe ich wieder in unser Hotelzimmer zurück. Dort steht eine Frau – es ist Aubrey und zugleich ist sie es nicht.

Das Model vor mir ist perfekt gekleidet. Sie trägt ein weiches schwarzes Wollkleid mit einem goldenen Gürtel und wahnsinnig hohen Schuhen. Ihr Haar hat sie in ihrem Nacken zu einem Knoten gebunden und trumpft außerdem mit einer zweireihigen Perlenkette auf. Nachdem ich sie die letzten Tage über nur in Kapuzenpulli und Leggings gesehen habe, sollte mich dieser Anblick wahrscheinlich wahnsinnig ehrfürchtig machen und total anturnen.

Stattdessen erfüllt er mich mit Angst und Schrecken.

Boston-Aubrey ist zurückgekehrt. Sie hat ihre Rüstung angelegt, um für das gewappnet zu sein, was vor uns liegt.

»Ich dachte, wir frühstücken noch, ehe wir auschecken«, sage ich.

Sie greift mit ihrem schlingenfreien Arm nach der Transportbox mit dem Kater und ich nehme sie ihr sofort ab.

»Ich habe eigentlich keinen Hunger«, sagt sie, ohne mich anzusehen. »Wollen wir nicht unterwegs was bei Schmeck Donald holen? Ich würde gern so früh wie möglich losfahren.«

»Vor uns liegen fünf Stunden Fahrt. Das ist ein ziemlich schickes Outfit für eine Reise ...«

Sie streicht über ihren Rock, als fiele ihr erst jetzt auf, dass sie sich umgezogen hat. »Ich will mich nicht auf der Toilette einer Tankstelle umziehen müssen.«

»Oder du musst dich innerlich schon mal für das rüsten, was kommt.« Ich stelle die Transportbox auf dem Bett ab und lege meine Hände auf ihren Po, um sie an mich zu ziehen.

»Grant«, flüstert sie leise und eindringlich. Nie klang mein Name besser. Ich will Aubrey so richtig durcheinanderbringen, innerlich und äußerlich.

»Aubrey, die letzten Tage waren ...«

»... wunderschön«, vollendet sie meinen Satz. »Aber wahrscheinlich lag das daran, dass wir beide etwas bedrückt und einsam waren.«

Das kann ich zwar nicht leugnen, aber aus ihrem Mund klingt das so, als wäre alles nur aufgrund der plötzlichen Nähe und ihrer Depression passiert. »Es hätten also jeder heiße Mund oder jede talentierte Hand getan, ja?«

Ihre Augen verengen sich zu Schlitzen. »Willst du jetzt eine große Sache draus machen? Damit kann ich nicht umgehen, Grant. Nicht heute.«

Nicht, wenn sie sich auf den Besuch in der Höhle des Löwen vorbereiten muss. Oder eher der Löwin – Marie-Claire Gates. Aubrey hat ein ziemlich dysfunktionales Verhältnis zu ihrer Mutter, einer Frau, die von ihrem Umfeld absolute Perfektion erwartet. Ich habe mich stets geweigert, bei diesem Spielchen mitzumachen, deswegen lief es zwischen uns beiden nicht so gut. Auch wenn ich mich Aubrey zuliebe wirklich bemüht habe. Vielleicht hätte ich mich noch mehr anstrengen müssen.

Heute werde ich das tun und sei es auch nur, um meine Ex-Frau bei diesem höllischen Thanksgiving zu unterstützen.

Fünf Stunden später kurven wir durch die engen Straßen Back Bays – nirgends haben die Leute einen schlimmeren Fahrstil als in Boston –, während die Luft in dem stickig heißen Auto mit jeder Sekunde abkühlt. Aus dem Augenwinkel sehe ich, wie Aubrey ihre Hände wringt. Ihr flacher Atem bildet unseren Soundtrack.

Ich halte an und aktiviere die Warnblinker. Irgendein idiotischer Red-Sox-Fan hupt in einem fort und beschimpft mich, während er uns überholt. Vor Gericht habe ich allerdings schon Schlimmeres gehört.

»Es ist gleich um die Ecke«, sagt sie.

»Mhm. Wir müssen noch darüber reden, wie wir es angehen.«

»Angehen?«

»Ich weiß, ich bin hier, damit wir es deiner Großmutter schonend beibringen können. Aber vielleicht müssen wir das ja gar nicht.«

»Was?«

Jetzt muss ich vorsichtig sein. »Vielleicht erzählen wir einfach allen, dass wir uns wieder versöhnt haben. So nehmen wir den Druck aus der ganzen Sache und müssen uns vor deiner Familie nicht anders verhalten als vor Libby. Du kannst ungezwungener mit allen umgehen und musst dir nicht den Kopf darüber zerbrechen, was sie denken. Und kannst vielleicht einfach den Feiertag genießen.«

Sie sieht mich an, als hätte ich den Verstand verloren. Vielleicht habe ich das?

»Aubrey? Möchtest du noch etwas anmerken?«

»Aber wir haben uns doch gar nicht vertragen«, sagt sie in einem Tonfall, der klarstellen soll, dass das auch nie passieren wird. »Ich kann das bestimmt für ein, zwei Stündchen Libby zuliebe vortäuschen, aber die ganze Zeit?«

Ich lehne mich nach vorn und greife nach ihren Händen, umschließe sie mit meinen. Sofort entspannt sich ihr Körper. »Du musst es nicht vortäuschen. Nicht, nachdem wir uns ausgesprochen haben. Wir erholen uns doch langsam, Bean.«

Ihre Augen weiten sich und werden feucht. Früher habe ich es nicht ausgehalten, wenn sie geweint hat. Jetzt freut mich alles, was Aubrey Erleichterung verschafft.

»Das tun wir wirklich, oder?«, flüstert sie.

Ich nicke.

»Aber das heißt nicht, dass zwischen uns alles wieder gut ist.« Es klingt, als wollte sie sich selbst davon überzeugen. »Irgendwann muss ich Libby dennoch von unserer Scheidung erzählen.«

Nicht, wenn es nach mir geht. »Lass uns ein bisschen improvisieren. Dann müssen die Leute nicht auf Zehenspitzen um uns *und* um deine Großmutter herumschleichen. Und wir können uns entspannen.«

Sie verzieht ihren hübschen Mund. »Ist vielleicht nicht die dümmste Idee.«

»Das ist mein Mädchen!« Ich lasse sie los und starte den Motor. »Gehen wir's an!«

14. KAPITEL

Aubrey

Wir parken hinten in einer der Garagen, sodass wir uns durch die Küche ins Haus schleichen können und um unsere Ankunft kein großes Theater gemacht wird.

»Das kann doch jemand für uns holen«, sage ich, als Grant beginnt, unser Gepäck aus dem Kofferraum zu laden. Er zieht eine Augenbraue nach oben.

»Okay, Bauer, dann trag es selbst.«

Er fühlt sich sichtlich angegriffen, lässt das Gepäck fallen und stapft zu mir.

»Was machst du da?«

»Ich denke, du solltest dich ein wenig entspannen.«

Ich weiß, was Grant damit meint, aber damit würden wir die Nachbarn völlig verstören. Ich bin außerdem immer noch etwas aufgewühlt wegen seiner Planänderung vorhin im Auto. *Du musst es nicht vortäuschen. Wir erholen uns doch langsam, Bean.*

Wahrscheinlich meint er es gar nicht so, aber es ist beinahe grausam. Ich mache mir viel zu viele Hoffnungen und das bedeutet, dass es schiefgehen wird. Ich weiß nicht, ob wir uns erholen: Aber ich weiß, dass ich mich viel zu sehr auf Grant verlasse, um das zu schaffen.

»Wag es ja nicht …«

Er hebt mich in die Luft und küsst mich stürmisch. Ich

kann nicht anders, als mit ihm zu verschmelzen. Bis jetzt war unsere Reise unglaublich aufwühlend. Aber irgendwie erscheint mir selbst der Schmerz, der damit einherging, erträglich. Wahrscheinlich lohnt er sich sogar, wenn ich dafür überhaupt wieder etwas fühle. Irgendetwas. Er drängt seine Zunge in meinen Mund, schlingt sie um meine und entflammt all meine Nervenenden auf einmal. Als er meinen Po mit seinen Händen umschließt, fühlt es sich absolut perfekt an. Ich klettere an ihm hoch wie an einem Baum, will ihm immer näher kommen.

Langsam lehnt er sich zurück und starrt mit glasigen Augen ins Leere. Vor Stolz wird mir ganz warm in der Brust.

»Okay, jetzt bin ich entspannt«, sage ich und lache rau auf.

Er drückt seine Erektion gegen meinen Bauch. »Aber ich nicht.«

»Dann hättest du vielleicht lieber gar nicht erst anfangen sollen, oder?«

»Das war's mir wert.«

»Aubrey, was um alles in der Welt macht ihr da?!«, ertönt eine mir wohlbekannte Stimme.

»Das war es dann mit meinem Ständer«, murmelt Grant und ich muss lachen. Wow, ich habe ihn wirklich vermisst! Niemand hat mich jemals so unterstützt wie er. Dennoch frage ich mich immer noch, was er eigentlich davon hat.

Ich drehe mich um und ahne, dass mein Lippenstift verschmiert ist. Auf jeden Fall sitzt er nicht so perfekt, wie meine Mutter es von mir erwarten würde. Natürlich könnte ich behaupten, dass mir das egal ist, aber das wäre nicht wahr. Es ist mir wichtig. War es immer. Marie-Claire Amiens Gates steht vor mir, der Inbegriff französischen Chics und Missfallens.

»Hi, Mom«, sage ich und bin plötzlich schüchtern.

Sie presst ihre Lippen aufeinander, weil ich sie nicht »Maman« genannt habe. Dazu hat sie mich und meine Brüder immer angehalten, als wir Kinder waren – nein, sie hat darauf bestanden. Das liegt nicht an einer uralten Familientradition, sondern an ihrem Wunsch, sich von den anderen Familien abzuheben. Die hat meine Mutter gerne mal als »Pöbel« bezeichnet, obwohl sie oft genauso wohlhabend wie die Gates waren.

Die Familie Gates geht nicht auf die *Mayflower* zurück. Denken Sie eher an die Astors oder die Vanderbilts, diese Art von Wohlstand. Wir haben Häuser in Boston, auf Cape Cod, St. Barts, in London und Paris. Und unsere multinationale Firma macht der Holdinggesellschaft Berkshire Hathaway in Sachen Kapitalisierung ziemlich Konkurrenz.

Meine Brüder arbeiten beide in dem Unternehmen, sind Vizepräsidenten von irgendetwas, das nur erfunden wurde, um ihre fetten Gehälter und epischen Treuhandfonds zu rechtfertigen. Sie sind keine schlechten Menschen. Sie sind nur furchtbar überheblich.

Du möchtest Jura studieren, Aubs?, meinte Bradford, als er davon erfahren hat. *Aber ... warum? Du hast doch hier einen Job!*

Ich weiß, dass ich nicht bin wie sie. Dennoch lechze ich immer noch nach der Anerkennung meiner Mutter, weil ich nun mal ein recht widersprüchliches Wesen und noch dazu manchmal wie ein verängstigtes kleines Mädchen bin. Jetzt linse ich zu ihr und merke, dass mein Ex-Mann seine Hände immer noch auf meinem Hintern hat. Und er scheint nicht vorzuhaben, loszulassen.

»Mom, wieso schleichst du dich denn hier bei den Garagen herum? Das ist doch sonst nicht deine Art.«

Sie zuckt mit den Schultern. »Ich war gerade im Club, um ein paar letzte Angelegenheiten bezüglich der Party deiner Großmutter zu klären. Ich hatte eben nebenan geparkt, als ich euch gehört habe.« Ihr Blick wandert zu Grant. »Grant, *comment ça va?*«

»*Ça va bien*, Marie-Claire«, erwidert Grant in perfektem Französisch und überrascht damit zwar mich, nicht aber meine Mutter – zumindest würde sie sich das niemals anmerken lassen. Aber sie ist durchaus grausam genug, um zu versuchen, einen Außenstehenden zu blamieren, indem sie eine fremde Sprache spricht.

»Nun, alle freuen sich schon auf dich«, sagt sie und mustert mich von Kopf bis Fuß. »Kommt in den Salon, wenn ihr euch frisch gemacht habt.«

Dass ich ihren Anforderungen nicht genüge, obwohl ich mir mit meiner Kleidung, meiner Frisur und meinem Makeup ganz besonders große Mühe gegeben habe, entgeht mir natürlich nicht. Sie erkundigt sich nicht, weshalb ich eine Armschlinge trage. Und sie umarmt mich auch nicht, obwohl wir uns zwei Jahre nicht gesehen haben.

Liebevolle Gesten sind in meiner Familie eben nicht so üblich. Ist es also ein Wunder, dass ich eine kaltherzige Kratzbürste bin? Nicht, dass Grant mich je so bezeichnet hätte. Ich weiß selbst, was ich bin. Und ich weiß, zu was ich werde, wenn mein Selbstbewusstsein schwindet.

»Mom«, sage ich, plötzlich mutig. »Etwas hat sich geändert. Grant und ich …«

»Grant und du?«, unterbricht sie mich.

»Wir haben uns versöhnt. Wir sind jetzt wieder ein Paar.«

Das Gesicht meiner Mutter ist ebenso teilnahmslos wie die der Granitstatuen, die die Einfahrt zum Haus säumen. »Wir reden später darüber.«

Ein letztes Mal mustert sie mich gründlich. Dann geht sie und ich kann endlich wieder frei durchatmen.

»Das lief doch ganz … okay?«, meine ich und schiele zu Grant.

»Hätte schlimmer sein können, ja. Sie hätte zum Bespiel meinen riesigen Ständer kommentieren können.«

Meine Großmutter Elizabeth Amelia March Gates – die aber von allen nur Libby genannt werden möchte – lebt im Dower Tower. So nennen wir einen prächtigen Flügel des Familienanwesens, das sich in dem Bostoner Stadtteil Back Bay befindet.

Streng genommen ist es gar kein Turm, aber diesen Teil des Hauses ziert ein recht auffälliges Schlosstürmchen. Hierhin ist sie gezogen, als mein Großvater vor achtundzwanzig Jahren gestorben ist, und hat so das Hauptgebäude für ihren Sohn und seine Frau geräumt, ganz so, wie die wahre feudale Tradition es will.

Libby hat sich ihr Leben lang geweigert, sich von ihrem Alter, ihrem Geschlecht oder irgendwelchen Arschlöchern einschränken zu lassen. Sie hat sich in den Vierzigerjahren als Regisseurin in Hollywood versucht (*Die Schauspielerei ist was für Schwachköpfe. Das kann jedes Kind!*, hat sie gern gesagt), ist in den Fünfzigern Streuflugzeuge geflogen (*Alle guten Piloten waren gerade in Korea, also musste jemand einspringen*), hatte in den Sechzigern ein kurzes Gastspiel als Playboy-Bunny (*Hefner war richtig mies im Bett und Elvis war genauso fabelhaft, wie er aussah*) und wurde schließlich die erste weibliche Geschäftsführerin eines börsennotierten Unternehmens.

Sie macht mir eine Heidenangst und gleichzeitig liebe ich sie abgöttisch.

»Aubrey!«

Als ich hineingehe, greift Grant nach meiner Hand. Warum verhält er sich nur so perfekt, obwohl ich das gar nicht verdient habe? Plötzlich habe ich das dringende Bedürfnis, die Wahrheit laut auszusprechen. *Das ist alles nicht echt, Libby! Es ist der größte Schwindel, den du dir vorstellen kannst!*

Auf seinem anderen Arm trägt er Cat Damon. Sie haben sich die letzten Tage über ziemlich gut verstanden, die Katzenpsychologin scheint also doch Ahnung von ihrem Beruf zu haben. Der Kater hat nicht mal versucht, einen meiner BHs zu zerfetzen.

Aber ich hatte Asta ganz vergessen – den Foxterrier von Libby. Sobald sie Cat Damon entdeckt hat, beginnt sie zu bellen. Cat Damon springt auf den Boden, faucht eine freudige Begrüßung und steht seinen Mann.

Eine zurechtgewiesene Asta verschwindet hinter dem Sofa.

War wohl ein klärendes Gespräch.

Ich lasse Grants Hand los und beuge mich hinab zu meiner Großmutter. Sie sitzt in einem Rollstuhl und sieht zerbrechlicher aus denn je. Ihr Haar hat sie erdbeerblond gefärbt – ihre einzige Eitelkeit – und zu einem Nackenknoten gebunden. Ihre Haut fühlt sich papierdünn an, als ich ihr einen Kuss auf die Wange gebe.

»Du hast abgenommen«, sagt Libby und mustert mich aus ihren wässrigen Augen. »Und du siehst müde aus. Nicht auf die gute Art und Weise.« Sie wirft Grant einen vorwurfsvollen Blick zu, als hätte er seine Pflichten als Ehemann vernachlässigt. Ich könnte ihr sagen, dass Grant sein Versäumnis in den vergangenen Tagen mehr als wettgemacht hat, aber meine Großmutter hat eine schmutzige Fantasie und würde garantiert auf Details bestehen.

»Mir geht es gut«, erwidere ich eilig. »Oh, Libby, es ist so schön, dich zu sehen! Es tut mir leid, dass es so lange gedauert hat.«

Meine Großmutter schnaubt. »Warum solltet ihr jungen Leute euch auch Zeit für uns Fossile nehmen? Du solltest dich niemals dafür entschuldigen, dass du dein Leben lebst.« Sie wendet sich an ihren Assistenten, der wie eine ungünstige Mischung aus Meister Proper und dem ehemaligen Wrestler The Rock aussieht. »Machen Sie sich nützlich, Jordie. Einen doppelten Gin Fizz, bitte.«

»Sie wissen doch, was der Arzt gesagt hat.« Jordie klingt selbst so wenig überzeugt, dass ich fast davon ausgehe, dass sie diese kleine Diskussion regelmäßig führen - einfach, damit es spannend bleibt.

»Ich lebe immer noch und habe jeden Tag einen Gin Fizz getrunken. Haben Sie Angst, dass ich noch länger lebe, wenn ich einen doppelten trinke? Sie kommen in meinem Testament nicht vor!«

Ich lache, weil ich ihre respektlose Art einfach liebe. »Grant ist hier«, sage ich dann.

»Das sehe ich, bärenstark wie eh und je. Wenn ich noch einmal leben würde, würde ich mir auch einen solchen Bullen zum Mann nehmen.«

Noch ehe ich wegen dieser Objektifizierung protestieren kann - was brächte es außerdem -, streckt sie auch schon ihre Hand nach Grant aus. »Komm her, du heißer Feger, lass dich ansehen. Meine Augen sind auch nicht mehr das, was sie mal waren.«

Grants Lächeln ist echt, was mich sehr glücklich macht. Er gibt meiner Großmutter ein Küsschen auf die Wange. »Bist du immer noch so aufrührerisch drauf, Sweetheart?«

»Das würde der Gesellschaft gar nicht schaden, denkst

du nicht? Besonders diesem Haufen hier. Zwischen deinen Eltern herrscht eine Art kalter Krieg, Aubrey. Keiner von beiden will nachgeben und ausziehen. Es ist doch nur ein Haus!« Sie scheucht uns zum Sofa. »Jetzt erzählt doch mal, was es bei euch Neues gibt.«

Ich verbringe die folgende Stunde damit, eine Menge Märchen zu erzählen und Gin Fizz zu trinken.

Es ist alles bestens. Mein Job ist toll! Chicago ist die schönste Stadt der Welt, trotz der schrecklichen Winter. Wir sind im Sommer durch Spanien gefahren und haben sogar eine Woche auf Island verbracht. Nach einer Weile glaube ich sogar selbst, dass wir beide immer noch ein Vorzeigepärchen sind.

Mein Telefon vibriert und kündigt eine Nachricht meiner Mutter an. *Komm auf einen Tee zu mir in den kleinen Salon.*

Wir haben nämlich zwei Salons.

»Ruft dich die Dame des Hauses?«, fragt meine Großmutter. Sie ist nicht der größte Fan ihrer Schwiegertochter, mit der mein Vater die erste Mrs Gates, seine Ex-Frau, betrogen hat. Die ist jetzt Geschichte und fristet ihr Dasein in einer Villa in Miami Beach. Auch von ihrem Sohn oder ihren Enkeln, meinen Halbbrüdern, ist Libby nicht sonderlich angetan. Ich habe ein richtig schlechtes Gewissen, dass ich sie so lange in diesem »Schlangennest«, wie sie es nennt, allein gelassen habe.

»In eineinhalb Stunden essen wir mit ihnen zu Abend«, sagt sie. »Also treffen wir uns in einer Stunde auf ein paar Cocktails.«

»Triple Gin Fizz wäre doch eine gute Idee«, meine ich und streiche nervös meinen Rock glatt. Mein Blick fällt auf den Weihnachtsbaum, auf die perfekten Anhänger, in die die Namen der Familienmitglieder eingraviert sind. Sowohl die der verstorbenen als auch die der lebendigen. Eine recht merkwürdige Tradition für jemanden, der in etwa so gefühlsduselig wie ein Baumstamm ist. Libby hat die Idee aus einer Seifenoper geklaut.

»Der Baum wurde dieses Jahr aber früh aufgestellt.« Ich berühre einen der Anhänger. Er ist grün, trägt Grants Namen und hängt neben einem roten, auf dem »Aubrey« steht. Mein Herz zieht sich zusammen.

»Jordie wollte es hinter sich bringen«, meint sie, aber ich glaube ihr nicht.

»Willst du, dass ich mitkomme?«, fragt Grant, als ich auf die Tür zugehe.

»Er kann bei mir bleiben«, meint Libby.

Ich mustere sie gründlich. »Nur wenn du nicht zu müde bist.«

»Ich bin definitiv munter genug, um deinem Ehemann all die unanständigen Dinge anzuvertrauen, die ich so lange für mich behalten musste.«

»Libby!«, kichere ich und fühle mich plötzlich ganz leicht, weil da zwei Leute sind, die zu mir halten. Dann fällt mir ein, mit wem ich mich gleich unterhalten werde, und meine Stimmung verdüstert sich.

Ich betrete den kleinen Salon, in dem meine Mutter gerade Tee eingießt. Sein aromatischer Duft ist vertraut und tröstlich. Sie wirft einen Blick auf ihre Cartier-Uhr, weil ich offenbar zu spät zu einem Treffen erschienen bin, das gar keine offizielle Startzeit hatte.

»*Entre, chérie*«, sagt sie, obwohl ich längst im Zimmer bin. Sie erteilt mir so nachträglich die Erlaubnis.

Ich fühle mich heute nicht so unterwürfig wie sonst, was wahrscheinlich an dem Plausch mit Libby und an Grants Unterstützung liegt – davon habe ich richtig gute Laune bekommen. Ich bin fest entschlossen, sie mir nicht so schnell wieder nehmen zu lassen.

Meine Mutter lässt einen Zuckerwürfel in meine Teetasse fallen, obwohl ich gerade weder Tee noch Zucker möchte. Als sie mir die Tasse inklusive Untertasse reicht, stelle ich sie auf dem Kaffeetischchen ab.

»Ist Dad da?«, frage ich. Er lebt in einer Hälfte des Hauses, weil sich beide weigern, auszuziehen. Und das, obwohl sie sich beliebig viele luxuriöse Stadthäuser leisten könnten. Es geht eben ums Prinzip.

»Er ist im Büro.«

»An Thanksgiving?«

»Gates ist nun mal ein globales Unternehmen, Aubrey. In anderen Ländern haben die Märkte heute geöffnet.« Sie nippt an ihrem Tee. »Ich verstehe nicht, weshalb Grant hier ist.«

»Wir sind wieder zusammen«, schwindele ich. »Und er wollte auch zu Libbys Geburtstagsparty kommen.«

»Aber ich dachte, die Sache wäre abgehakt. Dass ihr begriffen habt, dass ihr nicht kompatibel seid.«

»Du hast das gedacht, Mom.«

»Dennoch hast *du* dich von ihm scheiden lassen, oder nicht?« Klingt so, als wäre das eine Niederlage. Hätte ich etwa dreißig Jahre in diesem Elend ausharren sollen, so wie meine Eltern? »Du musst einen Grund dafür gehabt haben.«

Sie hat recht – und das kommt selten vor. Ich weiß, dass die Fehlgeburt der Auslöser war, aber natürlich hätte es nicht zwangsläufig auf eine Scheidung hinauslaufen müssen. Viele Paare stehen ihre Trauer gemeinsam durch und lassen sie hinter sich. Wir hingegen haben einander verloren. Und auch wenn wir jetzt ein paar Tage hintereinander miteinander gevögelt haben, heißt das noch lange nicht, dass alles wieder in Ordnung ist.

»Es gibt doch immer Gründe, oder?« Ich schnappe mir ein Plätzchen und beiße ab. Sobald die Lippe meiner Mutter missbilligend zuckt, stopfe ich es mir ganz in den Mund.

Ihr Gesichtsausdruck verrät, dass sie mich furchtbar kindisch findet. »Nun, ich weiß, dass er dich nicht betrogen hat.«

»Woher?«

Sie gibt einen sehr französischen, missmutigen Laut von sich, mit dem sie sagen will, dass sie in dieser Hinsicht nur zu gut Bescheid weiß. Klar, sie kennt ja auch beide Seiten.

»Wie er dich ansieht, damals und heute, das ist ... obsessiv. Kein Mann sollte so verrückt nach seiner Frau sein. Es ist nicht gesund und führt unweigerlich zu Enttäuschung. Ein Mann wie Grant hat seine Bedürfnisse, seine Sehnsüchte, und wenn du sie nicht befriedigen kannst ...« Sie winkt ab.

»Und wenn ich sie nicht befriedigen kann, was dann?«

»Wenn du ihm nicht geben kannst, was er braucht, dann ist das deine Schuld. Es ist immer die Schuld der Frau.«

»Möchtest du damit sagen, dass die Gesellschaft beziehungsweise das Konzept unserer Gesellschaft das so sieht? Oder bist du wirklich der Meinung, dass die Frau schuld ist, wenn sie ihren Mann nicht halten kann?«

Sie zieht eine Augenbraue nach oben. Weil ich Argumente so gut zerlegen kann, brilliere ich in meinem Job – in meinem Privatleben leider weniger. Dummerweise neige ich zum Überanalysieren und Zweifeln.

»Männer sind wankelmütig ...«

»Außer sie sind auf ungesunde Weise besessen von ihren Ehefrauen.«

Sie seufzt, als würde ich es nie verstehen. »Grants Herkunft war immer schon zu anders als deine. Kein Vater. Eine Teenager-Mutter, die ihn großgezogen hat. All die Not der ... Arbeiterklasse.«

Sie ist so ein Snob. »Und was ist mit *meiner* Herkunft? Ein Vater, der mich vernachlässigt hat. Und eine Mutter, der es nur darum ging, mich in ein It-Girl der High Society zu verwandeln, damit ich eine erfolgreiche Ehe eingehen kann.«

»Mir ging es immer nur um deinen Erfolg.«

Damit will sie sagen, dass sie mich aufgrund meiner dubiosen Wurzeln ebenso gut hätte zerstören können und sich dennoch dagegen entschieden hat. Ich frage mich oft, welcher Teufel sie geritten hat, als sie das Kind einer Geliebten ihres Mannes aufgenommen hat. Wahrscheinlich war das eigentlich der Tropfen, der das Fass zum Überlaufen gebracht hat –, aber dann hat sie sich dafür entschieden, mich in eine Kreation umzuformen, auf die sie stolz sein kann. Leider enttäusche ich sie jeden Tag aufs Neue.

Sie glaubt wirklich, dass sie ihr Bestes gegeben hat, und in dem Punkt lässt sie sich auch nicht korrigieren. Wir sind wie zwei TV-Sprecherinnen, die sich ein Streitduell liefern.

Ich beschließe, das Thema zu wechseln. »Wie läuft die Partyplanung?«

»*Comme ci, comme ça.* Ich hatte nicht erwartet, dass du einen Gast mitbringst. Wie gesagt, Mason Van Giet wird kommen, und ich hatte ihm gesagt, dass du zu haben bist.«

»Tut mir leid, dass ich deine Verkupplungspläne durchkreuzt habe.«

Meine Mutter legt den Kopf schief und sieht mich streng an. »Ich glaube keine Sekunde, dass ihr wieder ein Paar seid. Das scheint mir alles etwas zu bequem, um wirklich wahr zu sein.«

Ihr konnte ich noch nie etwas vormachen. Dennoch bin ich wild entschlossen, es zu versuchen.

»Wir finden wieder zueinander, Mom. Langsam, aber sicher. Wie wäre es also, wenn du aufhören würdest, ihn wie eine Hilfskraft zu behandeln, und ihm endlich mit dem Respekt begegnest, den mein Auserwählter verdient hat?«

Wieder zieht sie eine Augenbraue nach oben. »Dafür ist es etwas zu spät.«

Vielleicht hat sie recht. Vielleicht ist es tatsächlich zu spät für alles.

15. KAPITEL

Grant

Jetzt, da Aubrey weg ist, rüste ich mich innerlich für ein sehr offenherziges Gespräch mit Libby. Zunächst befiehlt sie mir aber, sie ins Gewächshaus zu schieben. Es befindet sich in unmittelbarer Nähe ihrer Wohnung und ist etwa fünfundsiebzig Quadratmeter groß. Wobei »Wohnung« auch nicht ganz die passende Bezeichnung für den Ort ist, an dem Libby lebt.

Das Gewächshaus mutet viktorianisch an, und wenn man eintritt, ist das wie eine kleine Zeitreise. Weil meine Mutter gärtnert, erkenne ich ein paar Pflanzen wieder. Hauptsächlich wachsen hier Treibhauspflanzen, die eigentlich nicht in diesem Teil des Landes zu Hause sind. Aber Menschen lieben es nun einmal, Dinge an Orte zu verpflanzen, an die sie nicht gehören. Ich folge Libbys Anweisungen und schiebe ihren Rollstuhl einen Gang hinab. Zwischendurch halte ich auf Kommando an, damit sie an dem Farn oder der Erde herumfummeln kann.

»Warte mal – ist das etwa eine Cannabispflanze?« Wir sind am Ende des Ganges angekommen und hier hinten versteckt sich … wow … ein richtiger Kräutergarten.

»Das ist legal.«

»Sechs Pflanzen sind hier in Massachusetts legal, Libby. Das hier ist eine ganze Firma!«

»Ich brauche das wegen meiner Arthritis. Weißt du, wie schwer es ist, einen Dealer ins Haus zu bekommen?«

Himmel! Warum muss ich mir das anhören?

»Warum lügt meine Enkelin mich immer noch an?«

Ich ziehe eine Grimasse. »Dachtest du etwa, ich kann sie innerhalb weniger Tage umkrempeln und wiedergutmachen, was ihre Familie angerichtet hat?«

»War vermutlich naiv, zu hoffen, dein magischer Penis würde sofort alles zu meiner Zufriedenheit klären.«

Ich erröte. Aubrey ähnelt ihrer Großmutter am meisten und ich wünschte manchmal, sie könnte sich ein Scheibchen von deren Fuck-you-Attitüde abschneiden. »Sie ist *deine* Enkelin. Nichts ist einfach.«

Libby lacht freudlos auf. »Ich habe die ganze Zeit darauf gewartet, dass sie sich mir anvertraut, ihren Schmerz mit mir teilt.«

»Ich auch«, sage ich leise.

Libby und ich haben uns von Anfang an prächtig verstanden und seit eineinhalb Jahren sind wir jetzt Telefonkumpel. FaceTime-Kumpel, um genau zu sein, weil Gespräche ihr leichter fallen, wenn wir uns dabei sehen. Etwa ein halbes Jahr nach Aubreys und meiner Trennung hat Libby mich angerufen, weil sie wusste, dass irgendetwas ganz und gar nicht stimmte. Ich bin am Telefon zusammengebrochen und habe ihr alles erzählt. Gott, ich hatte noch nicht einmal mit meiner Mutter darüber gesprochen und da heulte ich also einer Frau, die mich schwer an Katharine Hepburn erinnerte, die Ohren voll wie ein Schuljunge.

Auch wenn ich dachte, dass es Aubrey helfen würde, sich jemandem anzuvertrauen, flehte ich Libby an, abzuwarten, bis Aubrey von sich aus auf sie zukam. Wenn meine Ex-Frau je erführe, dass ich jemandem aus ihrer Familie von dem Baby erzählt habe … Shit, dann würde sie nie wieder mit mir sprechen. Ich hatte einfach einen schwachen Moment gehabt und wollte mit jemandem um mein verlorenes Kind trauern, der mich verstand. Aber Aubrey hat es noch immer niemandem erzählt. Ich frage mich, ob sie das jemals tun wird oder ob sie das Thema mittlerweile viel zu tief in sich vergaben hat und denkt, ein Gespräch darüber sei nicht mehr nötig.

Wenn ich der Einzige bin, mit dem sie darüber sprechen will, dann werde ich für sie da sein. Ich kann all ihren Kummer wie ein Schwamm aufsaugen. Aber es täte ihr bestimmt gut, wenn sie ihre Großmutter einweihen würde. Sie bekommt nicht gerade viel Zuneigung von ihrer Familie, in dieser Hinsicht war ihre Großmutter immer eine Lichtgestalt. Die alte Lady ist sehr scharfsinnig, hat aber auch eine weiche Seite. So wie Aubrey.

»Sie kann gar nicht wissen, dass ich dir davon erzählt habe. Ich hoffe, bete geradezu, dass sie sich dieses Wochenende bei dir alles von der Seele redet. Gib ihr einfach Zeit.«

»Ich weiß, wie ich mit meiner Enkelin umzugehen habe, Grant.«

Ich verdrehe die Augen. »Das hier ist doch kein Wettbewerb, Lib.«

Sie hasst es, wenn ich sie so nenne. Aber es gefällt ihr auch, wenn ich mich ihr gegenüber behaupte.

Jordie streckt seinen Kopf durch die Tür des Gewächshauses. »Tee, Mrs G.?«, ruft er.

»Nein, ich bin jetzt bereit, mich fürs Abendessen umzuziehen.«

Hiermit bin ich entlassen.

Als ich im anderen Flügel des Hauses angekommen bin, merke ich, dass sich die Energie in der Villa verändert hat. Wahrscheinlich sollte ich mir fürs Dinner etwas Schickes anziehen, aber es kann auch sein, dass Aubrey mich jetzt braucht. Nun, für diese Frau tue ich einfach alles.

Ich gehe in den Salon, in dem sich die Leute vor dem Essen versammeln. Hier finde ich einen Großteil der Gates, inklusive Aubreys großem Bruder, ihrer Schwägerin, deren Kinder und diverse Tanten, Onkel, Cousinen und Cousins. Das Zimmer sieht aus, als wäre es der Serie *Downton Abbey* entsprungen. Überall hängen schwere Ölgemälde, auf denen Vorfahren abgebildet sind. Es gibt einen verschnörkelten Kamin und verspielte Möbelstücke, die bestimmt sofort zerfallen, wenn jemand darauf Platz nimmt – zumindest, wenn ich das tue.

Und dann sehe ich sie.

Aubrey sitzt auf einem roten Samtsofa und hält ein Baby im Arm. Aufgrund meiner regelmäßigen Gespräche mit der Familienmatriarchin weiß ich, dass das Aubreys neueste Nichte ist, die etwa acht Monate alt ist. Bis jetzt hat niemand mich gesehen, also beobachte ich Aubreys Reaktionen auf das Baby heimlich von der Tür aus. Als sie vorgestern den kleinen Jungen im Diner gesehen hat, muss das etwas in ihr ausgelöst haben – auch wenn ich nicht weiß, ob es etwas Negatives oder etwas Positives war. Wenn es sich um ihre eigene Nichte handelt, liegen die Dinge natürlich noch einmal anders.

Das Baby sitzt auf ihrem Schoß und Aubrey drückt ihre Nase an seine. Das Kind findet das super, es gluckst und lacht. Und Aubrey? Die schlägt sich tapfer.

Sie dreht sich zu mir, ihr Lächeln ist hell und strahlend. Es fühlt sich an, als würde sich Sonnenschein in meiner Brust ausbreiten.

»Grant!« Die durchdringende Stimme gehört Janice, meiner ehemaligen Schwägerin. Ich tue einfach so, als wäre sie es noch. Sie ist süß wie Pfirsichtee, aber ziemlich verpeilt.

Janice packt meinen Arm und pustet hektisch die blonden Locken beiseite, die vor ihren grünen Augen gebaumelt haben.

»Gott, du siehst gut aus! Wirklich, wirklich gut! Ich dachte, mit dir und Aubrey wäre es aus und vorbei!«

Ich öffne den Mund, aber sie redet einfach weiter und benutzt dabei jede Menge Ausrufezeichen.

»Also, ich fand ja immer, dass ihr perfekt zusammenpasst, aber Tristan hat gesagt …« Sie verstummt und schlägt eine Hand vor ihren Mund. »Sorry, so habe ich das nicht gemeint!«

»Ist okay, Janice. Ich weiß, was Tristan denkt.« Leider hat das nichts damit zu tun, dass sie ihre Schwester beschützen wollen. Sie denken einfach, dass ich ein geldgeiler Prolet bin.

Ich lächele, damit Janice sich entspannt. »Wie geht es dir denn so?«

»Oh, gut. Die Kinder foltern uns allerdings.« Als würde sie sich plötzlich an ihn erinnern, greift sie nach der Schulter ihres Sohnes, Thatcher, ein flachsblonder Ganove, der mittlerweile fast zehn Jahre alt sein dürfte. Eine Lakritzstange hängt ihm wie eine Zigarette aus dem Mundwinkel. »Ich habe dir doch gesagt, dass du keine Süßigkeiten mehr essen sollst, Thatch! Es gibt jeden Moment Abendessen! Begrüß deinen Onkel Grant, der extra von Chicago hergekommen ist, um dich zu sehen.«

Thatcher und ich werfen uns skeptische Blicke zu. »Ähm, hi.« Er wendet sich an seine Mutter. »Ich dachte, Tante Aubrey hätte ihn verlassen, weil er ein Redneck ist.«

»Was? Nein! Das hat doch keiner behauptet!« Ihr Gesicht

wird so rot wie Aubreys Kleid. »Ich habe gesagt – ach, ist ja auch egal! Los, such deine Schwester und wascht euch vor dem Essen die Hände. Abmarsch!«

Thatcher hüpft davon und lässt Janice mit offenem Mund stehen.

»Ich habe wirklich keine Ahnung, wo er das aufgeschnappt haben könnte!«

»Euch Babes verzeihe ich alles«, sage ich, um sie ein wenig zu beruhigen. Es kümmert mich tatsächlich nicht.

»Babes?«, kichert Janice und lehnt sich nach vorne. »Das ist so süß von dir! Heutzutage bekomme ich nicht mehr viele Komplimente. Tss, und das als verheiratete Frau … du wüster Kerl, du!« Sie hält dramatisch ihren beringten Finger in die Luft.

Ich könnte ihr jetzt sagen, dass ich sie nicht anmachen wollte, aber das brächte nichts. Wie gesagt: Janice ist süß, aber verpeilt.

Small Talk war noch nie mein Ding, aber Janice ist es gewohnt, das Reden für beide Seiten zu übernehmen. Das ist praktisch, denn so kann ich mich umso besser auf Aubrey konzentrieren. Leider währt der Frieden nicht lang.

»Lincoln!«

Jetzt rückt mir Aubreys älterer Bruder auf die Pelle. Beide Brüder sind plumpe Finanzhaie, ausgemachte Arschlöcher eben. Aber dieser hier übertrumpft den anderen sogar noch.

Sie haben zwar Namen – Tristan und Bradford –, aber ich habe sie als »Dumm« und »Dümmer« abgespeichert.

Nicht weil sie wirklich völlig beschränkt wären, sondern weil sie denken, ich sei es. Und nichts nervt mich mehr als Leute aus dem Norden, die aufgrund meiner Sprechweise sofort Vorurteile mir gegenüber haben. Aubrey steht ihnen nicht besonders nah, deswegen war das nie ein Problem zwischen uns. Dennoch macht es mir zu schaffen, dass die beiden sie so vernachlässigen. Ein weiteres Symptom dafür, dass in dieser Familie einiges schiefläuft.

Tristan ist Mitte dreißig und im Marketingbereich von Gates Inc. tätig, auch wenn man das nicht denken würde. Der Typ ist die totale Nullnummer, was Werbung angeht.

»Ich dachte, du und Aubrey hättet Schluss gemacht, Sportsfreund?«

»Wir wollen der Sache noch mal eine Chance geben.«

»Das wird Maman gar nicht gefallen. Sie hat schon jemanden für Aubrey im Auge.«

Sofort spanne ich meine Muskeln an. Was für eine Vorstellung, dass Aubrey wie ein Lamm zum Altar des Bostoner Heiratsmarkts geführt werden soll. Nicht mit mir.

»Keine Sorge, *Sportsfreund*. Aubrey und ich haben einfach ein bisschen Abstand gebraucht, um alles zu regeln.«

»Nun, für Libby ist es wahrscheinlich gut.« Er wirft mir einen misstrauischen Blick zu. »Natürlich wird sie nicht mehr lang durchhalten. Solltet ihr uns also nur etwas vormachen, wäre es nicht schlimm für sie, das herauszufinden. Könnte die Sache ein bisschen voranbringen, weißt du?«

»Tristan!« Janice ist entsetzt. »Musst du denn alles laut aussprechen, was dir durch den Kopf geht?«

»So wie du, meinst du?«

»Ich muss mal mit meiner Frau sprechen«, sage ich und entferne mich.

»Der steht völlig unter ihrer Fuchtel«, merkt Tristan an und kippt noch mehr Scotch in sich hinein. Ich gehe weiter, ignoriere die Begrüßungen anderer Familienmitglieder. Mein Ziel ist meine Frau. Das war sie immer.

Als ich mich setze, frage ich: »Also, wer ist das?«

»Grant, das ist Minerva.«

»Oh, arme Minerva«, murmele ich voller Mitgefühl.
»Hör auf!«, flüstert Aubrey kichernd. »Es ist ein schöner Name. Ich nenne sie Minnie, aber Janice findet das nicht gut.« Sie zieht eine Grimasse. »Es tut mir leid. Ich hätte erwähnen sollen, dass Tristan und Janice noch ein Kind bekommen haben.«

Ich kann ihr natürlich nicht sagen, dass ich das von meinen regelmäßigen Schwätzchen mit ihrer Großmutter bereits wusste. Also zucke ich nur mit den Schultern. »Das Leben geht weiter, Bean.«

Ihr Lächeln ist aufrichtig – und richtig süß. »Ja, nicht wahr?«

Einen Moment lang sehen wir uns tief in die Augen. Auch das ist ein Zeichen dafür, dass es mit uns bergauf geht.

»Alles in Ordnung bei deiner Mutter?«

Sie seufzt. »Ach, es ist alles wie immer. Schwer zu sagen, ob sie mich lieber hierhaben oder nie wieder sehen will. Ich wüsste gern, dass ich wenigstens irgendeine Funktion für sie habe.«

Marie-Claires Zuneigung war schon immer sehr geschäftsorientiert, Aubreys Überlegungen sind also nicht so abwegig. Mein Herz fließt über vor Mitgefühl mit Aubrey. Ihre Familie ist das Gegenteil von meiner, deswegen kommunizieren wir auch völlig unterschiedlich. Ich wünschte, wir wären in Georgia bei meiner liebevollen Familie, in der so viel gelacht wird.

Aubrey hustet leise. »Wie lief es mit Libby?«

»Toll. Sie betet mich nach wie vor an.« Weil ich immer noch will, dass Aubrey sich ihrer Familie gegenüber öffnet, ehe Libby das Thema selbst anschneidet, lenke ich das Gespräch vorsichtig in die Richtung. »Sie sorgt sich um dich. Weil sie merkt, dass dich etwas bedrückt.«

»Ich werde dieses Jahr wohl keinen Oscar gewinnen, was?«

»Sie will für dich da sein.«

»Ich will sie nicht beunruhigen. Nicht, wenn ... nicht, wenn wir zwei einen Weg gefunden haben, das hier durchzuziehen, ohne sie zu verletzen.«

»Wir sollen also weiterhin lügen?«

Sie erbleicht und senkt ihre Stimme. »Das war deine Idee.«

Klar, aber ich hatte erwartet, dass es nicht lang dauern würde, bis wir es gar nicht mehr bemerken würden. Verdammt, mir fällt es ja selbst kaum noch auf. Ich stecke wirklich in Schwierigkeiten.

Ich muss meine Taktik ändern. »Wir arbeiten doch beide mit Menschen, die ziemlich verletzt wurden, oder? Mit Klienten, die richtig stressige Situationen durchleben. Hat schon mal jemand vor dir die Nerven verloren?«

»Natürlich.«

»Und ist dir aufgefallen, dass sie ihren Groll loswerden, wenn das passiert? Dass der Fall plötzlich für alle Beteiligten einfacher wird?«

»Ja, es verschafft ihnen Erleichterung. Aber es gibt verschiedene Arten, Stress abzubauen. Auch schönere, Grant.«

Sie meint Sex. Wenn Aubrey wirklich denkt, dass ihre Orgasmen all ihre Probleme lösen werden, dann ist es Zeit für eine eiskalte Dusche. Ich meine, das mit dem Sex hat schon was für sich, aber ...

»Vielleicht solltest du es ausprobieren. Deiner Mutter gegenüber ausrasten, deinem Dad sagen, dass er ein Arschloch ist, reinen Tisch mit deiner Großmutter machen. Könnte befreiend sein, Bean.«

Sie senkt den Kopf zu Minnie hinab und lässt sie auf

ihrem Knie wippen. »Was denkst du, Minnie? Soll ich ausflippen wie ein Baby? Kriege ich dann alles, was ich mir je gewünscht habe?«

Minnie sabbert fröhlich und gluckst als Antwort.

»Klingt ganz so, als würde die Kleine mir zustimmen«, sage ich.

Aubrey schweigt. Noch ist sie offenbar nicht so weit. Aber noch ehe dieses Wochenende vorbei ist, sorge ich dafür, dass sie um sich boxt wie ein Boxchampion!

»Wo steckt denn Brad?« Das ist der andere Bruder; der, den ich »Dümmer« getauft habe. Noch war von ihm nichts zu sehen.

»Der ist mit seiner Freundin auf Bora Bora.« Sie zuckt mit den Schultern und wirkt wenig überrascht, aber ich weiß, dass es sie verletzt. »Er wird nicht rechtzeitig zu Libbys Geburtstagsfeier zurück sein.«

Eine Enttäuschung folgt der nächsten. Immer, wenn man denkt, dass die Familie nicht noch mehr Bullshit auf Lager hat, ziehen sie das nächste Kaninchen aus dem Hut.

»Aubrey, mein Mädchen!«

Der Herr des Hauses ist eingetroffen.

16. KAPITEL

Aubrey

Mein Vater ist ein gut aussehender Mann von stets gepflegtem Äußeren, der sich für viel charmanter hält, als er ist. Frauen sind seine große Schwäche, was nur leider nicht für die eigene Tochter gilt. Ein Daddy-Girl war ich noch nie. Ich bin eine Erinnerung an seinen Fehler, und selbst wenn ich nur einer von vielen bin, bin ich doch der Einzige, der ihn bis nach Hause verfolgt hat.

Seitdem er und meine Mutter nach dreißigjährigem Vorlauf ihre Trennung verkündet haben, schenkt er mir mehr Beachtung, eine List, die dafür sorgen soll, dass ich auf der richtigen Seite der neu gezogenen Gefechtslinien verbleibe. Dabei war es eigentlich nie seine Stärke, zu Loyalität zu inspirieren. Doch allmählich wird er sich seines Alters bewusst und seltsam larmoyant.

Das Baby in meinen Armen ist die perfekte Ausrede, ihn nicht umarmen zu müssen, aber Janice reißt mir Minnie aus den Händen.

»Hi, Dad. Happy Thanksgiving!«

»Honey, du siehst müde aus!« Er umfasst mein Kinn und sieht mich forschend an. Manchmal frage ich mich, ob er nach dem Geist der Frau Ausschau hält, die mich auf die Welt gebracht hat. Über sie reden wir grundsätzlich nicht. »Was ist mit deinem Arm passiert?«

»Ach, dumme Geschichte. Das Schlimmste daran ist, dass ich damit nicht Auto fahren kann.«

»Noch immer Angst vorm Fliegen?« Sein leises Lachen ist nicht hämisch, man hört nur Verwirrung darüber heraus, dass eines seiner Kinder so eine eigenartige Schwäche zeigt.

»Noch immer Angst vor Falten, Jeffrey?«, schießt meine Mutter zurück. Auch wenn ihre Erwiderung als eine Verteidigung meiner Person verpackt ist, weiß ich, dass es nicht so gemeint ist. Sie will lediglich Punkte sammeln, das ist alles.

Trotzdem, der Faltenkommentar bewirkt, dass ich mir die ungewöhnlich glatte Stirn meines Vaters genauer betrachte. Da war eindeutig Botox am Werk! Dad ist der eitelste Mensch, den ich kenne.

»Lincoln!« Mein Vater schüttelt Grant kräftig die Hand. »Mit dir habe ich gar nicht gerechnet. Ich dachte ...«

»Wir haben uns wieder versöhnt, Dad«, unterbreche ich ihn, »und zu Libby bitte kein Sterbenswort, dass es je anders war, okay? Soweit sie weiß, war immer alles in Butter.«

»Verstanden«, erwidert er unbekümmert, da er gar nicht richtig zugehört hat. Seltsam aufgeregt sieht er hinter sich. »Ich möchte, dass ihr jemanden kennenlernt. Mercedes, komm und sag meiner Tochter Hallo.«

Eine rothaarige Frau in einem schimmernden blauen Cocktailkleid betritt den Raum. Sie muss draußen darauf gewartet haben, hereingerufen zu werden. Sie ist mindestens zehn Jahre jünger als ich.

»Du hast einen Gast zum Thanksgiving-Dinner mitgebracht?« Meine Mutter klingt sowohl gelangweilt als auch zornig.

»Hallo!« Der Neuankömmling - Dads aktuelle Freundin, nehme ich an - ist so nervös wie ein überempfindliches Vollblutpferd. Ich bin hin- und hergerissen, ob ich nun Mitleid für sie beziehungsweise meine Mutter empfinden oder aber wütend auf meinen Vater für sein noch idiotischeres Benehmen als sonst sein soll. »Ich bin Mercedes. Wie der Wagen.«

Ich will ihr die Befangenheit nehmen und öffne den Mund, doch sie hat nur Augen für Grant, zu dem sie wie ein Kind hochblinzelt, das zum ersten Mal den Weihnachtsmann vor sich hat. »Gott, du bist vielleicht groß!« Sie kann den Blick nicht von ihm lösen. Das kann ich zwar gut nachvollziehen, durchgehen lassen kann ich es ihr aber nicht.

»Hi, Mercedes. Ich bin Aubrey.«

»Oh, hi, ich hab von Jeff schon *alles* über dich gehört!« Als würde ihr aufgehen, dass das nicht sonderlich nett klingt, setzt sie leise hinzu: »Du bist so hübsch!«

»Das habe ich auch schon immer gefunden«, bemerkt mein Ex-Mann mit einem leichten Grinsen.

Ein warmes Kribbelgefühl führt mit der Säure in meinem Magen Krieg. Bis auf Grant, der nicht das Gepäck von uns anderen mit sich herumschleppt, weiß niemand so recht, wie man mit der ganzen Situation umgehen soll.

»Mercedes, ich schätze mal, dass du nicht aus der Gegend hier stammst. Höre ich da New York heraus? Queens etwa?«, erkundigt er sich.

»Oh, gut getippt!« Mercedes wirkt unglaublich erleichtert. »Hältst du New Yorker etwa für unfreundlich? Die sind doch nichts gegen Boston!« Sie läuft rot an. »Ups, ich wollte nicht …«

»Das ist schon okay«, sage ich. »Bostoner können harte Nüsse sein.«

»Allerdings, sie heben Blödheit auf ein völlig neues Level«, pflichtet Grant trocken bei, woraufhin Mercedes in nervöses Gelächter ausbricht.

Während die beiden sich in ein angeregtes Gespräch darüber vertiefen, warum Boston und seine Bewohner ätzend sind, ziehe ich meinen Vater beiseite. »Dad, ich weiß, dass du versuchst, Mom das Leben zur Hölle zu machen, aber das hier ist ja wohl komplett daneben!«

Mein Vater trinkt einen Schluck Scotch. »Ich versuche doch nur, diese französische Hexe zum Auszug zu bewegen.«

Ich schließe die Augen. *Warum bin ich wohl ein Psycho, Euer Ehren? Bitte schön: Beweisstück A.*

»Na, und wie geht's meinem Töchterchen? Hat man dich schon zur Partnerin gemacht?«

»Noch nicht ganz. Aber ich bin inzwischen Managing Associate der Abteilung für Familienrecht, und ein Artikel von mir wurde im *Journal of*...«

Mein Vater ist viel zu beschäftigt, auf die Reaktion meiner Mutter zu achten, als dass er mir lauschen würde. Sie spielt mit Minnie und plaudert mit meiner tollen Schwägerin Janice. Cool, wie sie seinen Bullshit einfach an sich abperlen lässt.

»Ja, das ist großartig, Süße. Wie geht's deiner Großmutter?«

Meinst du, deine Mutter, Dad? Wie geht's deiner Mutter?

»Über deinen Gast wird sie eine Menge zu sagen haben.«

Er gibt einen beipflichtenden Ton von sich. »Sie kann Marie-Claire auch nicht ausstehen, insofern gleicht sich das vermutlich wieder aus.«

Gib. Mir. Kraft!

Ich linse über seine Schulter, um zu sehen, was Grant so treibt. Von allen in diesem Raum sind er und Minnie mir die Liebsten. Mit seiner Verlässlichkeit ist er mein Fels in der Brandung und schafft es immer, mich zu erden. Wer weiß, möglicherweise betrachte ich ihn während dieser Shitshow mit meiner Familie auch einfach als Rettungsring. Vielleicht sind meine Empfindungen gar nicht echt. An meinen Instinkten zweifele ich schon so lange.

Grant lässt Mercedes reden, nickt zu allem, was sie sagt. Er fängt meinen Blick auf und zwinkert, und ich weiß wieder, dass ich vielleicht doch nicht die verrückteste Person im Raum bin.

Nach über zwei qualvollen Stunden – die passiv-aggressiven Verbalattacken beim Dinner waren nicht zu toppen – klopfe ich an die Tür meiner Mutter und warte. Es dauert ungefähr dreißig Sekunden, während derer sie vermutlich ihr Makeup in Ordnung bringt und in einen Morgenmantel schlüpft. Als die Tür aufgeht, steht sie zu meiner Überraschung in einem T-Shirt der Red Sox', Yogahose und dicken Socken vor mir. Sie sieht eindeutig menschlich aus.

»Ich weiß, es ist spät, aber ich habe mich gefragt, ob wir reden können.«

»Natürlich. Komm rein, *chérie*.«

Als Kind war das Zimmer meiner Mutter tabu, es war ihre Zufluchtsstätte vor dem Haushalt, für den allein sie zuständig war. Oh, am Rande war mein Vater schon da, aber er hatte über ein Imperium zu herrschen. Die zynische Meinung meiner Brüder dazu war, Marie-Claire hätte gewusst, worauf sie sich einließ, als sie die erste Ehe eines Mannes wie Jeffrey Gates zerstörte. Zwei Stiefsöhne und eine Tochter, die sie gezwungenermaßen adoptieren musste, waren ihre Buße.

Im Fernsehen läuft ein französischer Film ohne Untertitel. Sie schaltet auf stumm, nimmt auf einem Zweiersofa in der Nähe des Fensters Platz und klopft auf den Platz neben sich.

»Geht es um Grant?«

»Nein, um den geht's nicht. Erzähl mir, was da gerade mit Dad läuft.«

Ihre Wangen röten sich. »Ach, der macht gerade eine seiner Phasen durch. Das geht vorbei.«

»Ihr steckt mitten in einer Scheidung, und keiner von euch beiden gibt auch nur einen Fingerbreit nach. Aber du kommst damit klar, dass er seine Freundin zum Thanksgiving-Dinner mitbringt. Eine Phase!« Eigentlich hätte sie an die Decke gehen müssen, doch im Casa Gates wird das anders gehandhabt.

»Aubrey, das verstehst du nicht.«

»Dann hilf mir, es zu verstehen. Hilf mir zu kapieren, warum du« - *du dich von ihm hast plattwalzen lassen, mich als dein Kind großzuziehen* - »dich nicht einfach mit dem gerichtlichen Vergleich einverstanden erklärst und dich davonmachst.« Es dürfte sich garantiert um einen guten Deal handeln, einen netten Geldbatzen, der ihr für den Rest ihrer Tage zu einem Leben in Saus und Braus verhelfen würde.

»Er schuldet mir was. Für alles, womit ich mich abfinden musste. Die Affären, sämtliche Affären.«

Das *Resultat* seiner Affären, das meint sie. Keine Ahnung, warum mich das wurmt.

»Es ist doch nicht so, dass du mehr als die Hälfte bekommen kannst. Selbst ein Viertel ist ein Vermögen. Dir wird es nie mehr an etwas mangeln.«

»Vielleicht möchte ich ja mehr als Geld.«

Erstaunt über die menschliche Fähigkeit zur Selbsttäuschung, schließe ich die Augen. »Du willst ihn zurück. Nach allem, was er getan hat, würdest du ihn zurücknehmen.«

»Er war nicht der aufmerksamste Vater, ich weiß, aber er musste arbeiten, damit er uns mit seiner Firma alle unterstützen konnte. Dir hat es nie an irgendetwas gefehlt.«

»Das ist nicht das Problem ...«

»Du hattest Reit- und Ballettunterricht, Partys, um die dich jedes Mädchen an der Ostküste beneidete. Und das alles, weil dein Vater dich nach Strich und Faden verwöhnt hat.«

»Das bestreite ich ja gar nicht, aber hier geht's nicht um mich. Warum nimmst du ihn in Schutz? Er ist immer selbstsüchtig und distanziert gewesen, mit einem Ego so groß wie die ganze Welt. Ich kann mich nicht mal daran erinnern, dass ihr überhaupt je ein gemeinsames Schlafzimmer hattet!«

»Dann bist du jetzt also Eheexpertin, Aubrey? Die Frau, die nach einer vorschnellen Entscheidung schwankt, ob ihr Ehemann ihr Ex ist oder nicht?«

Ich kapiere es nicht. Ihre Beziehung habe ich *nie* verstanden. Ich dachte immer, das läge daran, dass ich zu jung sei, um die Nuancen zu deuten, doch die sollte ich inzwischen eigentlich draufhaben. Ich könnte sagen, das Herz will, was es will, aber das setzt voraus, dass Marie-Claire über einen funktionierenden Herzmuskel verfügt. Hält meine Mutter aus Boshaftigkeit daran fest? Was auch immer sie antreibt, sie hat eindeutig nicht die Absicht, sich mir anzuvertrauen.

»Ich behaupte nicht, Expertin zu sein. Grant und ich hatten so unsere Probleme, aber wir arbeiten daran. Er ist hier, weil ihm an mir liegt. Selbst in unseren dunkelsten Stunden hat er mich nie so behandelt wie Dad dich heute Abend.«

Tja, aber Grant hatte angefangen zu daten. Vor ein paar Monaten kreuzte er auf Max' Party mit dieser Frau auf. Er versuchte, nach vorn zu sehen, weil er ... *bereit* war, nach vorn zu sehen. Dieser Gedanke trifft mich sehr.

Grant ist zwar nicht aus Eigeninteresse hier, aber sicher auch nicht, um mich zurückzugewinnen. Er ist mitgekommen, um mir dabei zu helfen, ebenfalls nach vorn zu sehen. Angesichts dieser fürsorglichen Geste wird mir warm ums Herz, dann wiederum kalt angesichts ihrer wahren Bedeutung.

»Du und ich haben uns nie nahegestanden, insofern erwarte ich jetzt keine Wunder«, sage ich, »aber solltest du für irgendetwas meine Hilfe brauchen, dann bin ich da.«

Ihre Augen weiten sich und eine Sekunde lang frage ich mich, ob sie vielleicht eine Träne hinauspresst. »Aubrey, ich habe für dich immer nur das Beste gewollt, damit du dir nie Gedanken machen musst, ob dich ein Mann liebt oder nicht. Damit das nicht weiter wichtig ist.«

Abhärtung, um von Männern Unabhängigkeit zu erlangen? Ist das etwas typisch Französisches?

»Aber Liebe ist wichtig, Mom. Selbstlose, bedingungslose Liebe!« Die Art, wie Grant sie mir gerade entgegenbringt. Eine Großherzigkeit, wie ich sie wohl nie aufbringen können würde. »Eigentlich ist es möglicherweise das Wichtigste überhaupt.«

17. KAPITEL
Grant

Als würde Max wissen, dass ich allein bin und umzingelt von Feinden, ruft er mich just in dem Augenblick an, als Aubrey geht, um mit ihrer Mutter zu reden.

»Hey, Happy Turkey Day, Lincoln!«

Noch immer die Nachnamenmasche drauf, der Bursche. Es ist ihm zwar nicht bewusst, aber er hat mir geholfen, die letzten Jahre durchzustehen.

»Selber! Bist du bei deinen Eltern?«

»Jepp, alle Hendersons sind hier auf einem Haufen. Davor gab's Lunch mit Charlies Leuten. Dachte mir, ich ruf mal besser an, bevor es zu spät wird. Wie läuft's so?«

»Na ja, ich lebe noch. Der Stubentiger leider auch.«

»Und Aubrey?«

»Die Dinge sind im Fluss, wir reden miteinander, und das ist ein Anfang.«

Eine längere Pause folgt, während es in seinem Kopf zu rattern scheint. »Weißt du, ich habe mich aus der Sache immer rausgehalten, weil ich da noch das Mindset draufhatte, ›klar ist die Beziehung gescheitert – passiert ja meistens‹«, meint er schließlich.

»Mit Ausnahme deiner Eltern, die eine vorbildhafte Ehe führen.«

»Zur Hölle, die beiden sind Freaks!« Er seufzt. »Was ich

zu sagen versuche, ist, dass ich davon ausgegangen bin, dass die Gründe hinter dem Scheitern der Ehe meiner besten Freunde unglaublich privat sind und mich nichts angehen. Aber manchmal bekomme ich mit, dass du leidest, und ich habe nie nachgebohrt, obwohl ich dich vielleicht ja doch mit Fragen hätte nerven sollen.«

Ich massiere meinen Nasenrücken und wünsche mir die Kopfschmerzen weg, die sich dahinter entwickelt haben.

»Heißt das, du würdest sie jetzt gern erfahren, Max?«

»Nur wenn du es mir erzählen möchtest. Aber wenn du und Aubs auf einem guten Weg seid und ich dich lieber in Ruhe lassen soll, dann sag es auch.«

Aubrey könnte jede Minute zurück sein und wer weiß, ob ich damit überhaupt noch herausrücken muss. Aber ich habe es satt, immer alles nur in mich hineinzufressen, habe es satt, wie angespannt sich meine Muskeln die ganze Zeit anfühlen, wie empfindlich meine Füße, weil ich die ganze Zeit einen derartigen Eiertanz aufführen muss. Ich steuere das zum Zimmer gehörende Bad an, schließe die Tür hinter mir und setze mich auf die Toilette. Der Kater kratzt an der Tür, und ich lasse ihn rein.

»M&*#%!«

Ich hebe ihn auf meinen Schoß und schließe die Augen aus Furcht vor dem, was ich gleich sagen werde. »Wir haben ein Kind verloren, Max. Durch eine Fehlgeburt.«

»Fuck!«, erwidert Max nach längerem Schweigen.

Jepp, fuck!

Ich beginne damit, vor meinem engsten Freund meine Innerstes nach außen zu kehren. Die Erinnerung daran ist noch so scharf wie an dem Tag, an dem es geschah.

Ich war gerade von der Arbeit nach Hause gekommen und musste mich für ein Dinner mit Max und seinem damaligen

Date umziehen. Da Max mit einer Frau nur selten ein zweites Mal ausging, hielt ich das Ganze im Grunde für eine unglaubliche Zeitverschwendung.

Beim Anblick Aubreys stieß ich einen leisen Pfiff aus.

»Was denn?« Sie deutete an sich herab. Sie trug ein rubinrotes Kleid, von dem sie wusste, dass ich es wegen der wunderbaren Silhouette, die es ihrem Körper verlieh, heiß liebte. »Der alte Fummel!«

»Ich möchte nicht gehen«, murmelte ich. »Will nicht mit ansehen, wie der dumme Max, den ich gerade noch vor einer Stunde eh in der Kanzlei genießen durfte, vor irgendeiner Frau, die er einmal vögelt und dann nie mehr wiedersieht, einen auf großen Zampano macht.« Gespielt theatralisch riss ich mir die Krawatte herunter und pfefferte sie auf den Boden. Mein Hemd folgte als Nächstes.

Aubrey hob es auf, weil sie einen kleinen Ordnungswahn hatte. Nicht, dass es mich störte. Die Frau hatte so einige Marotten – Kartoffelchips-Sandwiches etwa – und jeden Tag staunte ich über mein Glück, sie für mich gewonnen zu haben.

Sie trat zu mir, sah mich mit ihren kühlen grauen Augen an und öffnete dabei meinen Gürtel. Mit ihren High Heels erreichte sie mein Kinn – fast. »Ich habe Max schon eine Weile nicht mehr gesehen, dabei war er doch schon mein Freund, bevor er deiner wurde.« Sie legte die Hand auf meine Erektion und drückte sanft zu, wofür sie von mir ein Stöhnen erntete.

»Bean, du bringst mich um.«

Sie packte mich aus und ihre Augen leuchteten auf über ihren Fund. Als wäre ich ein Geschenk, das sie sich von Santa Claus gewünscht hatte. Ich war groß und eine meiner ernsteren Sorgen war immer gewesen, ob ihr zierlichen Körper dem gewachsen war.

»Ich muss mich umziehen.«

»Gleich, Georgia.« Mit einer Hand griff sie unter ihr sinnliches Kleid und zog ihren schwarzen Satinslip aus, eine weibliche Fähigkeit, die ich ausgesprochen bewunderte. Schneller als man »Sex in Heels« sagen konnte, lag ich auf dem Bett und meine Frau saß rittlings auf mir. Habe ich schon erwähnt, wie glücklich ich mich schätzen konnte?

»Äh, ohne meine Hose auszuziehen?«

»Wir müssen schnell machen«, keuchte sie, die Stimme schon rau vor Verlangen. »Ich brauch ... ich brauch dich so sehr!« Und dann nahm sie mich in ihre feuchte Hitze auf und ich versuchte verzweifelt oder auch gar nicht so verzweifelt, mich zurückzuhalten, nicht mein übliches Biest rauszulassen, weil sie unser Kind erwartete.

Ich schob ihr Kleid hoch und breitete voller Liebe und Ungläubigkeit meine Hände über ihren noch immer flachen Bauch aus. Die Veränderungen, die diesem schönen Körper bevorstanden, waren ein Beleg dafür, wie sehr wir einander liebten.

Doch manchmal brauchte sie mehr. Da brauchte sie Versprechungen. »Sag mir, dass es immer so sein wird wie jetzt.«

Es fiel mir leicht, Ja zu sagen, immer zu sagen, auf ewig zu sagen. Mit meinem benebelten Hirn, meinem vollen Herzen und meiner ungezügelten Lust glaubte ich rückhaltlos daran. Ich hatte die Frau meiner Träume für mich gewonnen, und nichts konnte uns trennen.

»Immer, Bean. Nur du.«

Ihr gefiel es, wenn ich das Kommando übernahm, also tat ich es. Ich rollte sie herum und erfüllte sie bis zum Anschlag, wobei mein unstillbares Bedürfnis meine Sorge um ihre Situation dämpfte. Und als wir in rascher Folge kamen, fühlte es sich an, als wäre wiederum etwas Neues entstanden. Jedes Mal mit ihr war eine Offenbarung.

Eine halbe Stunde darauf konnte ich bei jeder Ampel, bei jedem Stoppzeichen nicht anders. Ich musste ihren Bauch berühren, die Schwellung des Lebens, die wir geschaffen hatten.

»Grant, noch wird sie nicht kicken. Dafür ist es noch zu früh.«

»Ich möchte seinen ersten Tritt auf keinen Fall verpassen!«

Wir waren uns über das Geschlecht des Babys nicht einig und würden es auch erst frühestens in sechs Wochen erfahren. Aubrey wollte ein Mädchen. Mir war beides recht, solange das kleine Bündel gesund war, sagte aber *er* oder *sein*, um ihr etwas entgegenzusetzen. Aubrey musste zu jeder Gelegenheit herausgefordert werden, selbst wenn es sich um so etwas Albernes wie etwa das vorbestimmte Geschlecht unseres Kindes handelte. Vom Beginn unserer Beziehung an waren Streitgespräche unser Vorspiel gewesen.

Der seitliche Zusammenprall mit einem Auto kam aus dem Nichts, es war auch nur ein leichtes Touchieren, allerdings genug, dass ich voll in die Bremsen stieg und den Mistkerl verfluchte, der ohne anzuhalten unbekümmert weiterfuhr. Bis zum heutigen Tag glaube ich nicht, dass der gewaltsame Kuss eines Metallstücks mit einem anderen der Grund für das war, was folgte. Aber während langer, einsamer Nächte, in denen ich nach jemandem, nach irgendetwas suche, dem ich die Schuld geben kann, kommt mir der Gedanke dann doch.

Denn an meinem ständigen Bedürfnis, sie zu berühren, konnte es nicht liegen. Oder daran, dass ich in sie gedrungen war, bevor wir zu dem Dinner aufgebrochen waren, da ich bei ihrem Anblick in diesem roten Kleid schwach wurde. Meine unbeherrschbare Lust nach meiner Frau konnte nicht der Grund sein, dass ich kein Vater werden würde.

»Arschloch! Eigentlich sollte ich ihm hinterherjagen, aber ich komme um vor Hunger.« Ich langte nach dem Türgriff. »Ich schaue mir den Schaden besser mal an.«

»Grant, ich ... Scheiße!«

Beim Klang ihrer Stimme riss ich den Kopf herum, denn sie war fast nicht wiederzuerkennen und so gar nicht Aubrey-like: Es schwang Angst mit. Sie griff nach dem Saum ihres Kleides - dieses atemberaubenden roten Kleides - und die Farbe zog sich in einem schlammfarbenen Streifen über ihre Schenkel. Aubrey krümmte sich, die Hände voller Blut. Bedeckt mit jenen Zellen, die noch keine Chance bekommen hatten, sich zu etwas Ganzem zu entwickeln.

»Fuck!« Ich umfasste ihr Gesicht. »Halt durch, Bean! Ich fahre dich zum Krankenhaus.«

Eigentlich sollten mir die Bilder dieser Nacht ins Hirn eingebrannt sein, doch nach diesem Zusammenprall sind sie lückenhaft. Ich erinnere mich an Folgendes:

Dass ich sie in die Notfallambulanz trug und sie dabei versuchte, die Schenkel zusammenzudrücken.

An den Arzt, der aussah, als wäre er nicht älter als zwölf Jahre, und mir sagte, alles sei okay mit ihr, alles werde okay.

Von wegen!

An Aubrey, die in einem viel zu großen Krankenhausgewand so hilflos aussah.

An meine Dummheit, als ich das eine sagte, das ich nicht hätte sagen sollen: *Wir werden es wieder versuchen.*

Doch das taten wir nicht. Das konnten wir nicht. Aubrey schottete sich ab. Mein Job war immer gewesen, sie aus ihrem Schneckenhaus herauszulocken.

Geh mit mir aus.
Bleib mit mir in Chicago.
Gehöre für immer mir.

Mit Aubreys Schmerz konfrontiert, steckte ich meinen weg, um mit ihrem umgehen zu können. Es gab keinen Grund, warum wir kein weiteres Kind zeugen können sollten. Keinen Grund, warum wir es nach einer angemessenen Trauerzeit nicht noch einmal versuchen sollten. Keinen Grund, warum wir nicht wieder zueinanderfinden sollten, bis auf den größten Grund überhaupt.

Es gehören zwei dazu.

Und als mir klar wurde, dass ich an meine Grenzen stieß und dass meine Partnerin, meine Liebe, meine Aubrey mir nicht einmal zehn Prozent des Weges entgegenkommen konnte, musste ich den Schleudersitz auslösen.

Jepp, ich war ein Feigling.

Aber das kann ich nicht sagen. Kann ihr nicht gestehen, dass ich genauso Schuld trage.

Natürlich erzähle ich Max nichts davon. Nicht, dass es an ebenjenem Abend geschah, als wir das Dinner mit ihm abbliesen. Nicht, dass meine schöne Frau und ich, kurz bevor es geschah, miteinander schliefen. Aber ich erzähle ihm genug, dass er in groben Zügen verstehen kann, warum unsere Ehe gescheitert ist.

»Wir haben versucht, wieder zueinander zu finden, aber das hat nicht funktioniert. Man könnte meinen, in unserem Metier würden wir alle Tricks kennen – Reden, Therapie, die Heilkraft der Zeit –, aber es war, als könnten wir nichts von diesem Bullshit, den wir unseren Mandanten immer auftischen, auf uns selbst anwenden.«

»Na, Mann, wenn man selbst mittendrin steckt, kannst du den Leitfaden vergessen.«

»Ich weiß, ich hätte es dir erzählen sollen, aber …«
»Aubrey wollte nicht, dass irgendjemand sie bemitleidet.« Max kennt sie so gut. »Das versteh ich total.«
»Sie ist besessen von ihrer Perfektion oder der Illusion davon. Bei dieser Frau ist Scheitern keine Option.«
»Dass dir alles grundsätzlich nur so zuflog, hat auch nicht geholfen. Das hat sie immer sauer gemacht.«
Ich lache freudlos. »Richtig, ja. Aber sie hat diesen Vergleich auf alles angewendet. Als könnte ich leichter trauern als sie oder mir alles so erklären, dass es einen Sinn ergibt. Das kann ich nicht und so ist es nicht.« Sie kennt meinen möglichen Anteil daran ja nicht mal - wie meine raue Art bei unserem Liebesspiel zu unserem Verlust beigetragen haben könnte. Das habe ich lieber unter den Tisch fallen lassen, um den Heilungsprozess nicht noch schwieriger zu machen. »Aber diese Woche hat sich alles etwas entspannt und wir reden inzwischen miteinander.«
»Der nächste Schritt ist dann also was? Dass ihr zwei wieder zusammenkommt?«
Er klingt so skeptisch, wie ich mich fühle. Ein paar heiße Nummern und ein bisschen Bettgeflüster räumen die Probleme einer Ehe auch nicht wieder komplett aus der Welt.
»Augenblicklich ist sie ziemlich durch den Wind und jetzt, umgeben von ihrer Familie, gleich doppelt. Mir ist bewusst, dass Entscheidungen, die unter derartigem Druck gefällt werden, vielleicht nicht halten. Für den Moment möchte ich sie einfach darin unterstützen, die ganze Sache aufzuarbeiten.«
Ein Geräusch aus dem Nebenzimmer macht mich hellhörig. Aubrey ist zurück. »Du, ich muss Schluss machen. Wir sehen uns, wenn ich wieder da bin.«
»Klar, und Grant?«

»Jepp?«

»Ich verstehe ja, dass es Aubrey persönlicher anzugehen scheint, weil das Kind in ihr heranwuchs, aber es ist okay, sich auch den eigenen Kummer einzugestehen. Unterdrück ihn nicht während deiner Bemühungen, sie zu therapieren.«

Anstatt seinen Rat zu würdigen, stürze ich mich auf den Teil, der mich wütend macht. »Ich versuche nicht, sie zu therapieren!«

»Na klar doch, weißer Ritter in der Not. Das ist doch schon deine Mission, seitdem ihr euch das erste Mal begegnet seid.«

Darauf weiß ich keine Antwort und da Aubrey schon die Türklinke runterdrückt, muss ich nach einem gedämpften »Danke!« auflegen. Ich öffne die Tür. Aubrey steht davor und runzelt die Stirn.

»Sorry, ich dachte, du wärst vielleicht verschwunden«, sagt sie, als könnte es mich anderswo hinziehen.

»Nope. Max hat angerufen, um uns ein Happy Thanksgiving zu wünschen.«

Sie nickt zerstreut. »Ich verstehe meine Mutter nicht. Sie erfindet alle möglichen Ausreden für meinen miesen Dad. Und das nach der Nummer, die er heute abgezogen hat.«

»Und du dachtest, sie würde was genau wollen? Wie Besties darüber reden?«

»Nein. Na ja, vielleicht. Ich weiß es nicht!« Die Hände in die Hüften gestemmt, tigert sie im Raum herum. »Sie muss doch darunter leiden und wenn jemand weiß, was es bedeutet, von meinem Dad vernachlässigt zu werden, dann ja wohl ich. Ich besitze das ganze Insiderwissen und wir könnten zusammen über ihn ablästern!«

»Und während sie über ihn herzieht, könntet ihr zwei euch vielleicht ein bisschen näherkommen?« Ich lege meine

Hände auf ihre Schultern und küsse sie auf die Stirn. »Ich finde es so toll, dass du es mit ihr versuchst, aber, verdammt, sie ist eine harte Nuss. Sie hat dich jahrelang verkorkst und ich hasse es mitzubekommen, wie du deinen wertvollen guten Willen auf jemanden verschwendest, der es nicht verdient.« Ich glaube fest daran, dass man sich mit Leuten umgeben sollte, die einen lieben, und sich von Negativem fernhalten. Klar, das ist nicht einfach, wenn es sich um Familie handelt, aber Aubrey muss anfangen, sich besser um sich selbst zu kümmern.

»Aber dadurch könnte *ich* mich vielleicht besser fühlen! Oder es könnte mir helfen, einige der Entscheidungen zu verstehen, die meine Mutter getroffen hat. Sie ist mir immer so ein Rätsel gewesen.« Sie lächelt zu mir auf. »Meine ganze Familie ist seltsam drauf. Ich wette, du wünschst dir, du hättest dich nie darauf eingelassen.«

»Weiß nicht. Die Vorteile sind okay.«

»Du meinst, Kartoffelbrei mit Zwiebelsoße, wonach ich gerade echten Heißhunger verspüre. Hast du Lust, mit mir die Küche zu plündern, ein Fass mit Eggnog zu inhalieren und dann bis zur Besinnungslosigkeit zu vögeln?«

»Ja, ja und zur Hölle ja!« Ich küsse sie sanft, um sie wissen zu lassen, dass ich ihr zur Seite stehe. Das werde ich immer und sie braucht todsicher nicht die Gates, um sich vollständig zu fühlen.

18. KAPITEL

Aubrey

Ich wache ausgeruht, aber allein auf. Schlagartig verfalle ich in Panik.

Wo ist er? Und wie nervig ist es, dass ich mir deswegen Gedanken mache?

Ich blinzele ein paarmal, um den Blick zu fokussieren, und entdecke das Post-it auf dem Kissen, direkt in der Kuhle, in der Grant in der vergangenen Nacht den Kopf liegen gehabt hatte.

Gerade war ich an den Punkt gelangt, an dem ich allein zurechtkam, und nun winde und krümme ich mich vor Lust und Zuneigung. Beides zusammen ergibt etwas, das ich mir eigentlich nicht eingestehen möchte: Ich habe nie aufgehört, meinen Ex-Mann zu lieben. Und während ich an seiner Zuneigung für mich nicht zweifele, vermute ich, dass eher Freundlichkeit dahintersteckt als der aufrichtige Wunsch, mich zurückzugewinnen. Grant muss mich erst heilen, ehe er im Leben nach vorn sehen kann. Ich bin die Mission, bei der er versagt hat, und es ginge ihm gegen den Strich, sie – mich – unvollendet zu lassen.

Gott, ist das deprimierend! Ich wende mich wieder dem Post-it zu.

Komm zu Libby. – G.

Eine Viertelstunde darauf betrete ich den Wohntrakt meiner Gran und steuere auf den Lärm zu, der aus der Küche dringt. Absolutes Chaos begrüßt mich und Grant mittendrin.

»Tante Aubrey!«, kreischt meine Nichte Caitlyn bei meinem Anblick, was Asta veranlasst, bellend im Kreis herumzurennen. »Wir machen uns French Toast!«

Eher sieht es so aus, als würde sie French Toast *anhaben*. Ihre Finger und Haare sind mit einer klebrigen Masse bedeckt. Thatcher sieht auch nicht viel besser aus, auch wenn er sich mit Brot vollstopft, was irgendwie produktiver wirkt, als einfach rohes Ei zu tragen.

»Hey, Finger weg von der Brioche!«, mahnt Grant. »Die ist fürs Frühstück.«

»Äh, ich weiß«, erwidert mein frecher Neffe.

»Also ehrlich, ich sollte …« Grant fängt meinen Blick auf und zwinkert. »Wird aber auch Zeit, dass du dich zu uns gesellst, Frau.«

Frau. Und wieder spielt mein Herz verrückt.

Libby sitzt in sicherem Abstand zur Action in einem Sessel und nippt an einem Red-Sox-Becher. Ich bezweifele, dass es sich dabei um Kaffee handelt. Cat Damon liegt zusammengekringelt in ihrem Schoß. »Hast wohl ziemlich lang geschlafen, Aubrey? Dafür wird es vermutlich einen guten Grund geben.« Sie lacht boshaft. »Dein Mann kennt seine Pflichten, da bin ich mir sicher.«

»Libby!« Zur Erinnerung an die Kinder im Raum hebe ich eine Augenbraue. Nicht, dass sie das je bremsen würde.

Ich muss zugeben, dass Grants Beziehung zu meiner Gran mich wirklich amüsiert. Sie sind so ein ungleiches Paar, aber genau das zeichnet Grant aus: Er hat sich schon immer jeder Situation anpassen und die Dinge geregelt bekommen können. Anders als ich, die anscheinend nicht lange genug über den eigenen Schatten springen kann, um dafür den idealen

Zeitpunkt zu erwischen. Vielleicht funktioniert es deshalb so gut mit uns - oder tat es zumindest.

»Na, wann ist das Frühstück dann also fertig?« Ich trete so nahe an Grant heran, dass sich unsere Arme berühren. Komisch, dass mir das genauso intim vorkommt, wie wenn wir uns lieben. Vermutlich, weil es eine so häusliche Geste ist.

Er tut das nur, weil ihm an dir liegt. Als Freund.

»Das Frühstück ist fertig, sobald Thatcher den Tisch gedeckt hat.«

»Warum sollte ausgerechnet ich das machen?«, explodiert Thatcher. »Das ist ein Mädchenjob!«

»Mädchenjobs gibt's nicht«, kontert Grant auf der Stelle. »Es gibt nur Jobs und keiner davon ist eher für Mädchen oder Jungs.«

»Das sieht mein Dad aber anders!«

Ich werfe Grant einen Seitenblick zu und frage mich, wie er das jetzt pariert. »Tja, was hältst du davon, wenn wir es so betrachten: Du deckst den Tisch und Caitlyn ihn hinterher ab? Das ist fair, stimmt's?«

Weder meine Nichte noch mein Neffe sehen so aus, als würden sie irgendetwas daran fair finden.

»Ich schätze, dann wollt ihr wohl kein Frühstück«, lautet mein Beitrag zu der Verhandlung.

»Auch recht«, frohlockt Grant. »Dann bleibt für uns umso mehr!« Er stupst mich an, eindeutig erfreut über unser Teamwork, dazu dieses Lächeln - o Gott, ich kriege weiche Knie.

Mitten in unser Geflachse ertönt ein klagender Schrei. Auf der anderen Seite des Tisches liegt Minnie in einem Stubenwagen und irgendwie habe ich das kleine Würmchen bislang total übersehen.

»Moment mal, wo sind denn eure Eltern?«

»Mom und Dad sind in der Stadt und schauen sich nach Black-Friday-Schnäppchen um«, erklärt Caitlyn.

»Warum machen sie das nicht online wie alle anderen auch?« Ich gehe zu Minnie und hebe sie heraus. Wie klein und hilflos sie ist! »Du musst gefüttert werden« - ich schnuppere - »und nicht nur das ...«

»Perfektes Timing«, bemerkt meine Großmutter und lacht gackernd. Die Frau hat in ihrem Leben noch nie eine Windel gewechselt, vermute ich mal. Dafür war sie immer viel zu beschäftigt mit ihren Abenteuern und Saufgelagen.

»Komm, gib sie mir.« Grant nimmt mir Minnie ab und hält sie auf Armeslänge von sich. Die denkt, es handele sich um ein Spiel, und gluckst und gackert. »Du kümmerst dich um den Kaffee, Bean.«

Mein Herz droht zu zerspringen. Ich zwinkere die Tränen zurück und hole die French Press aus einem Oberschrank. Grant hat die Küche verlassen, um Minnie zu wickeln, und die älteren Kids decken nun wunschgemäß den Tisch. Ich kann nicht fassen, dass Janice und Tristan sie einfach so zurückgelassen haben, aber ich bin keine Mutter - was weiß ich schon?

»Du hast einen guten Fang gemacht, Girl.«

Klar, das ist ja wohl verdammt offensichtlich, Gran! »Er ist in Ordnung, nehme ich an«, erwidere ich gereizt.

»Und wann erzählst du mir nun eigentlich, was los ist?«

Ich atme tief durch, um cool zu bleiben, und drehe mich zu ihr um. »Wie meinst du das?«

»Du und Grant? Ihr macht niemandem etwas vor, Schätzchen.«

»Alles in Butter!«

Sie hält meinen Blick. »Wie du meinst. Wenn du jemanden zum Reden brauchst, bin ich jedenfalls da.«

Ich bedaure meine schlechte Laune, beuge mich zu ihr und küsse sie, erstaunt, dass die gebrechliche Neunzigjährige in dem Rollstuhl hundertmal stärker ist als ich.

»Bin gleich wieder da«, murmele ich, da ich kurz flüchten muss.

Im Wohnzimmer mieft es – Libby bekäme einen Anfall, wenn sie Grant sehen könnte, der ihren teuren Perserteppich zum Windelnwechseln benutzt –, aber mir könnte genauso gut Rosenduft in die Nase steigen, denn Grant stellt meine Hormonwelt gerade auf den Kopf. Er spricht mit Minnie, als könnte sie jedes Wort verstehen.

»Was war das doch gleich, Mäuschen? Wo drückt der Schuh?«

Glucks, glucks.

»Ach was, jetzt wirst du aber albern!«

Für diese Schlussfolgerung erntet er von ihr wildes Gekicher – gibt es ein schöneres Geräusch? Eigentlich sollte mir das Ganze einen Stich ins Herz geben, doch komischerweise tut es das nicht. Meine Gereiztheit fällt von mir ab. Endlich erreicht das, was mein Herz bereits akzeptiert hat, auch meinen Verstand.

Ich habe etwas Wertvolles verloren, aber deswegen muss mein Leben nicht zu Ende sein.

Er erledigt die letzten Handgriffe, Skills, die er im Umgang mit seiner kleinen Schwester gelernt hat, während er sich die ganze Zeit über leise mit Minnie unterhält. Als er sich umdreht, wirkt er überrascht, mich zu sehen.

»Hab dich gar nicht reinkommen hören.« Sein Ton ist schüchtern, vorsichtig.

»Das ist okay, du hattest ja auch beide Hände voll zu tun.« Ich eile zu ihm und will ihm die gebrauchte Windel abnehmen.

»Nope, die entsorge ich und du kümmerst dich um deine Nichte.«

Sie liegt perfekt in meinen Armen. Ich fand nie, dass ich eine mütterliche Ader hätte, doch sobald ich schwanger wurde, gewann die Freude die Oberhand über meine Ängste. Die allerdings zurückkehrten, sobald ich dieses Kind verlor, und sich zum Status quo konkretisierten. Ich verdiente es nicht. Meinem Körper war klar, dass ich nicht das Zeug dazu hatte, ein Kind aufzuziehen, dass mir das Leben mit so einem wunderbaren Kerl wie Grant nur versehentlich gegönnt worden war.

»Inzwischen wäre sie achtzehn Monate alt«, höre ich Grant hinter mir sagen.

Diese Worte hätten mich noch vor Kurzem in Tränen ausbrechen lassen. »Siebzehn Monate, drei Wochen.«

»Denkst du an sie?«

Er nennt den Namen nicht, aber ich spüre, wie er zwischen uns schwebt. *Riley.* Ich war immer der Meinung, wir würden eine Tochter bekommen, auch wenn es noch zu früh war, um das zu wissen. So oder so, der Name Riley, den man für ein Mädchen wie auch einen Jungen verwenden konnte, gefiel uns beiden.

»Ich denke die ganze Zeit an sie«, erwidere ich, den Blick auf meine quirlige Nichte gerichtet. »Wie sie inzwischen aussehen könnte. Wessen Augen sie bekommen hätte. Ob ihre Haare glatt oder gewellt gewesen wären. Ob sie mein Temperament oder dein entspanntes Naturell geerbt hätte.« Ich denke über Liebe und Verlust und all die Arten nach, wie wir uns verletzt haben. »Und du?«

»Manchmal, aber meistens denke ich an dich und was für eine tolle Mom du sein wirst.«

»Grant ...«

»Hör mal, Bean.« Er kommt auf mich zu. »Klar denke ich an das Kind, das wir verloren haben, aber dagegen kann ich nichts mehr tun. Trauer und Liebe sind untrennbar miteinander verbunden, doch während die Liebe fortbesteht, lässt die Trauer nach, vermute ich. Lieber denke ich an die schöne Frau, die sich eines Tages bereit fühlen wird, einen neuen Versuch zu wagen. Aubrey, ich möchte, dass du anfängst, nach vorn zu sehen.«

Seine Worte sollten befreiend wirken, doch sie lähmen mich. In letzter Zeit hatte ich ein Knistern verspürt – in sexueller Hinsicht, klar –, was aber nicht heißt, dass sich auch der Rest dadurch wieder einrenken lässt. Seine Worte klingen großartig, doch sie klingen auch, als wolle er mich auf eine indirekte Art vorwärtsstupsen.

Genau wie ich es vermutet hatte, will mich Grant für eine Zukunft ohne ihn vorbereiten.

Er beobachtet mich mit diesen mitternachtsblauen Augen. Werde ich dichtmachen, oder werde ich kämpfen?

Es gibt noch eine weitere Option, einen Mittelweg: sich darauf einlassen, was gerade passiert, und es genießen.

Die nächsten drei Stunden sind wir vollauf damit beschäftigt, die Kinder davon abzuhalten, Urgroßomas spezielle Brownies zu verdrücken (*oh, da hat sie sie also versteckt...*) oder den dritten Weltkrieg zu verhindern, nachdem Thatcher einer von Caitlyns vier Barbies den Kopf abgerissen hat (*Wie cool, nun hast du eine Zombie-Barbie!*, versuchte Grant das Ganze schönzureden).

»Keine Ahnung, wie Janice das alles wuppt«, stöhne ich, nachdem wir Minnie in einem von Libbys Schlafzimmern zu einem Schläfchen bewegen konnten und die älteren Kids vor *Coco* geparkt haben, einem Film, den Caitlyn sich angeblich schon »elfzig Millionen Male« angeschaut hat.

»Ich würde mal sagen, da sind mehrere Nannys im Spiel.« Grant lächelt. »Man hat uns ausgetrickst.«

Er schiebt mir das Haar hinters Ohr und streicht mit der Daumenkuppe über das Kinn. Ich muss Nutella im Gesicht haben.

»Du warst toll mit ihnen. Hab ich's dir nicht gesagt?«

Es tut weh, auch nur darüber nachzudenken, dass es möglicherweise klappen könnte oder auch nicht. Ich glaube nicht, dass ich das noch mal durchmachen könnte. Denn wenn ich scheitere - und das kann nun mal gut sein -, kehrt die verrückte Aubrey zurück. Die Frau, die das Gute, das vor ihr steht, nicht erkennen kann, da sie auf der Jagd nach dem Perfekten ist. Ich kenne mich einfach zu gut.

Die Art, wie Grant mich ansieht, ist nicht nur höllisch sexy, sie sagt mir auch, dass mir vergeben wurde. Wie dumm von ihm! Dieser Mann sollte mir den Kummer, den ich ihm bereitet habe, nicht einfach durchgehen lassen.

»Na, ihr zwei Turteltäubchen?« Meine Schwägerin Janice platzt herein, die Arme voller Pakete. »Habt ihr die kleinen Monster fertiggemacht?«

»Äh, die haben uns fertiggemacht«, erwidere ich. »Nun brauche ich ein schönes Bad und ein riesiges Glas Wein.«

Janice lässt sich auf das nächste Sofa plumpsen. »O ja, das wäre himmlisch. Jetzt bräuchtest du nur noch einen umwerfenden Ehemann, der dir alles bereitstellt. Wobei, den hast du ja!« Für den Fall, dass man sich fragt, von wem sie redet, winkt sie zu Grant.

Meine Schwägerin mag ich schon immer gern.

Ich sehe mit hochgezogener Augenbraue zu meinem Ex-Mann. »Hat sie recht? Kannst du das?«

Auf seine bedächtige Art denkt Grant darüber nach. »Ich habe eine bessere Idee.«

19. KAPITEL

Grant

»Nur ein Landei wie du würde es am Tag nach Thanksgiving besser finden, einen Stadtbummel zu machen, als sich ein heißes Bad und ein Glas Wein zu gönnen.«

»Und nur ein Yankee wie du würde deswegen rumjammern.«

Mit ihrem gesunden Arm gibt sie mir einen kleinen Knuff. Sie mag herumzetern, aber sie freut sich, aus dem Haus zu kommen, das merke ich doch.

Wir haben uns die Lichtshow bei der Faneuil Hall angesehen und nun schlendern wir durch die Buden hindurch und schauen uns Schnickschnack und Nippes an, während wir uns mit Bechern heißer Schokolade die Hände wärmen. Ich hätte gedacht, dass Aubrey in der Nähe der Kids nervös sein würde, vor allem in Minnies, aber nein, sie schien tatsächlich Spaß zu haben. Mir wurde ganz anders, ihr dabei zuzusehen, wie sie die Lieblingstante gab, das ist mal sicher.

»Oh, Weihnachtskugeln mit Namen darauf!« Aubrey greift nach einer grünen, auf der in silberner Schrift »Zoe« steht. »Genau wie die an Libbys Baum. Ob deiner Schwester so was gefallen würde?«

»Sie wäre begeistert!« Ich bin versucht, Aubrey zu drängen, mit zu meiner Familie zu kommen, die Kugel persönlich zu überreichen und die warme Atmosphäre dort zu genießen.

Nachdem sie als Kind Liebe so vermisst hat, kann sie davon jetzt gar nicht genug bekommen.

»Ich finde keine mit ›Sherry‹ darauf. Aber es sieht so aus, als könnte man spezielle Wünsche äußern.« Während der Budenbesitzer die Kugel für meine Schwester einpackt, erkundigt sich Aubrey danach. »Die schicke ich dann zu deiner Mom. Oder meinst du, sie hätte was dagegen?«

Meine Mutter mag mich beschützen wollen, aber selbst sie bekommt mit, wenn sie ein waidwundes Tier vor sich hat. Sie hat Aubrey immer gemocht und wusste instinktiv, dass sie bemuttert werden musste. »Bestimmt würde sie sich geehrt fühlen.«

Während wir mit Aubreys Einkauf weitergehen, wirkt sie nervös, als hätte sie etwas auf dem Herzen. Ich lasse ihr Zeit. Das hat sie schon immer gebraucht.

»Du hast dich gestern Abend mit Max unterhalten und ich war irgendwie abgelenkt und habe dich daher gar nicht darauf angesprochen.«

»Okay?«

Sie nickt und schluckt dann. »Hast du ihm erzählt, was passiert ist?«

»Hab ich, ja. Er hat nie nachgehakt, aber gestern Abend … ich weiß nicht, es kam mir wie die richtige Zeit vor, es einem guten Freund anzuvertrauen.«

»Weil wir mehr darüber reden.«

Ja, aber auch, weil ich denke, dass ich während unserer Beziehung falsch damit umgegangen bin. Es hat keinem von uns gutgetan, alles in uns reinzufressen.

»Sonnenlicht ist das beste Desinfektionsmittel. Zumindest sagt das meine Momma.«

»Dann erzählst du es ihr wohl als Nächstes.«

Ich bleibe stehen und lotse sie an die Seite, weg von den

Käufern und Touristen. »Irgendwann mal. Genauso wie ich meine, dass du mit deiner Familie darüber reden solltest. Vielleicht nicht mit allen, mit Libby aber mal sicher. Die Leute wollen für dich da sein, Bean. Du musst dich ein bisschen öffnen und sie einlassen.«

»Du glaubst, das ist die Antwort. Sich ein bisschen zu öffnen.«

»Na, es ist ein Anfang.« Es gibt so viele Möglichkeiten, wieder zu beginnen, Hauptsache, man macht einen ersten Schritt.

»O mein Gott!« Eine etwas eigenartige Antwort, doch dann sieht sie mit weit aufgerissenen Augen auf etwas hinter mir.

Aubreys Vater und Mercedes stehen in der Nähe eines Whoopee-Pie-Standes und betrachten die Auswahl in der Vitrine. Sie sind derart ineinander vertieft, dass sie sich des Rests der Welt gar nicht bewusst sind.

Aubrey will mich wegziehen. »Lass uns ... oh, hi!«

Mercedes hat uns entdeckt und lotst Jeffrey zu uns. »Hey, ihr! Sind diese Menschenmassen nicht verrückt? Was habt ihr da? Macht ihr einen Thanksgiving-Bummel?«

Offensichtlich nervös, plappert Mercedes fast eine Minute drauflos. Sie ist eindeutig auf Aubreys Zustimmung aus. Hey, tun wir das nicht alle?

Nach ein wenig Small Talk, den zum Großteil Mercedes bestreitet, meint sie: »Ihr solltet mit uns essen gehen.«

»O nein, nicht nötig!«, rufen Aubrey und ihr Vater gleichzeitig und verstummen dann jäh, als ihnen aufgeht, dass sie sich unisono dagegen ausgesprochen haben, mehr Zeit miteinander zu verbringen als nötig.

Ich fange Mercedes' Blick auf, bemerke den flehenden Ausdruck in ihren Augen und treffe eine Entscheidung.

»Das würden wir sehr gern!«

Der erste Schritt ist getan.

Eine Viertelstunde darauf sitzen wir in einem netten italienischen Lokal in North End und mir läuft bei dem Duft von Knoblauch und Kräutern das Wasser im Mund zusammen. Mercedes und ich geben unser Bestes, die Unterhaltung in Gang zu halten, aber ganz ehrlich: Es ist mühsam. Bis eine kleine Schale mit Oliven auf den Tisch gestellt wird und Mercedes mit diesem Juwel herausrückt: »Aubrey, dein Beitrag über Kinderrechte während des Scheidungsprozesses hat mir wirklich sehr gefallen!«

Auch wenn es höchst unwahrscheinlich ist, dass das gesamte Restaurant angesichts dieser Information verstummt, kommt es einem auf jeden Fall so vor, als wäre gerade eine Bombe explodiert.

»Wie bitte?«, fragt Aubrey ungläubig.

»Na, dein Artikel im *Journal of Family Law Practice*«, erklärt Mercedes fröhlich, nimmt sich eine Olive und legt sie nach kurzer Musterung in die Schale zurück. »Ich fand, dein Eintreten für die nirgends festgehaltenen Eigentumsrechte von Kindern sehr interessant, insbesondere in Anbetracht der Tatsache, dass die meisten Rechtsprechungen nur am Rande darauf eingehen.«

»Ähm ...« Eine sprachlose Aubrey gibt es so selten, dass ich mir ein hämisches Glucksen nicht verkneifen kann. Sie sieht mich verdattert an. »Moment mal, hat Grant dich dazu angestiftet?«

»Mercedes studiert in Harvard Rechtswissenschaften«, erklärt Jeffrey.

Inzwischen ist Aubrey nicht nur sprachlos, ihr steht regelrecht der Mund offen. »Du studierst Jura? Warum weiß ich davon denn nichts? Hast du das gewusst?« Aubrey dreht sich zu mir.

»Könnte sein.« Ich genieße das Ganze viel zu sehr.

Lächelnd küsst Jeffrey Mercedes auf die Wange. »Aubrey, denkst du etwa, ich kann mir keine clevere Frau angeln?«

»Na ja, Dad, deine Erfolgsbilanz...«

»... lassen wir mal besser beiseite. Zumindest hier bei Tisch.« Bedauern umwölkt sein Gesicht und er drückt Mercedes die Hand. »Ich habe Fehler gemacht, ich weiß.«

»Keiner von uns ist ein Heiliger.« Mercedes sagt es nicht unfreundlich. Sie wendet sich Aubrey zu. »Dann bin ich also nicht, was du dir für deinen Dad erwartet hast. Oder vielleicht auch genau das, was du erwartet hast. So oder so, wirst du ein Weilchen mit mir auskommen müssen.«

»Gott, das hoffe ich so!«, platzt es ein wenig verzweifelt aus Jeffrey heraus. Mercedes schenkt ihm einen nachsichtigen Blick, der eindeutig zeigt, wer von den beiden die Hosen anhat. Sie ist jung, schön, intelligent und sie hat ihr ganzes Leben noch vor sich. Theoretisch braucht sie Jeffrey nicht so sehr wie er offensichtlich sie, doch diese Entscheidungen trifft das Herz für uns.

Aubrey sieht ihren Vater prüfend an und dreht sich dann zu der neuen Spielerin am Tisch. »Erzähl mir von deinem Lieblingsfach, Mercedes.«

Ich wache mit einer großen, schweren Last auf der Brust auf – einer großen, felligen Last.

»M*#%«, entfährt es ihr. Cat Damon stellt einen noch Furcht einflößenderen Augenkontakt her als sonst und greift mit der Pfote nach meinem Kinn. Als Aubrey und ich noch zusammenlebten, war das eine unmissverständliche Botschaft.

Kater hungrig.

Meinem Handydisplay nach ist es Viertel nach zwei. Ich warte ab und überlege, ob ich die Energie habe, den Kater in seinem eigenen Spiel zu schlagen.

»M*#%#!«

»Na gut, na gut, holen wir dir was zu fressen, du kleiner Mistkerl.«

Aubrey neben mir rührt sich nicht und so nutze ich den Moment und betrachte sie. Wenn sie schläft, sieht sie so ruhig und sorglos aus, erschöpft, nachdem ich jeden Zentimeter von ihr geliebt habe. Ich denke, das Dinner mit ihrem Vater und Mercedes hat ihr mehr gefallen, als sie zugeben möchte. Nichts ist gelöst, aber der erste Schritt ist getan.

Nachdem es zehn Minuten dauert (ich übertreibe nur unwesentlich), um in der Villa des Grauens der Gates in die Küche zu gelangen, bin ich selbst ein bisschen hungrig, als ich sie erreiche. Allerdings bin ich nicht die einzige Person, die sich noch mitten in der Nacht auf die Jagd nach einem Snack gemacht hat.

Marie-Claire sitzt an der Kücheninsel und sieht aus wie Lady MacBeth in Chanel. Sie nippt an einem Eggnog und sieht auf ein iPad.

»Oh, sorry«, sage ich. »Ich hab hier unten niemanden erwartet.« Ich wende mich zum Gehen.

»Keine Lust, einen Moment mit deiner Schwiegermutter zu verbringen? Nein, halt, Ex-Schwiegermutter.«

Ich übergehe die Stichelei. »Ich möchte bloß nicht stören. Sieht so aus, als würdest du dir gerade etwas Zeit für dich selbst nehmen.«

Marie-Claire gibt einen seltsamen Ton von sich, halb Lachen, halt Schnauben.

»Was ist so lustig?«

»Zeit für mich selbst. Es sieht so aus, als wäre ich Expertin darin, sie zu erschaffen, *non?*«

Ich widerspreche ihr nicht. Zeit in ihrer Gegenwart ist für gewöhnlich nervenaufreibend und keiner scheint es eilig zu haben, viel davon mit ihr zu verbringen. Um den Funken Mitleid loszuwerden, den ich verspüre, fange ich an, auf der Suche nach einem Dosenöffner für das Katzenfutter, das ich mir oben von Cat Damons Geheimvorrat geschnappt habe, Schubladen aufzuziehen. Das geht nur langsam, da ich im anderen Arm den Kater halte. Entweder beschütze ich ihn oder er mich.

»Was suchst du denn?«

»Einen Dosenöffner.«

Marie-Claire öffnet eine Schublade, bei der ich es noch nicht versucht habe, und holt einen heraus. Dann nimmt sie das Katzenfutter und zieht an dessen Aufreißring. Ich lache über meine Blödheit. Sie schmunzelt nur.

Sie füllt das Futter in eine Schüssel und als der Kater davorsitzt, fragt sie: »Hättest du Lust auf einen Croque Monsieur?« Angesichts meiner ausdruckslosen Miene übersetzt sie: »Ein Sandwich mit gegrilltem Käse und Schinken.«

»Na, immer doch.«

In all den Jahren, die ich Aubrey kenne, habe ich insgesamt vielleicht zehn Stunden mit ihrer Mutter und davon wiederum etwa zehn Minuten allein mit ihr verbracht. Man könnte sagen, Aubrey verbindet uns, das sollte reichen, aber wenn eine der Seiten zum Ziel hat, weiterhin einen Stiefel auf den Hals meiner Frau zu drücken, lässt sich nur schwer ein Mittelweg finden.

Offensichtlich ist es eine Nacht der Überraschungen, denn ihre nächste Bemerkung erwischt mich kalt. »Wie schläft Aubrey dieser Tage eigentlich?«

»Besser.«

Mit geübten Bewegungen holt sie Zutaten aus dem Kühlschrank: Brot, Schinken, Käse, dazu etwas in einer abgedeckten Schüssel. »Als Kind hatte sie immer Albträume, dass man sie irgendwo zurücklassen würde. Zu Hause. Im Laden. In der Schule.«

»Man braucht nicht Psychologie studiert zu haben, um sich das zu erklären.«

Keine Erwiderung. Sie legt den Schinken und den Käse aufs Brot und bestreicht das Ganze mit einer sämigen Creme aus der Schüssel.

»Was ist das?«

»Béchamelsoße. Ohne die ist es kein echter Croque Monsieur. Genau genommen sollte man ihn nun in den Backofen schieben, doch ich kürze das Ganze mal ab.« Sie platziert das Sandwich in einer Pfanne mit geschmolzener Butter, wobei mir bei dem brutzelnden Geräusch genauso das Wasser im Munde zusammenläuft wie bei dem Duft.

»Ich würde *Frère Jacques* singen, um sie wieder zum Schlafen zu bringen.« Sie wirft mir einen Seitenblick zu. »Das überrascht dich, *non?*«

»Mich überrascht gar nichts, Marie-Claire. Ich hatte nie den Eindruck, dass du völlig herzlos bist. Jeder hat so seine Gründe.«

Sie wendet das Sandwich und eine köstliche goldbraune Seite kommt zum Vorschein. »Es ist wichtig, Kinder zur Unabhängigkeit zu erziehen, vor allem aber Töchter. Egal, für welchen Mann sie sich später entscheiden, er wird ihnen schließlich wehtun. Diese unabhängige Ader wird ihre Rettung sein.«

Weil es besser ist, sich mit der Tatsache abzufinden, dass wir sowieso allein sterben. Was für ein absoluter Quatsch! »Dann ist das Letzte, was du dir wünschst, also, dass ich wieder meine grässliche Fratze erhebe?«

Sie legt das Sandwich auf einen Teller und schneidet es in zwei Teile. Davon nimmt sie sich eines selbst und schiebt die andere Hälfte mir zu. Ich nehme es und beiße hinein, genieße die dickflüssige Béchamelsoße, die perfekt mit dem salzigen Schinken harmoniert.

»Schmeckt köstlich!«

»Ich mach's nicht oft. Und zurzeit eigentlich gar nicht.« Sie setzt sich an die Kücheninsel und mustert mich. »Ich kann nicht sagen, dass ich allzu glücklich bin, dich zu sehen, Grant. Aubrey wäre besser dran mit jemandem, der weniger ...«

»... südstaatlich ist?«

»... emotional ist.«

Das bringt mich zum Lachen, da ich mich selbst als den ruhigsten, unparteiischsten Menschen betrachte, den ich kenne.

»Du findest das lustig, aber es stimmt. In dir steckt etwas von einem sentimentalen Menschen, Grant. Gar nicht zu reden von deiner verrückten Ansicht von der Liebe, die eine Frau auf dumme Gedanken bringen kann. Auf die falschen Gedanken.«

»Dass sie es verdient, angebetet und verehrt zu werden. Jepp, ganz schön radikales Gedankengut!«

Sie lächelt über ihren Eierpunsch hinweg. »Und wenn du sie dann im Stich lässt ...«

»Das werde ich nicht.«

»Das hast du bereits. Wenn du meine Tochter so sehr liebst, woran ist eure Ehe dann gescheitert?«

Normalerweise ist das der Punkt meines inneren Monologs, an dem ich Aubrey wegen ihrer Verschlossenheit und Unzugänglichkeit die Schuld in die Schuhe schiebe. An dem ich die Schuldzuweisungen auch auf die Frau vor mir und den Vollidioten ausweite, der mich heute Abend zum Essen eingeladen hat. Psychologen und Therapeuten würden von Zyklen und sich wiederholenden Mustern sprechen, aber worauf es eigentlich hinausläuft, ist Glaube – oder der Mangel daran.

Ich werde Marie-Claire nicht erzählen, was passiert ist. Das soll Aubrey machen. Aber ich werde ihr Folgendes erzählen:

»Die Menschen leben nur für den Augenblick, suchen umgehende Befriedigung und Erfüllung, um die Happy-Sappy-Neuronen am Laufen zu halten. Kommen schlechte Zeiten, muss es umgehend wieder aufwärtsgehen, weshalb man sich wie aus einer Art Kaufhaus glücklicher Erinnerungen bedient. Nur dass in unserem Fall die Bank geschlossen war und alle EC-Karten zerstört.« Marie-Claire lässt mich nicht aus den Augen. »Meine Worte ergeben nicht viel Sinn. Weder Aubrey noch ich haben darauf vertraut, dass das Gute reicht, um uns über die schlechten Zeiten hinwegzuhelfen. Wir haben Probleme, aber das sind unsere Probleme, und an denen müssen wir arbeiten, gemeinsam. Wir brauchen niemanden, der sich einmischt oder irgendwelche anderweitigen Kandidaten und ungebetene Meinungen zur Hand hat.«

»M#@%&!«

»Das gilt auch für dich, Kater!«

Marie-Claire nippt an ihrem Eggnog. »Na, vielleicht bist du ihrer ja doch würdig.«

Schwer zu sagen, ob das als Kompliment gemeint ist oder als Beleidigung.

Der Brookline Country Club ist der älteste Club in den Vereinigten Staaten und so exklusiv, dass die Liste der abgelehnten Personen berühmter ist als die, denen der Zutritt in seine geheiligten Hallen gewährt wurde. Diese Snobs haben ja nicht mal Tom Brady und Gisele aufgenommen, bis sie darum flehten (oder Tom einen seiner Championship-Ringe dafür hergegeben hat, nur eine Vermutung).

Natürlich ist genau das der Schauplatz für Libbys Neunzigsten.

Wie so vieles in den vornehmsten Kreisen Bostons ist alles ein bisschen verblichen und altmodisch. Die Polstermöbel sind schäbig, das Mobiliar alt – Schatten längst ausgegebenen Geldes. Country-Clubs sind Teil eines vergangenen Zeitalters, und in Anbetracht von Libbys praktischer Veranlagung und Abneigung gegen derartigen Blödsinn lässt sich nur schwer sagen, warum sie sich darauf eingelassen hat. Eigentlich steht sie über solchen Dingen.

Aubrey genauso, die wie ein dunkler Engel aussieht, der meine Lieblingsfarbe trägt, ein rubinrotes Kleid mit einem tiefen Rückenausschnitt. Ergo: kein BH. Jesses!

»Was machen wir hier eigentlich?«, frage ich sie beim Eintreten. »Wenn ich doch viel lieber irgendwo eine Kammer finden und meine Finger unter dieses Kleid gleiten lassen würde?«

»Nur noch einmal schlafen, dann können wir verschwinden.«

»Komm morgen nach Georgia mit mir!«

Sie dreht sich zu mir, die Augen weit aufgerissen und skeptisch. »Aber ... nein. Was würde deine Mutter denken? Würde sie das nicht verwirren?«

»Sie würde sich so freuen, dich zu sehen. Zoe genauso. Eigentlich wollte ich hinfliegen und dich auf dem Rückweg einsammeln, aber wir könnten auch gleich morgen früh aufbrechen und durchfahren. Oder wir könnten dich mit Haschkeksen abfüllen, Cat Damon ein paar Tage hierlassen und einfach einen Flieger nehmen.«

»Ich mach mir Sorgen um Libby ...«

»Die gerne sähe, dass du dein Leben genießt.«

Gestern hatten wir Spaß mit Aubreys Nichten und Neffen. Auch wenn uns traurige Gedanken streiften, brachte es uns insgesamt wieder näher, machte uns Freude. Und wir erkannten, dass sich unser Verlust wie das Ende der Welt angefühlt haben mochte, doch dass die Liebe einen Weg finden wird.

Ich werde einen Weg finden.

Ich ziehe sie auf die Tanzfläche, weil ich sie eng an mich drücken muss. Außerdem sollen alle mitbekommen, dass ich diese Frau für mich beanspruche.

»Die beiden sind ein seltsames Paar.« Aubrey nickt zu ihrem Vater und Mercedes, die gerade hereinkommen.

»Immerhin ist sie kein Betthäschen, das es nur auf sein Geld abgesehen hat.«

»Da ist das letzte Wort noch nicht gesprochen, aber, okay, sie braucht meinen Vater nicht. Er ist ganz schön vernarrt in sie, findest du nicht? Es würde ihn schwer treffen, wenn sie mit ihm Schluss machen würde.«

»Machst du dir jetzt etwa Sorgen um ihn?« Ich lache.

»Oh, halt die Klappe. Als ich sie noch nicht nett und interessant fand, war alles viel einfacher. Ich glaube nicht, dass meine Mutter ahnt, wie ernst es steht. Sie denkt, es bestünde immer noch Hoffnung und dass es sich bloß um eine weitere seiner Late-Life-Krisen handelt.«

»Du musst aufhören, dir um alle anderen Sorgen zu machen. Sollen sie das doch selbst klären.«

»Ich kann einfach nicht anders. Alles besser, als ...« Sie verstummt.

»... als an die eigenen Probleme zu denken?«

Sie zuckt die Achseln und senkt den Kopf, um ihren Gesichtsausdruck zu verbergen. Aber das ist okay. Ich weiß, was sie denkt. Das war schon immer so.

Libby wird mit den entsprechenden höfischen Ritualen bedacht und bald sitzen wir bei ihr, um uns die audiovisuelle Präsentation anzusehen, die Aubrey ihr zu Ehren vorbereitet hat. Sie hat eindeutig ein faszinierendes Leben geführt. Von manchem davon weiß ich: von ihrer Zeit in Hollywood, ihren Heldentaten in den Lüften, ihren Ausflügen in die Geschäftswelt. Der Großteil jedoch überrascht mich, da es eine weichere Seite von ihr offenbart. Ehrenamtliche Arbeit mit Veteranen, eine Affäre mit einem ungarischen Grafen, ein Foto von ihr mit dem neugeborenen Sohn in den Armen. Bei diesem letzten sepiafarbenen Bild verweilt Aubrey, als wolle sie beweisen, dass selbst die sprödesten Persönlichkeiten zu großen Gefühlen fähig sind.

Die Präsentation endet, und das Publikum klatscht höflich. Nun ist eigentlich der Zeitpunkt gekommen, an dem sich der Sohn erhebt und einen Toast auf seine Mutter ausspricht – aussprechen *sollte* –, doch stattdessen erhebt sich Aubrey, die Stärkste des Clans, und spricht zu den Gästen.

»Meine Großmutter, Elizabeth Amelia March Gates, unsere Libby, ist eine außerordentliche Frau.« Sie lächelt ihre Gran an. »Alles interessiert sie, nichts bringt sie aus der Fassung. Ihre Geisteshaltung entspricht der der Renaissance, sie besitzt Schönheit, Witz und den passenden Schneid. Sie ist elegant, furchtlos und ein wenig unangepasst und ich versuche schon mein ganzes Leben, ihr nachzueifern.«

Darüber lacht die Gesellschaft Bostons, ein Geräusch wie klirrendes Kristall.

»Inzwischen ist mir aufgegangen, dass es nur eine Libby gibt. Niemand kann ihr auch nur annähernd das Wasser reichen, aber wir können uns alle daran erfreuen, wie sehr sie unser Leben bereichert.« Sie hebt ihr Glas. »Libby, ich liebe dich. Trinken wir darauf, dass wir uns alle zu deinem hundertsten Geburtstag wieder hier einfinden!«

»Falls auch nur die kleinste Chance besteht, dass ich hundert werde, stürze ich mich vom Tower!«, spottet die Frau über das Gläserklirren und die Rufe »Auf Libby!« hinweg. Mit gerührtem Blick ergreift sie Aubreys Hände und mir wird warm ums Herz, als ich sehe, dass mein Mädchen die Liebe erfährt, die sie verdient.

Janice und Tristan sitzen neben uns, Tristan telefoniert allerdings. Wie schon den ganzen Abend. Janice lehnt sich verschwörerisch zu uns. »Na, und wann wird bei euch das Getrappel von Kinderfüßchen zu hören sein?«

Ich drücke Aubrey die Hand. »Dafür bleibt noch viel Zeit.«

»Du wirst auch nicht jünger, Aubs«, fährt Janice fort. »Mit jedem Jahr, das du wartest, sinkt deine Fertilitätsrate rapide! Ich meine, Tristan muss mich nur angucken und ich bin schwanger. Ich werde ihn zu einem kleinen Eingriff überreden müssen – stimmt's, T?« Sie knufft ihren Mann, der immer noch mit seinem Handy beschäftigt ist und nicht zu ihr hersieht. »Nach dem hier, habe ich gesagt, jetzt ist Schluss, Baby. Das hält die Mumu nicht aus.«

»Das hält das Geburtstagskind nicht aus, Janice«, schießt Libby dazwischen. »Stopf eine Socke rein.«

»Ich gebe ihnen doch nur Ratschläge, von einer alten Ehefrau zur anderen!« Janice lächelt und, Gott, ich weiß, sie meint es nur gut, aber sie soll doch bitte die Klappe halten!

»Ach, herrje!«, stöhnt Libby. Wir sehen alle auf und entdecken, dass sich mein Vater und Mercedes dem Tisch nähern.

»Mom.« Er beugt sich zu ihr und küsst sie. »Happy Birthday!«

Libby gibt ein verächtliches Schnauben von sich.

Ich stehe auf und biete Mercedes meinen Platz an. »Oh, danke. Grant, was bist du doch für ein Gentleman!«

Mein Lächeln ist ein wenig gezwungen, da die ganze Scharade allmählich an meinen Nerven zerrt. Ich kann es gar nicht mehr erwarten, zu meiner eigenen Familie zu kommen, und ich bin entschlossener denn je, Aubrey mitzunehmen.

»Einen Drink, Süße?«, fragt Aubreys Vater seine Freundin.

»Nur etwas Gingerale gegen mein Magengrummeln, bitte.« Sie reibt sich den Bauch und die Geste kommt mir so vertraut vor, dass ich stutzig werde.

Vielleicht ist es ja sonst niemandem aufgefallen.

»Bist du … o mein Gott, bist du etwa schwanger?«, kreischt Janice da auch schon und macht damit meine Hoffnung zunichte.

Mercedes' Wangen färben sich und sie linst verlegen zu Aubreys Vater. »Eigentlich sollen wir es noch für uns behalten. Es ist noch so früh und man weiß nie, was geschehen könnte.«

»Jeffrey, sag mal, bist du nicht mehr ganz bei Trost?«, fragt Libby. »Sie ist alt genug, um deine Tochter zu sein. Deine Enkeltochter! Was zum Teufel wirst du in deinem Alter mit einem Baby machen?«

»Halt dich da raus, Mom. Kannst du dich nicht einfach für uns freuen?«

Mercedes, die sich eindeutig unbehaglich fühlt, wendet sich an Aubrey. »Sorry, dass wir es dir nicht schon früher erzählt haben. Wir haben uns gestern beim Dinner alle so gut verstanden und wir waren noch nicht ganz so weit, es zu verraten.«

Mit unfassbar ruhiger Miene tätschelt Aubrey ihr die Hand. »Ich kann verstehen, dass man sich damit noch eine Weile bedeckt halten will. Das ist doch okay. Gratulation!«

Aber das ist nicht okay. Ich habe diese Familie und ihre Gewohnheit, sich gegenseitig mit Höflichkeiten und verschleierten Beleidigungen zwangszumästen, gründlich satt. Ich habe die passiv-aggressive Natur ihrer oberflächlichen Beziehungen satt. Und vor allem habe ich es satt, dass Aubrey das alles völlig ergeben über sich ergehen lässt.

»Wozu gratulieren wir?«, ertönt in diesem Moment eine schneidende Stimme mit französischem Akzent.

»Ich werde Vater!«, erwidert Jeffrey, als wäre er noch keiner. Herausfordernd hebt er die Hand gegenüber seiner baldigen Ex-Frau.

Marie-Claire murmelt etwas auf Französisch und auch wenn ich gerade mal weiß, wie man in dieser Sprache Hallo sagt, kann ich mir denken, dass es nichts Nettes ist. »Darum willst du also das Haus. Darum willst du nicht, dass ich meinen Anteil bekomme. Glaub aber bloß nicht, dass ich es für dich aufziehe, wenn es dir aufgehalst wird.«

Aubrey wird blass.

Mir reicht's. Ich strecke die Hand nach ihr aus. »Lass uns tanzen, Bean.«

Aber ihre Großmutter drückt ihren Arm und Aubrey sieht sie an. Sieht sie einfach nur an. Allmählich dämmert es ihr.

Aubrey dreht sich zu mir, die Augen rund und voller Panik. Sie löst sich aus dem schwachen Griff ihrer Großmutter und steht auf, den Blick auf mich gerichtet. Wenn Blicke töten könnten...

Ich folge ihr ins Foyer hinaus und erreiche sie kurz vor der Toilette.

»Aubrey, warte.«

Sie wirbelt mit einem wütenden Blick zu mir herum, einem Blick, den sie für ihre schrecklichen Eltern nicht aufbringen kann. »Du hast es meiner Gran erzählt?«

»Ja.«

Überrascht von meinem unverblümten Eingeständnis, braucht sie einen Moment, um sich zu fassen. »Der Anruf, der Klingelton *Burning Love* von Elvis, der war von Libby. Wer weiß es sonst noch?«

»Niemand. Aber ich würde es jedem erzählen, wenn ich der beschissenen Familiendynamik, die sich hier entfaltet, dadurch ein Ende machen könnte.«

»Aber das geht niemanden etwas an! Darüber wollten wir allein hinwegkommen. Es allein durchstehen!«

»Und wie hat das funktioniert, Aubrey? Wir haben es für uns behalten und es hat uns zerstört.«

»Daran lag es nicht. Ich hatte es im Griff, du aber wolltest das Thema ja unbedingt immer wieder ausgraben. Unnötigerweise. Warum bei Libby?«

»Ich hab's ihr erzählt, weil sie wusste, dass etwas nicht stimmt. Mit dir. Mit mir. Mit uns.«

In ihrer Wut gleicht Aubrey einem Vulkan, der jeden Moment ausbricht. Sie glaubt noch, sie könne es verhindern, doch die Natur wird sich schließlich durchsetzen. Sie muss. Leute gehen an uns vorbei und ich kann nur eines denken: *Komm, Baby, raste aus - schrei dir die Seele aus dem Leib!*

Sie atmet nur ganz flach, als bekäme sie nicht genug Luft, um ihre Lunge zu füllen.

»Na komm, Bean, ich weiß, du bist wütend auf mich. Das ist okay.«

»Sag mir nicht, dass das okay ist«, zischt sie. »Sag mir nicht, was ich denken soll!«

»Das ist aber nötig, weil du nicht imstande bist, deinem Zorn wie ein normaler Mensch Ausdruck zu geben. Deine Mom hat dir beigebracht, dich wie eine Lady zu benehmen, nie Krach zu schlagen, niemandem zu zeigen, dass du schwitzt. Und dein Vater, dieser Fremdgänger, würde einen Moment der Zuneigung nicht mal dann erkennen, wenn man ihn mit dem Kopf darauf stoßen würde! Also frisst du alles mit erlesenem Champagner und einem aufgesetzten Lächeln in dich hinein und tust, als wäre alles in schönster Ordnung, selbst wenn du knietief in der Scheiße steckst.« Was braucht es, damit sie in Boston endlich an die Decke geht? »Du lebst schon so lange nach diesen Regeln der Perfektion, dass du nicht mehr weißt, wie man ihnen entkommen kann. Aber ich sehe dich, Aubrey. Ich sehe alles, was du dich zu sehen weigerst.«

»Jetzt hör doch bitte mit dieser billigen Psychoanalyse auf ...«

»Billig, Bean? Da ist nichts Billiges dran. Ich habe die letzten beiden Jahre teuer bezahlt. Doch warum sich darüber Gedanken machen, wenn ich dich so gut lieben kann, dass wir dabei all unsere Probleme vergessen?« Ich höre den Spott in meiner Stimme. Ich hasse es, habe mich auf meine Rolle aber schon festgelegt. Ich trete näher an sie heran und lasse sie meine rohe Kraft spüren. »Das hättest du gern, stimmt's? Dass wir beide unsere Körper einsetzen, um eine Lösung zu finden.«

Ihre Atemzüge sind schwer, mühsam. Sie hebt eine Hand an meine Brust, schiebt mich weg und hält mich doch nahe bei sich.

»Jepp, das hättest du lieber. Warum seine Wut an den anderen auslassen, wenn man doch mithilfe meines Schwanzes genauso gut Dampf ablassen kann?«

Sie japst nach Luft. »Du ... wag es bloß nicht ...«

»Was? Zu behaupten, dass du gern Sex einsetzt, um die Risse zu übertünchen, Aubrey? Ist das für eine High-Society-Party kein geeigneter Gesprächsstoff?«

»Das geht außer uns niemanden etwas an!«

Das. Das. Diese verdammte *das* wieder! »Das sagst du gern, aber deine Strategie, dass wir es für uns behalten, hat ja nicht funktioniert. Wir haben ein Kind verloren, Aubrey. Eins, das wir schon zu lieben begonnen hatten, das ein Teil von dir und mir war, das natürliche Ergebnis davon, wie gottverdammt sehr wir uns liebten. Und nichts, was ich tat, war richtig. Nichts, was ich sagte, reichte.«

Sie schüttelt den Kopf. »Ich wollte nur, dass du mich hältst. Mich begehrst. Mich liebst.«

»Und genau das habe ich getan. Ich liebte dich so sehr. Aber du wolltest, dass ich dich mit dem Körper liebe anstatt mit Worten. Nun, dabei war das es doch, was uns überhaupt erst in Schwierigkeiten gebracht hat, Aubrey! Ich konnte meine Finger nicht von dir lassen und nun ist unser Kind tot.«

Ihre Augen weiten sich. Scheiße, ich … *Scheiße!* So sollte das nicht rauskommen. Es sollte überhaupt nicht rauskommen!

»Grant, wovon redest du?«

Sie berührt mein Kinn und ich weiche voller Selbstekel zurück. Bei unserem letzten Streit dieser Art vögelte ich sie danach in der Toilette eines Diners, steckte meine ganze Wut in Sex, der langfristig rein gar nichts löst. Noch mal kann ich das nicht.

Ich hätte erwartet, Aubrey würde ihrer Rolle gerecht werden und diesen Streit beenden, indem sie sich umdreht und geht. Doch, verdammt, zum ersten Mal seit wer weiß wie lange erhalte ich dieses Privileg.

20. KAPITEL

Aubrey

Grant hat mich einfach stehen lassen und ich versuche, das sacken zu lassen.

Es ist okay.

Wir haben einander wehgetan, weiß Gott, und es wird Zeit, dass er mir die Meinung über mein verrücktes Verhalten geigt. Aber was er da gesagt hat … das kann er doch unmöglich glauben, oder?

Ich verlasse den Toilettengang und renne direkt in meine Mutter hinein. Sie hat jedes Wort von meiner Unterhaltung mit Grant mitbekommen, das sehe ich ihr an.

»Bist du hier, um es so hinzubiegen, dass sich wieder alles um dich dreht?«, schnauze ich.

Sie schaut nicht mal überrascht und das sagt mir, dass Grant recht hat und ich schon vor Jahren ordentlich auf den Putz hätte hauen sollen.

»Aubrey, was da passiert ist, mit dem Kind - das hättest du mir erzählen müssen.«

»Warum? Damit du dich über deine Enttäuschung hättest ausbreiten können, dass ich nicht mal das richtig hinbekomme?«

Ein schockierter Ausdruck huscht über ihr Gesicht. Dass ausgerechnet diese Äußerung eine Regung bei ihr hervorruft …

»*Chérie*, ich weiß nicht, was ich sagen soll ...«, erwidert sie. Und das mag gut und gern das erste Mal in ihrem Leben sein.

Ich habe keine Zeit, darauf einzugehen. Alles, woran ich denken kann, ist, dass Grant mich braucht. Jahrelang hat er sich mit meinem Mist herumschlagen müssen und mit seinem dazu. Mit der Ironie von Marie-Claires Worten kann ich mich gerade nicht näher beschäftigen.

Im Foyer ist er nicht. Auch nicht in der Bar. Ich entdecke ihn draußen, wo er gerade mit dem Valet vom Parkservice redet.

»Grant!«

Er erstarrt und antwortet, ohne sich umzudrehen: »Geh wieder rein. Es ist zu kalt!«

»Wir müssen reden.« Ich gehe um ihn herum und sehe ihn an.

»Nein, müssen wir nicht. Uns fehlen inzwischen die Worte. Und genau das willst du doch, richtig?« Grant zieht sein Jackett aus und legt es mir um die Schultern, was so verdammt typisch für ihn ist.

»Ich muss wissen, was du gemeint hast. Von wegen, du hättest die Finger nicht von mir lassen können.«

Der Angestellte kommt mit dem Wagen und Grant verzieht schmerzvoll das Gesicht.

»Ich halte es hier nicht aus, Aubrey. Mit diesen Leuten. Mit dieser Toxizität.« Er sieht über meine Schulter. »Du solltest wieder reingehen.«

Damit will er sagen, dass ich zu diesen toxischen Leuten gehöre. Von wegen! Ich gehöre zu diesem Mann, der Balsam für meine Seele ist und mich nie mit einem leeren Gefühl zurücklässt.

»Ich komme mit!«

Ohne Einwände zu erheben, öffnet er mir die Beifahrertür. Ich steige ein, er ebenfalls und dann sind wir unterwegs, eine zwanzigminütige Fahrt, während der eine erdrückende Stille herrscht, die scheinbar keiner von uns brechen kann. Ich möchte ihn darüber ausfragen, was er gesagt hat, doch er scheint sich wirklich sehr darauf konzentrieren zu müssen, auf den eisglatten Straßen keinen Unfall zu bauen. Unterdessen versuche ich, mir aus seinen Worten einen Reim zu machen.

Ich konnte meine Finger nicht von dir lassen und nun ist unser Kind tot.

Grant war sich seiner Größe schon immer so bewusst. Er ist ein großer, stämmiger Kerl, der seinen Körper komplett unter Kontrolle hat - und meinen ebenso. Er hat mir noch nie wehgetan, aber er scheint zu denken ... o Gott, er denkt, er könnte dafür verantwortlich sein, was an jenem Abend geschah.

Zurück beim Haus meiner Eltern parkt er, steigt aus und marschiert aufs Haus zu. Ob ich ihm folge, scheint ihm egal zu sein, aber mir ist es nicht egal. Natürlich.

Im Haus herrscht Grabesstille. »Grant, bleib stehen!«

Er dreht sich um und wir starren einander an, als sähen wir uns zum ersten Mal. Ich möchte ihm eine Million Fragen stellen, nachbohren, nachhaken, am Schorf zupfen. In erster Linie aber möchte ich nachempfinden können, was er fühlt.

Wir stürmen aufeinander zu, krallen uns hungrig aneinander fest, verletzt und in Flammen, küssen uns gierig.

»Es tut mir leid«, flüstert er und seine Tränen vermischen sich mit meinen. Tränen für das, was wir verloren, und das, was wir versäumt haben. All die vergeudete Zeit, in der wir zusammen hätten heilen sollen.

»Nein, bitte«, flehe ich, unsicher, wozu ich ihn dränge.

Entschuldige dich nicht.

Lade dir das nicht auf deine breiten Schultern.
Hör nicht auf, mich auf all die Arten zu lieben, die ich nicht verdiene.

Er hebt mich hoch, geht zur Treppe und trägt mich in seinen starken Armen nach oben, wobei er immer zwei Stufen auf einmal nimmt. Ich liebe es, dass er so offensichtlich vor Kraft strotzt, und liebe seine weniger offensichtliche innere Stärke, die sein Herz so gleichmäßig schlagen lässt.

»Grant, ich …«

»Es ist okay. Nicht mehr reden«, sagt er, dabei ist es ganz und gar nicht okay. Ich habe das Ganze komplett vermasselt. Er bietet an, es nach meiner Fasson zu machen und unsere Körper sprechen zu lassen. Ich habe ihn zermürbt und dazu gebracht, ein Sieg, den ich kein bisschen genießen kann.

Die nächsten Minuten vergehen in hektischer Stille, dann mit der nötigen Rauheit. Genau so mag ich es, immer schon. Und dass er sich nun wegen der Art und Weise, in der er an jenem Abend mit mir umgegangen ist … oh, my love.

Ich packe ihn mit meiner freien Hand am Hintern und drücke ihn fest an mich. »Mach, was du brauchst, Baby. Alles, was du brauchst.«

Kaum habe ich es gesagt, dringt er auch schon in mich ein. Erfüllt mich so ganz und gar, weil er da einfach hingehört. Weil er ein Teil von mir ist. Er kneift die Augen zu, doch ich würde nicht im Traum daran denken, meine zu schließen. Ich möchte alles genau miterleben. Ich habe es schon immer geliebt, ihn dabei zu beobachten, vor allem in jenem Moment, wenn er mich beinahe so weit hat zu kommen. Es erscheint dann ein leicht selbstzufriedener Zug um seinen Mund.

Heute allerdings nicht. Heute ist es anders, denn inzwischen ist alles anders. Wir sind nicht mehr dieselben. Es geht uns nicht besser, doch zusammen geht es uns besser.

»Ich liebe dich«, flüstere ich. Bei diesen Worten, die ich so lange zurückgehalten habe, reißt er seine Augen auf, in denen mehr als Lust zu lesen ist.

»Ich liebe dich«, wiederhole ich, aus Sorge, er könnte es überhört haben.

Er stößt fester zu und ich bäume mich ihm entgegen. Mit einer Schnelligkeit, die ich nicht habe kommen sehen, baut sich der Orgasmus auf, entzündet sich und überwältigt mich. Aber Grant ist noch nicht fertig mit mir.

Er gleitet hinaus und dreht mich um, spreizt für seine Lust roh meine Beine. Ich erwarte einen kraftvollen Stoß – ich würde ihn willkommen heißen –, doch Grant war schon immer für eine Überraschung gut. Und tatsächlich, stattdessen liebkost er mich nun mit seiner Zunge, quält mich auf schönste Weise. Noch immer keine Worte, nur unser verzweifeltes Stöhnen erfüllt die Luft.

Es dauert nicht lange – das tut es nie – und jede Faser meines Körpers wird von einem wilden Lustgefühl durchflutet und ich explodiere erneut. Noch bevor ich wieder klar denken kann, dringt er mit einem rohen und zugleich sanften Stoß in mich ein.

Es ist Grant, mein Beschützer.

Noch immer vereint, fallen wir in Löffelchenstellung aufs Bett. Grant umfasst meine Brust mit seiner großen Hand, während er keine Stelle in mir unberührt lässt. Jeder Winkel wird entdeckt, nirgends kann ich mich mehr verstecken. Seine Hände bewegen sich zu meinem Kinn hinauf, um es zu ihm zu drehen, um sicherzustellen, dass ich alles sehe, was ich sehen soll.

Er sagt mir nicht, dass er mich liebt. Das weiß ich mit jedem Stoß in mich hinein, mit jedem Stöhnen aus seiner Kehle, mit jedem Aufblitzen seiner Augen.

Ich weiß es, weil er weint.

Als er kommt, bebt sein Körper und wird dann so reglos wie die Luft um uns herum. Ich bemühe mich, nicht wegzudösen – es erscheint mir wichtig, in diesem Augenblick wach zu bleiben – und dennoch gleite ich in den Schlaf der Schuldigen.

Als ich aufwache, ist er immer noch da, den Blick auf mich gerichtet. Ich fühle mich geborgen.

»Sorry, ich wollte gar nicht einschlafen.«

Sein Lächeln ist unvergleichlich. »Ich habe dich ganz schön hergenommen, Bean. Da ist es okay, sich auszuruhen. Mehr als eine Stunde war's auch gar nicht.«

Dann befinden sich alle anderen also immer noch auf der Party. Gut. Grant und ich müssen reden, bevor der Zirkus wieder in die Stadt kommt.

»Was du da vorhin gesagt hast, von wegen, du hättest Schuld, dass wir das Kind verloren haben ... das denkst du doch nicht wirklich, oder?«

Er schließt einen Augenblick die Augen und schlägt sie dann langsam wieder auf. »Manchmal bin ich rau mit dir umgegangen. Du bist so zierlich und ich habe es geliebt, dich mit meinem riesigen, rüpelhaften Körper zu dominieren. Und an jenem Abend konnte ich nicht anders, als zu denken, dass ich mit zu der Fehlgeburt beigetragen habe. Und ich habe mich nicht getraut, das einzugestehen, weshalb ich versucht habe, mich danach von dir fernzuhalten. Vorsichtig zu sein.«

Während ich meine Trauerphase mit dem Versuch verbrachte, meinen Ehemann neu zu verführen, machte er sich mit Schuldgefühlen über eine Rolle fertig, die er angeblich in unserer Tragödie gespielt hatte.

Ich schlinge die Hand um seinen Nacken und ziehe ihn

zu mir. »Nichts, was du getan hast, hat die Fehlgeburt ausgelöst, Grant. Das war halt einfach so. Ein Schwachpunkt von mir …«

»Nein. Nimm das nicht auf deine Kappe. Nicht wieder. An dir hat es nicht gelegen.«

Ah, aber … »Es war nicht das erste Mal.«

Er stützt sich auf seinen Ellbogen. Seine Augen gleichen blauen Flammen. »Wie meinst du das?«

»Während des Studiums ist mir so was schon mal passiert. In unserem zweiten Jahr. Ich hab nicht mal gewusst, dass ich schwanger bin, aber ich hatte furchtbare Krämpfe und habe das auf eine wirklich schlimme Periode geschoben. Und dass ich wegen der Prüfungen gestresst wäre oder so was.« Die Worte sprudeln mir in einem Schwall heraus. »Aber ich war spät dran und es kam zum falschen Zeitpunkt und …«

»Bist du zu einem Arzt gegangen?«, schnauzt er.

Ich nicke. »Die Ärztin meinte, es würde sich vermutlich um einen Abgang handeln, dass das üblicher sei, als man vermuten würde. Ich wollte dich nicht beunruhigen. Ich dachte, so käme ich leichter darüber hinweg. Indem ich nach vorn schaue.«

»Leichter.« Es kommt leise heraus. Tödlich.

Mein Herz flattert wie die Flügel eines jungen Vogels. »Ich wollte dir das nicht aufbürden. Ein weiteres Problem.«

Er setzt sich auf, stützt seine kräftigen Unterarme auf seine Knie. »Das ist dir schon mal passiert, vor Jahren, und als es wieder geschah, wolltest du mich nicht damit belasten? Wir haben die beschissenste Zeit unseres Lebens durchgemacht, waren zu keiner Kommunikation mehr fähig, am Boden zerstört und du wolltest mir nicht mal diese verdammt grundlegende Sache erzählen, die konkret war und auf die wir uns hätten fokussieren können, um über den Berg zu kommen. Vielleicht hätten wir in medizinischer Hinsicht etwas unternehmen und von einer anderen Warte aus darüber sprechen können!«

»Ich war zu sehr mit der Gegenwart beschäftigt. Damit, was jetzt mit mir geschieht. Also, zu dem Zeitpunkt.«

Verachtung verschattet seine Augen und mir geht auf, dass ich einen Riesenfehler gemacht habe.

Ich hätte ihm alles erzählen müssen, um ihn von aller vermeintlichen Schuld freizusprechen. Aber mir war ja gar nicht klar gewesen, dass er sich überhaupt damit herumquälte.

Weil du nicht gefragt hast, Aubrey. Weil du nicht weißt, wie.

»Ich habe gewusst, dass ich dieses Problem habe, und als mir klar wurde, dass es deinen Traum von einer Familie zerstören könnte …«

»Du warst der Traum, Aubrey! Ich wollte dich. Die Frau, die mich so liebt, dass sie mir ihre tiefsten, dunkelsten Ängste verrät. Aber weißt du was? Diese Frau existiert nicht. Sie ist ein Fantasiegebilde, das ich erfunden habe, weil ich vom Rest geblendet war. Von der Schönheit außerhalb meiner Liga, die einem Südstaatenjungen ihre Gunst schenkt. Kinder wären toll, aber sollte das nicht klappen, würden wir uns etwas einfallen lassen, schließlich gibt es eine Million Kids auf der Welt, die liebende Eltern brauchen. Aber weißt du, was sie noch brauchen? Eltern, die miteinander reden. Die nicht alles für sich behalten, als könnten sie Preise dafür gewinnen, wer die meisten Geheimnisse bewahren und den meisten Schmerz verinnerlichen kann.«

Er reißt die Bettdecke zurück und sammelt seine im Schlafzimmer herumliegenden Kleidungsstücke auf.

Panik steigt in mir hoch. »Grant, ich habe einen großen Fehler gemacht. Das weiß ich. Aber es ist neu für mich, mein

Inneres nach außen zu kehren. Ich habe lange gebraucht, um einen Ort zu finden, an dem ich das kann.«

»Das sagtest du bereits. Aber wir waren jahrelang zusammen, Aubrey, und du hast dich mir gegenüber trotzdem nie geöffnet. Nicht gänzlich. Dafür kannst du deine Familie verantwortlich machen oder deine Erziehung, die Massen von Geld oder den gottverdammten Country-Club, aber als du mir dringend hättest entgegenkommen und mir davon erzählen müssen, da hast du dich dazu entschieden, das nur zu machen, wenn es zwingend erforderlich ist.« Er steigt in seine Anzughose.

Ich weiß nicht, was ich darauf antworten soll. Unser einziges, wahres Streitthema hat uns wieder in seinem Griff und wir scheinen dazu verurteilt, uns im Kreis zu drehen. Ich bin verschlossen und nicht verfügbar. Er hingegen gleicht einem Aushängeschild für Kommunikation, was ich nicht zu schätzen weiß. Zwei Archetypen, die sich niemals in der Mitte werden treffen können.

Er hat recht. Ich verdiene ihn nicht und werde ihn nie glücklich machen.

Er schnappt sich sein Hemd vom Boden, zieht es aber nicht an, sondern quält mich mit dem Anblick seines durchtrainierten Brustkorbs – dem, den ich vielleicht nie wieder berühren darf. »Ich bin auf dem Weg nach Georgia.«

»Okay.«

Trauriges, ungläubiges Kopfschütteln. »Das war's? Nur *okay?*«

»Grant, du bist ohne mich besser dran.«

»Was bist du doch für ein Feigling!«

Es ist, als hätte er mich geohrfeigt. Doch ich verdiene es. Ich verdiene Schlimmeres.

Zwei Sekunden später ist er verschwunden.

21. KAPITEL

Aubrey

Auf dem Couchtisch in Grans Wohnung lachen mich auf einem Teller Brownies an. Vermutlich sind sie mit Haschisch versetzt.

»Die macht Jordie für dich?«

»Was soll er denn sonst den ganzen Tag machen, wenn ich mein Nickerchen halte?«

Gutes Argument.

Ich bin versucht, mich mit den Keksen meiner Großmutter zuzudröhnen, doch mein Speed findet sich wohl eher in dem Weinglas in meiner Hand.

Ich kann nicht fassen, dass Grant mich verlassen hat. Einmal mehr.

Du hast ihn vertrieben. Einmal mehr.

»Na, da hast du dir ja eine schöne Suppe eingebrockt, Mädel.«

»Jedes Mal, wenn ich denke, es geht mit uns voran, baue ich irgendeinen Mist und mache alles wieder kaputt.«

Seufzend beißt sie in ihren Brownie. Nach ihrem verzückten Blick zu urteilen, scheint sie dessen Genuss augenblicklich in einen Rauschzustand zu versetzen.

»Du hättest es mir erzählen sollen, Darling. Von dem Baby, der Scheidung, von allem.«

»Ich bin nicht wie du, Libby. Vielleicht kann ich mich insofern mit dir messen, als dass ich auch mal ›Scheiß drauf‹ sagen kann. Aber so etwas zu offenbaren, das packe ich einfach nicht.«

»Du meinst wohl, zu viele Informationen preiszugeben?« Sie lacht herzhaft. »Ich weiß, ich rede zu viel und bringe dich damit höllisch in Verlegenheit. Ich habe nie erwartet, dass du mir da nachkommen würdest, hatte aber gehofft ...« Sie verstummt. Ihre Enttäuschung über mich ist offensichtlich.

»Ich bin froh, dass du für Grant da warst.« Es ist mir ernst damit, obwohl das Eingeständnis schmerzt. »So, wie ich es nicht sein konnte.«

»Habe ich dir je von dem Piloten erzählt, mit dem ich 1943 eine Affäre hatte? Er stand kurz davor, an die Front zu ziehen, und da war ich, das hübscheste aller March-Girls ... Weil wir nicht zu stoppen waren, hat man uns die ›Wild Ones‹ genannt. Hätte man mich mit den Männern kämpfen lassen, hätte ich mich auch verpflichtet. Heutzutage habt ihr jungen Frauen es so einfach. Könnt tun und lassen, was ihr wollt.«

Manchmal frage ich mich, ob mir meine Gran eigentlich jemals zuhört. In welchem Zusammenhang steht das hier zu irgendetwas, das gerade vorgeht?

»Marvin McTavish hieß er«, fährt sie fort. »Er hatte sehr kurz geschnittenes rotes Haar und das galt untenrum ebenso, das kann ich dir sagen.«

O Gott, ich will so was von überhaupt nichts über die Sexeroberungen meiner Gran hören, vor allem nicht, wenn sie erfunden sind. Marvin McTavish, so ein Blödsinn! »Gibt's irgendeinen Grund, dass du diese Story jetzt vom Stapel lässt?«

»Kommt schon noch!«, versetzt sie, doch das kaufe ich ihr nicht ab. »Kaum war er zwanzig Minuten in Frankreich, da war er auch schon tot.«

»Moment mal, 1943 warst du vierzehn!«

»Ich weiß, ich war eben eine Spätentwicklerin. Marvin hat mich geküsst und gesagt: ›Vergiss mich nicht, Lizzie.‹ Und ich hab gesagt: ›Nenn mich nicht Lizzie, du Blödmann. Libby heiße ich. Du hast mir nie richtig zugehört!‹«

Ich warte auf die Pointe, die ziemlich sicher lang wird.

»Die Sache ist die, dass Grant dir zugehört *hat*. Er hat dir zu gut zugehört und er hat dich alle Entscheidungen treffen lassen, wie diese Situation sich entwickeln soll. Du hast bestimmt, wie das Ganze abzulaufen hat und welche Informationen weitergegeben werden.«

Das ist mir doch alles klar. »Hey, du sollst mich doch aufbauen!«

»Du möchtest dich besser fühlen? Iss einen Brownie! Wenn du die Wahrheit erfahren willst, dann hör mir zu.« Sie lehnt sich zu mir und umfasst mein Kinn. »Ich habe alles versucht, dass du nicht so wirst wie sie, Aubrey. Aber, verdammt, wie stur du warst! Hast gedacht, dein Schutzwall wäre deine Stärke, wo er in Wirklichkeit eine Schwäche war. Grant hat herausgefunden, wie man dich dazu bringt, darauf zu verzichten. Vollkommenheit wollte er nie, weil er dachte, er hätte sie schon gefunden. Mit dir, samt Narben und allem.«

Ich ersticke fast daran, dass ich alles für mich behalten möchte.

»Libby, ich habe ein Kind verloren!«, platzt es doch aus mir heraus.

»Ich weiß, Darling. Und es tut mir leid.«

Der ganze Kummer und Schmerz, den ich in mich hineingefressen habe, brodelt hoch. Libby legt einen knochigen Arm um mich und zieht mich an sich.

»Aber schlimmer, ich habe die eine Person verloren, die für mich da sein wollte. Weil ich sie nicht ließ.« Meine Kehle ist wie zugeschnürt, mir juckt die Nase und dann kann ich nicht mehr anders und heule los. »Ich habe alles kaputt gemacht!«

»Du bist schon immer zu hart mit dir ins Gericht gegangen, Darling. Als müsstest du beweisen, dass du dir deinen Platz hier verdient hast, wohingegen du in Wirklichkeit hundert von ihnen wert bist. Ich erkenne das und Grant tut es auch.«

»Ich bin ... ich bin zu verschlossen für ihn. Er braucht jemand Weicheres. Jemand Fürsorgliches.«

Meine Gran macht ein skeptisches Gesicht. »Eine fürsorgliche Person pro Beziehung reicht. Lass Grant seine Stärken ausspielen - auf dich aufzupassen, deinen Unsinn hinzunehmen - und du gibst ihm, was er braucht.«

Und das wäre? Zu einer Ehe muss jeder Partner seinen Teil beitragen. Welche Lücken fülle ich für Grant?

Auf meine unausgesprochene Bitte hin erwidert Libby: »Du hast Leidenschaft, Humor, Tatendrang. Das alles hat eine Generation übersprungen und ist von mir direkt auf dich übergegangen. Aber du solltest da nicht alleine durch, nicht, wenn du so einen großartigen Mann an deiner Seite hast. Lass ihn dich einfach lieben, wie du es verdienst.«

Das Ding ist, dass ich nicht glaube, Grants Liebe zu verdienen. Und solange ich meinen Wert nicht erkenne, nicht weiß, was ich zu dieser Beziehung beitragen kann, kann ich wohl kaum die Frau sein, die er braucht.

Als ich meine Sachen zusammenpacke, klopft es an meiner Zimmertür. Ich drehe mich um.

»Mom!«

Als würde sie erwarten, dass ich Gesellschaft habe, sieht sie hinter mich. Es ist aber nur Cat Damon, der beim Anblick meiner Besucherin zu miauen beginnt. »Darf ich reinkommen?«

»Natürlich.« Ich trete beiseite, damit sie hereinkommen kann. Sie nimmt auf einem Sessel Platz und ich setze mich aufs Bett.

»Du lieber Himmel, so viele Dramen!« Sie macht eine wegwerfende Handbewegung. »Und dein Vater bringt's fertig, dass sich alles wieder nur um ihn dreht!«

»Es tut mir leid, dass du auf der Feier so einer peinlichen Situation ausgesetzt warst. Das ist das Schlimmste, was passieren konnte, ich weiß.«

Sie sieht mich zweifelnd an. »Schlimmer als die Tatsache, dass mich mein Mann vor all den Jahren für Kathy aus der Personalabteilung verlassen hat? Schlimmer als herauszufinden, dass meine Tochter diesen Schmerz mit sich herumträgt und entschieden hat, mir nichts davon zu erzählen?«

»Mom, so eine Familie sind wir nicht. Ganz ehrlich, du wärst die letzte Person, der ich je mein Herz ausschütten würde.«

Kurz verschattet etwas - Schmerz vielleicht? - das Gesicht meiner Mutter, doch Profi, der sie ist, hat sie das schnell wieder im Griff. »Hast du dich je gefragt, warum ich die Vertraulichkeiten zwischen Mutter und Tochter nie gefördert habe? Warum ich dich weggeschickt und erwartet habe, dass du auf eigenen Füßen stehst?«

»Ich hatte so meine Vermutungen.« Meine Stimme zittert.

»Weil ich immer daran geglaubt habe, dass du die Frau sein würdest, die ich nie sein konnte. Unabhängig, stark, jemand, der auf die Regeln der Höflichkeit pfeift. Du warst mein Wunderkind, und …«

»Ich war dein *was?*«

»Wir alle wissen, dass dein Vater außerordentlich fruchtbar ist. Hast du dich je gefragt, warum wir keine leiblichen Kinder bekommen haben?«

Weil ... sie keine kriegen konnte. Dabei war ich immer davon ausgegangen, dass sie einfach nicht der mütterliche Typ war. Mein Herz klopft zum Zerspringen. »Warum habe ich das nie erfahren?«

»Das war nicht nötig beziehungsweise ...« Sie hält inne und legt den Kopf schief. »... haben wir über solche Dinge einfach nicht gesprochen. Heutzutage dagegen brennt jeder darauf, sich über so etwas auf Facebook oder Twitter auszubreiten. Diese Möglichkeiten hat es damals nicht gegeben. Ich war neu in den Staaten, ohne Freunde, eine Ausgestoßene, weil ich einem verheirateten Manne das Herz gestohlen hatte. Die Frauen im Country-Club sahen alle auf mich herab. Und dein Vater wollte nicht zum Arzt wegen unserer Kinderlosigkeit, weil wir ja schon die Jungs hatten und er es deshalb nicht für wichtig hielt. Und dann kamst du.«

»Aber ich wurde dir doch aufgezwungen!«, platzt es aus mir heraus. »Dads Fehler, der leibhaftige Beweis für seine Untreue. Wie hast du mich überhaupt ertragen können?«

Ihre Augen glänzen. »Vielleicht habe ich mich nach außen hin nicht so liebevoll gezeigt, wie ich es hätte tun sollen. Ich nehme an, ich wollte nicht, dass dein Vater denkt, er hätte gewonnen. Die Jungs haben immer so viel Aufmerksamkeit gefordert. Du dagegen, Aubrey? Du warst so unabhängig, immer strebsam. Entschlossen, es aus eigener Kraft zu schaffen. Ich habe dich dafür bewundert und es dir vielleicht übel genommen, dass du dich zu der Frau entwickelst, die ich nie sein konnte. Völlig gleichgültig gegenüber dem, was andere denken mögen.«

»Was du dachtest, war mir wichtig!« Aber stimmt das überhaupt? Ich stehe auf, da ich mich nur aufrecht richtig ausdrücken kann. »Es war mir immer wichtig und ich habe geglaubt, ich wäre eine ständige Enttäuschung für dich. Du fandest es furchtbar, dass ich Anwältin wurde …«

»Scheidungsanwältin, Aubrey.«

»… und dass ich Grant heirate.«

»Ja, weil ich es für gefährlich gehalten habe. Der Mann ist besessen von dir!«

Auf eine Art, wie es Dad von ihr nie war. »Ist das dein Problem? Du bist eifersüchtig?«

»*Grün vor Neid, ma petite.*« Sie lächelt, als würde das alles entschuldigen. Ich habe eine Art Chamäleon vor mir, das sich für jedes Unrecht, für das sie sich ihrer Meinung nach rechtfertigen muss, neue Argumente einfallen lässt. Eine stringente Verteidigung sieht anders aus und, verdammt, niemand kennt die Gesetze des emotionalen Gepäcks so gut wie ich.

»So läuft das nicht. Du kannst die Jahre nicht einfach durch das Geständnis beiseitewischen, dass du kein Kind bekommen konntest und ich irgendwie kein vollwertiger Ersatz dafür war. Kannst nicht behaupten, du wolltest, dass ich unabhängig sei, und mir im nächsten Atemzug erklären, ich hätte mich falsch geschminkt oder würde nicht die richtigen Handschuhe tragen. Und du kannst mir ganz sicher nicht sagen, dass du meinen Mann nicht magst, weil er mich zu sehr geliebt hat. Nein. Wirklich nicht. Vergiss es!«

Sie seufzt auf. »Nichts davon, was ich sage, willst du hören.«

»Wie wär's mit einer Entschuldigung?«

»Du hast recht. Ich … ich wusste nicht, was ich mit dir anfangen soll, mit diesem wunderschönen Mädchen, das ein

Beweis dafür war, dass es nicht an meinem Mann lag. Er fand eine Frau, die ihm ein Kind schenkte, und dann erwartete er von mir, dass ich ihm aus dem Schlamassel helfe.«

»Ich. Das Schlamassel.«

»Und dennoch …« Sie wirkt nachdenklich, als ob ihre Worte von eben in keinster Weise verletzend waren. »… habe ich habe dich, obwohl ich mich für mein Versagen gehasst habe, vom ersten Augenblick an geliebt. Und mir gedacht, wenn ich denn deine Mutter sein soll, dann würde ich dich zu dem Kind formen, das ich mir gewünscht habe. Aber du hast dich gewehrt. Immer.«

Tränen drohen mich zu überwältigen. Meine Kehle ist wie zugeschnürt. »Meine Kindheit hat sich wie ein Schlachtfeld angefühlt. Ich war immer hin- und hergerissen zwischen dem Versuch, dir zu gefallen und ein wenig von Dads flüchtiger Aufmerksamkeit zu erhaschen. Von deinem Verlust hatte ich keine Ahnung. Aber mir ist klar, dass es schrecklich gewesen sein muss, das Kind der Geliebten deines Mannes aufzuziehen. Das wünsche ich keinem, und trotzdem war es unfair von dir, mich dafür zu bestrafen.«

»Ich habe es auf mich genommen, aber vielleicht nicht so aus vollem Herzen, wie du es verdient hättest.« Sie drückt mir die Hand, doch das macht nicht wett, wie klein ich mich fühle. Wie unzulänglich ich mich immer gefühlt habe. Davon, dass ich mir ein Leben lang wie der letzte Dreck vorgekommen bin, wird man durch ein mit Ausreden und halbherzigen Entschuldigungen gespicktes Gespräch auch nicht freigesprochen.

Ich entziehe ihr meine Hand.

Allerdings habe ich mich nicht immer ungeliebt gefühlt. Libby hat mir diese frühen Jahre erträglich gemacht. Und dann lernte ich einen wundervollen jungen Mann aus den

Südstaaten kennen, der auf Anhieb sein Herz an mich verlor. Der nie an mir zweifelte, selbst als ich es tat.

Grant hat mich immer derart mit Hochachtung und Liebe behandelt, dass mir die Erkenntnis das Herz bricht, dass ich ihn nicht verdiene. Doch etwas Gutes hat diese Einsicht auch. Nachdem ich eine auf Liebe und Respekt aufgebaute Beziehung erlebt habe, weiß ich, dass ich meiner Mutter helfen kann.

»Mom, du verdienst etwas viel Besseres als Jeffrey Gates. Lass mich dir helfen, dem Ganzen ein Ende zu setzen und deine Selbstachtung zurückzugewinnen.«

»Aubrey, das ist nicht nötig …« Sie hält inne, vielleicht weil sie erkennt, dass sie mit ihren schalen Leugnungen vor Gericht nicht mehr durchkommt. Ich habe etwas in ihr gesehen – etwas, woran sich arbeiten lässt – und das lässt sich nun nicht mehr in die Flasche zurückstopfen. »Damit solltest du dich nicht befassen müssen. Ich kriege das schon hin.«

»Das möchte ich aber. Ich möchte dich von meinen juristischen Fachkenntnissen und meiner Lebenserfahrung profitieren lassen. Du musst da nicht alleine durch.« Ich umarme sie und zum ersten Mal, seit ich weiß nicht wie lange, drückt sie mich zur Bestätigung unseres neuen und zerbrechlichen Bandes zurück. Eines Bandes, das sich, so hoffe ich, vertiefen wird, während wir lernen, endlich ehrlich zueinander zu sein.

22. KAPITEL

Grant

»Wird auch Zeit, dass du dich mal wieder blicken lässt!« Meine Mutter umfasst meinen Nacken und zieht mich zu einem Kuss zu sich hinunter. »Du meine Güte, inzwischen bist du größer als ein Chicagoer Wolkenkratzer!«

Obwohl ich nicht mehr wachse, seit ich sechzehn bin, erklärt mir Sherry das bei jedem Wiedersehen. »Die müssen dem Trinkwasser in Windy City wohl was zusetzen.« Das wiederum erkläre ich jedes Mal.

Jake taucht hinter meiner Mom auf und streckt mir um sie herum die Hand entgegen. »Grant! Schön, dich zu sehen.«

»Ebenfalls. Happy Thanksgiving. Sorry, dass ich schon so früh bei euch aufschlage. Oder so spät, wie man's nimmt.« Es ist zwei Uhr nachts. Zum Glück habe ich gerade noch den letzten Flieger aus Boston erwischt. »Ich musste einfach …« Ich schüttele den Kopf.

»Hon, was ist los?« Moms Augen glänzen besorgt. »Geht's um Aubrey?«

»Ja, aber nicht nur. Wo ist das Käferchen?«

»Sie übernachtet bei Freundinnen. Wir haben nicht vor morgen Vormittag mit dir gerechnet. Es wird sie wurmen, dass sie bei deiner Ankunft nicht da war.«

»Vielleicht ist das ja ganz gut so. Momma, ich muss dir

was sagen.« Ich hole tief Luft. »Es geht darum, warum Aubrey und ich uns getrennt haben.«

Achtzehn Minuten darauf kippe ich mein zweites Bier und sehe hilflos zu, wie meine Mutter in Tränen ausbricht. Zum Glück ist Jake da und nimmt sich ihrer an.

»Du hättest es mir sagen müssen«, schluchzt sie.

»Ich weiß. Aber ich habe geglaubt, Aubrey beschützen zu müssen. Sie ist so furchtbar introvertiert und auch wenn sie etwas mehr aus sich herausgeht, seitdem sie mit mir zusammen ist, hat sie diesen Yankee-Kodex ›Weitermachen, kein Trübsal blasen‹ immer noch verinnerlicht. Gesund ist das nicht, aber so ist sie nun mal erzogen worden.«

Jake streicht meiner Mutter über den Rücken. »Danke, dass du es uns erzählt hast, Grant. Es muss schwer für dich sein, darüber zu reden, ich weiß.«

»Stimmt, aber allmählich fällt es mir leichter. Aubrey und ich haben uns endlich ausgesprochen. Eigentlich dachte ich, es ginge voran, aber bei ihr geht es nach zwei Schritten vorwärts leider immer fünf zurück. Damals habe ich versucht, stark für meine Frau zu sein und mich ihrer Art, damit umzugehen, anzupassen, aber als Libby dann eines Tages anrief, ist einfach alles, was ich so lange in mich hineingefressen hatte, aus mir rausgesprudelt.« Ich ergreife Sherrys Hände. »Es tut mir leid, dass ich mich einer anderen Frau anvertraut habe und nicht dir, Momma.«

Sherry wird mir das nicht übel nehmen. Diese Frau weiß nicht mal, was Groll überhaupt ist. »Ich bin einfach nur froh, dass du dich überhaupt jemandem anvertraut hast, Hon. Damit sollte niemand allein fertigwerden müssen.«

Doch genau dieses Gefühl hatte ich, allein in dieser Trauerblase, die für zwei gedacht war. Und jetzt steigt die ganze Wut wieder in mir hoch, dass mich meine Frau das hat durchmachen lassen. Hätte sie mir die ganze Wahrheit gesagt – nicht nur, dass es schon einmal passiert ist, sondern auch, dass sie die Hölle durchmacht, hätten wir vielleicht eine Lösung finden können.

»Aubrey ist noch in Boston«, meint Jake. »Was bedeutet das im Klartext für euch beide?«

Na, dass wir genauso weit sind wie zuvor. Obwohl, so ganz stimmt das nicht. In den letzten Tagen haben wir einige Fortschritte gemacht, auch wenn ich nicht weiß, was das für uns bedeutet. Ich weiß nur, dass ich von ihr wegmusste, bevor ich etwas sage, das ich hinterher bereue.

»Sie meint, ich hätte Besseres verdient. Weil sie einmal versagt hat – zweimal – und da will sie nicht noch mal durch, das weiß ich. Dabei hätte ich ihr sagen können, dass es mir darum nie gegangen ist.« Es ging mir um sie, immer nur. Sonst war alles easy.

Und jetzt? Keine Ahnung.

»Gefällt's dir?«

Ich betrachte das Armband aus neonpinken und -orangenen Perlen, das mir meine Schwester gerade gemacht hat, und teste die Festigkeit des Gummibands. Leider hält es.

»Ich find's toll, Käferchen.«

Sie lächelt mich verschmitzt an. »Es wird Zeit, dass du deine feminine Seite offener zeigst.«

Die kleine Marktschreierin weiß genau, was sie tut.

»Steht dir!«, lacht Jake, sobald Zoe in die Küche verschwindet, um meiner Mom zu helfen.

»Bin ja selbst schuld, dass ich ihr dieses Schmuck-Bastelset besorgt habe.« Ich wende mich wieder dem Spiel der Falcons zu. Passend zu meiner Stimmung geht unsere Mannschaft gerade mit fliegenden Fahnen unter.

»Es ist unglaublich, wie groß sie schon ist«, sinniert Jake. »Es kommt mir wie gestern vor, dass ich ihre Windeln gewechselt habe, in Panik geraten bin, wenn sie zu weinen anfing, und mich nicht getraut habe, schlafen zu gehen, da ihr ja genau dann etwas hätte zustoßen können, ohne dass ich es merke.« Er fängt meinen Blick auf und sein wehmütiger Gesichtsausdruck weicht einem besorgten.

»Schon okay«, nehme ich ihm die Sorge, mir Salz in die Wunde gestreut zu haben. »Ich kann über Kinder reden, ohne zusammenzubrechen.« Es ist Aubrey, mit der ich mich gerade schwertue. Zwei Jahre lang habe ich mich mit dem Schuldgefühl herumgeschlagen, zu unserer Tragödie beigetragen zu haben. Zwei Jahre darunter gelitten, Aubrey nicht an meiner Seite zu haben. Als ich mit ihr zu reden versuchte, hat sie sachdienliche Hinweise für sich behalten – im Rechtswesen gibt es dafür einen Begriff: Geheimhaltung entlastender Beweise. Meine damalige Frau entschloss sich, mir die Tatsache vorzuenthalten, dass sie bereits zuvor eine Fehlgeburt erlitten hatte.

Davon hätte ich gern gewusst, um mich besser zu fühlen.

In erster Linie hätte ich aber gern davon gewusst, damit ich ihr helfen kann, sich *selbst* besser zu fühlen.

»Was dagegen, wenn ich dir eine persönliche Frage stelle?«

Jake sieht aus, als hätte er sehr wohl etwas dagegen, doch er murmelt: »Nur zu.«

»Nachdem Mom eine ziemlich unabhängige Frau ist, gehe ich davon aus, dass es bei euch anfangs auch mal geknirscht hat.«

Jakes Stirnrunzeln verwandelt sich in ein Grinsen. »Kann man wohl sagen! Schließlich hatte sie ihr ganzes Leben nach ihrer Fasson gelebt. Sie hat darauf bestanden, dass wir uns die Rechnung teilen, wenn wir essen gingen. Wollte nicht, dass ich ihr die verdammte Toilette repariere, bevor sie nicht herumtelefoniert und herausbekommen hatte, wie viel ein Klempner dafür verlangen würde, um mich entsprechend bezahlen zu können und noch einiges mehr. Na, und als sie schwanger wurde und ich um ihre Hand angehalten habe, da hat sie Nein gesagt, verdammt. Sogar zweimal!«

Ich lächle, weil ich eindeutig einen wunden Punkt getroffen habe. »Und wie hast du sie dann weichgeklopft?«

»Sie musste selbst draufkommen. Musste herausfinden, wo wir zusammenpassen und was wir füreinander tun können. Ehe sie ihr Schutzschild gesenkt und sie sich mir gegenüber geöffnet hat, hat es ein ganzes Weilchen gedauert.«

Er nimmt einen Schluck von seinem Bier. »Deine Aubrey ist nicht leicht zu knacken, nehm ich an.«

»Richtig geraten.« In Boston hatten wir allerdings ein paar Schritte in die richtige Richtung gemacht. Sie war dort überall von Fallstricken und Giftpfeilen umgeben: von süßen Nichten und Neffen, Janice, die ihr Druck machte, ein Kind zu kriegen, der herablassenden Haltung ihrer Mutter, ihrem unreifen Vater. Eigentlich müsste ich ihr da Beistand leisten und doch bin ich hier, meilenweit weg.

Habe ich zu früh aufgegeben, ihr die verdiente Chance nicht gegeben? Aber was ist mit der Chance, die ich verdient hätte, die, die sie mir nicht geben wollte, damit ich ihr helfen kann zu heilen? Gott, wie ich es hasse, mich so zu fühlen! Verbitterung ist definitiv nicht mein Ding.

Mein Telefon klingelt – Lucas! Eigentlich sollte ich ihn ignorieren, aber vielleicht verhilft mir der alte Spinner ja zu ein bisschen Ablenkung?

»Es scheint um die Arbeit zu gehen«, erkläre ich Jake und gehe in den Salon, wo ich ungestört bin. »Jepp?«

»Das wünsche ich dir auch, mein Freund!«

»Bin gerade nicht zum Scherzen aufgelegt, *mein Freund*«, knurre ich.

»Hör mal, ich hatte einen Anruf von einem deiner Mandanten.« Er lässt einen langen Monolog über besagten Mandanten vom Stapel, der in meiner Abwesenheit eine Schulter zum Ausheulen brauchte, weshalb Lucas jetzt glaubt, ich wäre ihm eine Art Urlaubszuschlag schuldig. Vermutlich verfolgt er mit diesem lächerlichen Gespräch einen Zweck, aber mir fehlt die Energie, ihn zu unterbrechen und darauf anzusprechen. Er wird schon noch damit herausrücken.

Bedeutungsvolles Hüsteln. *Jetzt kommt's!* »Grant, Max hat mir von dem Kind erzählt, das ihr verloren habt. Das tut mir wirklich leid.«

»Danke. Es ist aber schon eine ganze Weile her.«

»Schon klar, aber ich könnte mir vorstellen, dass der ganze Kummer darüber jetzt, da du die Woche mit deiner Ex verbringst, wieder hochkommt. Ich wünschte, du hättest davon erzählt. Ich hätte dir helfen können und sei es nur, indem ich dich zum Lachen bringe. Schließlich sagt man mir nach, recht amüsant zu sein.«

»Du meinst, so wie du mir dein Herz über Lizzie ausgeschüttet hast?« Seine Zwillingsschwester starb nach langer Bettlägerigkeit vor ein paar Monaten in einem Pflegeheim. Ich kenne den Kerl seit sieben Jahren und habe erst vor einem Monat von ihrer Existenz erfahren.

»Touché«, erwidert er leichthin, woraufhin ich wegen meiner Ruppigkeit ein schlechtes Gewissen bekomme. »Dafür erzähle ich jetzt die ganze Zeit von ihr. Trin kann mich kaum zum Schweigen bringen.« Er holt tief Luft. »Ich könnte dir einen Therapeuten empfehlen.«

»Der einzige Mensch, mit dem ich je gern darüber reden

würde, ist gleichzeitig auch der einzige, der das nicht kann. Der darauf besteht, der eigenen Blaupause für Trauer zu folgen. Ich bringe Aubrey einfach nicht dazu, sich darüber zu öffnen. Versucht habe ich's.«

Letzte Woche schien sich das Blatt zu meinen Gunsten zu wenden und ich der erträumten Zukunft einen kleinen Schritt näher zu kommen. »Wie bist du darüber hinweggekommen, Lucas? Über den Verlust dieser einen Person, die ein so großer Teil von dir war?«

»Das bin ich gar nicht«, sagt er, ohne zu zögern. »Und will es auch nicht. Ich will Lizzie hierbehalten, hier in meinem Herzen.« Nach einer Pause setzt er hinzu: »Ich habe meine Hand übrigens gerade äußerst innig auf meine Brust gelegt.«

Ich lache und wundere mich darüber, wie wenig ich ihn eigentlich kenne. Man verbringt so viel Zeit mit jemandem und doch bleibt einem sein komplexes Innenleben verborgen.

»Du siehst also, ich bin genau das, was du brauchst, mein Freund!«

»Ach, fuck off!«

»Das nenn ich die richtige Einstellung! Hör zu, Grant«, seine Stimme wird tiefer, ernster, »dass Aubrey darauf beharrt, auf ihre eigene Weise zu trauern – das ist okay. Es gibt nicht nur den einen Weg. Jeder geht anders damit um, und linear verläuft's auch nicht immer. Klar, Seelenklempner werden dir sagen, dass es verschiedene Stadien gibt, und vielleicht bist du schon im Stadium der Akzeptanz, während Aubs immer noch in der depressiven Phase steckt. Oder euch packt ab und an wieder die Wut, weil euch dieses Kind genommen wurde und alles einfach so verdammt unfair ist. Nicht nur, weil ihr es verloren habt, sondern auch, weil sich eure Gefühle dadurch ändern mussten. Für jemand so Kontrollsüchtigen wie Aubrey ist das eine Menge Stoff, mit dem sie klarkommen muss.«

Er hat recht – wer hätte gedacht, dass ich das jemals über Lucas behaupten würde? Aubrey ist mit ihren Emotionen schon immer ähnlich umgegangen, mit einem Verteidigungsmechanismus zur Kontrolle über ihr Leben nämlich. Ich dagegen hatte es leichter, ich konnte auf meine inneren Ressourcen zugreifen, die mir zur Verfügung stehen, da ich eine Mutter habe, die in bestimmten Situationen immer nachfragt, wie ich mich fühle. Wir stehen uns so nahe, dass ich es ihr immer eher anvertrauen als verschweigen würde. Aubrey dagegen? Nach dem Verlust unseres ungeborenen Kindes musste sie Farbe hinsichtlich der Gefühle bekennen, die sie hinsichtlich ihres nachlässigen Vaters, ihrer kalten Mutter und ihrer unglücklichen Kindheit und Jugend immer zu unterdrücken versucht hat. Lucas redet immer noch, der Bursche kann ja gar nicht anders.

»Nun, da ihr in puncto Gefühle mal alles rausgelassen habt ... äh, das habt ihr doch, oder?«

»Das kannst du aber laut sagen.«

»Perfekt! Ihr müsst so richtig in der Scheiße stecken und alles muss zum Himmel stinken. Es muss so richtig hässlich werden, alle Dämme müssen brechen, es muss ...«

»Lucas, könntest du auf den Punkt kommen? Sofern es den gibt?«

Er gibt einen missbilligenden Laut von sich. »Du bist gereizt, mein Freund. Was ich zu sagen versuche, ist, dass ihr erst Tabula rasa machen müsst, bevor ihr die Kluft zwischen euch überwinden könnt. Aber so wie zuvor wird es nicht mehr sein, Grant. Das kann es nicht.«

Ich denke darüber nach. »Ich möchte nur, dass wieder ein ›wir‹ aus uns wird. Grant und Aubrey. So, wie's mal war.« In diesem Punkt sind Aubrey und ich uns einig, glaube ich. Wir wollen zu der Gewissheit des »Früher« zurückkehren.

»Vielleicht ist das euer ›New Normal‹. Anstatt zu meinen, dass ihr auf dem großen X landen müsst, das euren früheren Glückszustand markiert oder das, was ihr vor diesem großen Ereignis als euer perfektes Leben betrachtet habt, solltet ihr vielleicht einfach anerkennen, dass das Leben für ein derart eindeutiges Schubladendenken zu chaotisch ist.«

Da gebe ich ihm gern recht, auch wenn es mein aktuelles Problem nicht löst: Aubrey und ich sind meilenweit voneinander entfernt, physisch wie emotional.

Und das macht mich fertig, verdammt!

»Hey, danke. Für den Anruf, fürs Zuhören, dafür, dass du … na, du weißt schon. Dass du so ein nerviger Freund bist.«

»Gerne wieder. Dafür schuldest du mir allerdings ein paar Pints im *Frog and Footman*, wenn du zurückkommst. Und ja, ich werde mich um die Anrufe deiner Mandanten kümmern, weil du dafür jetzt keinen Nerv hast. Ich kann das sowieso viel besser.«

23. KAPITEL

Grant

»Ein bisschen früh, die Aktion«, raune ich Jake möglichst leise zu, damit meine kleine Schwester es nicht hört. »Findest du nicht?«

»Na, morgen bist du ja wieder weg«, lässt sich Zoe vernehmen, die mit ihren neugierigen Lauschern alles mitbekommen hat. »Also müssen wir das jetzt erledigen.«

Es ist Montagabend nach Thanksgiving und wir schmücken den Baum. Dabei habe ich diesen ganzen Feiertagskram mehr als satt. Morgen fliege ich nach Boston zurück, um meinen Wagen zu holen, weshalb ich mir darüber klar werden muss, ob die Rückfahrt inklusive Aubrey und Cat Damon stattfinden wird. Ich will sie sehen – das will ich immer –, aber ich bin eben auch Masochist durch und durch.

»Bitte, ein Eggnog für dich.« Mit einem Zwinkern und einem Lächeln drückt mir meine Mom ein Gläschen in die Hand. Wie ich sie kenne, ist garantiert ordentlich Rum mit drin.

»Zu Weihnachten bin ich ja wieder da, Zoe.«
»Mit Aubrey?«
»Nein. Aubrey und ich sind nicht mehr zusammen.«
»Vielleicht kannst du ihr ein Geschenk von mir mitbringen. Ich habe ihr ein Fußkettchen gemacht.«

Es läutet und Sherry geht zur Tür. »Das werden Gary und

John von nebenan sein. Ich habe ihnen gesagt, sie sollen auf einen Drink vorbeikommen.« Es ist Moms Lieblingsbeschäftigung, alle möglichen Leute zu sich einzuladen.

Ich höre ein Kreischen, dann Frauenlachen. Gary und John sind das also schon mal nicht. In den darauffolgenden Soundtrack von Menschen, die irgendetwas tun, mischt sich zu meiner großen Überraschung ein klägliches, leicht krächzendes Miauen, das ich überall herauskennen würde.

Der verdammte Kater!

Ich gehe auf den Flur hinaus und blicke geradewegs in zwei wunderschöne silbergraue Augen.

»Aubrey!«

»Ja, äh, da bin ich!« Kurz versagt ihr die Stimme, was ich auf Nervosität zurückführe. Sie stellt den Katzentransporter ab.

Die nächsten Minuten verbringen wir damit, Aubrey aus dem Mantel zu helfen (dem roten, den ich so liebe), ihren Gips zu begutachten (die Schlinge ist weg), ihr einen Platz auf dem Sofa anzubieten *(Oh, ihr schmückt den Baum! Was für ein Prachtstück!)*, sie mit Eierlikör (mit ordentlich Rum drin) zu versorgen und uns ganz allgemein darum zu kümmern, dass sich unser Gast wohlfühlt.

»Stört es euch, wenn ich ihn freilasse?« Aubrey deutet auf Cat Damon, der an der Tür seiner Box kratzt. »Um den Baum braucht ihr euch keine Sorgen zu machen. Cat Damon mag den Geruch nicht.«

Weil es irgendwie unangenehm ist, wenn die Ex-Frau im Elternhaus auftaucht, scheint jeder froh zu sein, dass die Beschäftigung mit dem Kater Ablenkung bietet. Zoe kümmert sich liebevoll um ihn, doch ich lasse ihn trotzdem nicht aus den Augen, da das rabiate kleine Mistvieh jederzeit noch rabiater werden könnte.

»Aubrey, wie bist du denn hergekommen?«

»Ich bin geflogen!«

»Was?«

Sie kichert und mein Herz zieht sich bei dem Klang schmerzhaft zusammen. »Ich habe ein Flugzeug genommen. Also nicht, dass ich es selbst geflogen hätte. Das wäre verrückt und es ist ja nicht so, dass ich innerhalb von achtundvierzig Stunden lernen könnte, ein Flugzeug zu fliegen. Außerdem bin ich ein bisschen« - sie senkt die Stimme oder glaubt zumindest, es zu tun - »beschwipst. Aber so allmählich werde ich wieder nüchtern.«

»Alles in bester Ordnung, Schätzchen!«, schaltet sich meine Mom ein. »Wir müssen ihr etwas zu essen machen. Jake, stell ihr einen Teller mit Truthahn und Kartoffelpüree zusammen. Aber keine grünen Bohnen, die mag Aubrey nicht.«

Aubreys Augen weiten sich. Sie versucht, die Tränen zurückzuhalten, das merke ich. »Das weißt du noch?«

»Aber natürlich! Bei einem deiner Besuche wurde deswegen ja ein großes Tamtam gemacht und nachdem du sie nicht essen wolltest, hat Zoe gemeint, sie müsste es auch nicht.«

»Ich hasse sie«, sagt Zoe aus Solidarität, obwohl seit ihrem zweiten Lebensjahr keine einzige grüne Bohne mehr den Weg in ihren Mund gefunden hat.

Aubrey umfasst Zoes Gesicht. »Du bist so groß geworden. Und so hübsch! Und Sherry, ich brauche im Moment nichts zu essen. Es ist einfach nur so schön, euch alle zu sehen.« Sie weicht meinem Blick aus und nippt wieder an ihrem Eggnog. »Hmm, Rum! Hoffentlich macht es euch nichts aus, dass ich einfach so bei euch reinschneie.«

»Du bist hier immer willkommen, Aubrey.« Wieder Mom.

»Du solltest nicht so nett zu mir sein, Sherry. Nach allem, was ich Grant angetan habe.«

»Was hast du ihm denn angetan?«, fragt meine Schwester mit besorgter Stimme.

»Überhaupt nichts«, verteidige ich Aubrey, wie ich das immer tun würde.

»Ich war nicht sonderlich nett zu ihm. Hab ihm das Leben zur Hölle gemacht, um ehrlich zu sein.« Endlich sieht sie mich an.

»Ach so, ihr habt euch gestritten«, folgert Zoe nüchtern. »Mom und Dad streiten sich auch, aber er entschuldigt sich immer.«

»Nicht immer«, versetzt meine Mom und klingt dabei leicht verlegen. »Außerdem entschuldige ich mich manchmal auch.«

Daraufhin hüstelt Jake vielsagend, was alle zum Lachen bringt, außer Zoe, die nicht versteht, was daran so lustig sein soll.

»Ich kann selbst nicht glauben, dass ich geflogen bin«, erklärt Aubrey. »Ich habe keinen Linienflug mehr ergattern können, aber einer von Dads Freunden hat ein Flugzeug. Nach dem Austausch eines kleinen Vermögens hat er sich bereit erklärt, mich hier herzufliegen. Oder hin?« Sie schüttelt den Kopf. »Jedenfalls habe ich an der Flughafenbar zwei Wodkas gekippt und im Flieger dann noch mal zwei. Ich musste unbedingt mit dir reden, Georgia.«

»Ich wäre morgen eh zurückgekommen, um das Auto zu holen. Die Art, wie ich verschwunden bin, hat mir nicht gefallen. Das war nicht richtig.«

»Nein – nein, Grant, das stimmt nicht. Du hattest jedes Recht dazu. Jedes verdammte Recht dazu, mich mit meinem Sch... äh, Blödsinn zu konfrontieren.«

»Lassen wir die beiden mal in Ruhe reden«, unterbricht uns Mom und schiebt Jake und Zoe so schnell zur Tür hinaus, dass mir der Kopf schwirrt. Gerade als ich etwas sagen will – auch wenn ich noch gar nicht genau weiß, was –, platzt Sherry wieder herein und umarmt Aubrey.

»Aubrey, wir sind so froh, dass du hier bist. Wir lieben dich so sehr!«

Woraufhin meine Ex-Frau, die Liebe meines Lebens, meine schöne Bean, die Fassung verliert.

Oh. Shit.

Sie fängt in den Armen meiner Mom haltlos zu schluchzen an und ich sehe tatenlos zu und bin offensichtlich im Weg.

Die Tür zur Küche öffnet sich einen Spalt und wie durch Zauberhand erscheint eine Kleenex-Schachtel. Ich schnappe sie mir, raune Jake meinen Dank zu und versuche mich als menschlicher Taschentuch-Spender. Schließlich lösen sich die beiden Frauen voneinander und Sherry schnappt sich sowohl für sich als auch für Aubrey ein paar Taschentücher.

»Okay, jetzt bin ich aber wirklich weg, damit ihr nett plaudern könnt.«

Nett plaudern? Wie soll ich das verstehen?

Aubrey setzt sich auf das Sofa und schnäuzt sich die Nase. »Gott, deine Mom ist einfach die Beste.«

»Allerdings.« Ich nehme neben ihr Platz, die Taschentuchbox im Schoß, und warte einfach mal ab.

Sie holt tief Luft, weil sie offensichtlich etwas sagen möchte. Vielleicht ja, weil der Wodka ihr die Zunge löst – okay definitiv deswegen –, aber es ist mir gleich, auf welchem Weg wir zu mehr Ehrlichkeit gelangen.

Aubrey sieht mich mit ihren schönen, von Tränen umflorten Augen an. »Es tut mir leid. Also dass ich dir nichts davon erzählt habe, als es das erste Mal geschah. Und dass ich es auch dann noch für mich behalten habe, als es wieder passierte. Dass ich dich auch nur für eine Sekunde in dem Glauben gelassen habe, du könntest daran schuld sein. Dass ich so egozentrisch war zu glauben, es wäre ganz und gar meine Schuld. Ich weiß nicht, ob wir kitten können, was zerbrochen ist, und ich bin nicht hier, um dich darum zu bitten, zu unserem alten Leben zurückzukehren. Ich möchte nur, dass du weißt, dass ich mir allmählich über einiges klar werde. Oder es versuche.«

»Das ist gut so. Toll.« Das ist es wirklich.

Sie lächelt. »Kennst du den Film *Vergiss mein nicht!*?«

Ich blinzele, nicht sicher, worauf sie hinauswill. »Vage.«

»Jim Carrey, der in diesem Film megagut spielt – ich meine, er sollte wirklich mehr in die Richtung romantisches Drama gehen, findest du nicht auch? Na, auf jeden Fall leidet er immer noch so unter der Beziehung mit seiner Ex, Kate Winslet, dass er die Erinnerungen daran auslöschen lassen möchte. Auf die Art, glaubt er, könne er besser nach vorn sehen. Und tatsächlich gibt es ein neuartiges Verfahren, das so etwas ermöglicht. In der Zukunft. Beziehungsweise einer Zukunft, die unserer Zukunft gleicht, aber anders ist. Eine Gedächtnislöschung ganzer Beziehungen zur Bewältigung von Trauer und Schmerz ist da möglich.«

Ich höre, was sie sagt, aber die Implikation gefällt mir nicht. »Und so etwas würdest du dir wünschen?«

»Das dachte ich. Ich dachte, um nach vorn zu blicken, wäre es das Beste, so zu tun, als wäre es nicht passiert. Als hätte es uns nicht gegeben. Ein Skalpell nehmen und das *Wir* aus mir herausschneiden.«

Wenn ich die Chance bekäme, mit meinem jetzigen Wissen alles noch mal zu erleben, würde ich sie ergreifen? »Es wäre besser, wenn wir nur die Erinnerungen entfernen könnten, die uns tief getroffen haben, die guten aber nicht.«

Ein wenig traurig lächelt sie wieder. »Bei Beziehungen geht es leider um alles oder nichts. Wir können das Schlechte nicht ignorieren und uns nur auf das Gute konzentrieren. Da fehlt die Symmetrie.«

»Symmetrie. Die ruiniert alles.«

Schweigend lassen wir diese zentrale Wahrheit sacken. Dann legt Aubrey ihre Hand auf meine, die ich unbewusst zur Faust geballt habe. »Ich glaube, du dachtest, dass dieser Trip hier, den wir umständehalber zusammen unternehmen und bei dem du dich wieder als Fels in der Brandung erweisen kannst … also, dass du dachtest, mich dadurch heilen zu können. Dass du mit Sex meine Probleme lösen könntest, deine Küsse Balsam für die Wunden wären. Oder zumindest dachtest du, ich würde mich deiner Art, die Dinge anzugehen, öffnen, wenn du nach meiner vorgehst. Die körperliche Nähe würde zur emotionalen Nähe führen.«

»Ich hatte schon schlechtere Ideen!«

Ihr Lachen gleicht einer Melodie. »Sex ist grundsätzlich keine schlechte Idee, vor allem, wenn er so gut ist wie bei uns. Aber mit deinem Vorwurf, ich würde ihn als Hilfskrücke einsetzen, hattest du recht. Wir hätten ehrlich zueinander sein und sagen müssen, was wir auf dem Herzen haben, anstatt unsere Körper das ganze Reden übernehmen zu lassen.« Sie holt tief Luft. »Ich habe dich lange nicht glücklich gemacht. Und eine Weile sogar unglaublich unglücklich. Ich war so sehr mit meinem eigenen Kummer beschäftigt, dass ich deinen gar nicht wahrgenommen oder auch nur gemerkt habe, dass du eine zutiefst schwierige Phase durchmachst. Ich wünschte, ich könnte daran etwas ändern, diese Erinnerungen zusammen mit einigen anderen, schmerzhaften, auslöschen.«

»Was wir aber nicht können.«

»Nein, das können wir nicht.« Sie blickt mit tränenverschleierten, silbergrauen Augen zu mir auf. Gott, ich hasse es, sie weinen zu sehen, aber, verdammt, genau das braucht sie. Ein radikaler Neuanfang muss her. Liefe alles im alten Stil weiter, würde ich einen weiteren Fehlschlag dieser Art nicht mehr verkraften.

Ich dachte, dass das Wissen um Aubreys Schwächen im Verein mit meiner Geduld reichen würde, um alles zu überwinden. Aber so war es nicht. Ist es nicht.

Ich muss etwas weniger geduldig sein und Aubrey ein wenig ehrlicher.

»Was willst du von mir, Aubrey?« Ich höre den Schmerz in meiner eigenen Stimme.

»Grant, in diesem Film begegnen sich die beiden in einem Zug wieder und gehen eine Beziehung ein, ohne sich bewusst zu sein, dass sie schon mal zusammen waren. Sie fühlen sich so stark zueinander hingezogen, dass nicht mal die Löschung ihrer Erinnerungen dagegen ankommt. Und als sie es herausfinden … als sie sich erinnern, da müssen sie entscheiden, ob es sich lohnt, es trotz der vorangegangenen Schwierigkeiten noch mal miteinander zu versuchen.«

»Und du findest, es wäre einen weiteren Versuch wert?«

»Das tue ich«, sagt sie, fast schon trotzig.

»Nun, Frau Rechtsanwältin.« Ich deute auf einen unbeleuchteten Punkt auf dem Boden hinter dem Couchtisch meiner Mutter, gleich rechts neben dem halb fertig dekorierten Weihnachtsbaum. »Bringen Sie Ihre Argumente vor!«

Aubrey

Bringen Sie Ihre Argumente vor!

Genau deshalb bin ich ja hier, oder? Ich weiß, Grant ist froh, mich zu sehen, aber ich weiß auch, dass das jetzt kein Spaziergang wird. Ich habe ihn zu sehr verletzt, als dass ich davon ausgehen könnte, wir bräuchten uns bloß zu küssen, um bis ans Ende aller Tage glücklich zu sein.

An einer Ehe muss man arbeiten, daher wird es Zeit, den Hintern hochzukriegen.

Ich stehe auf, bereit, mein Argument dem Richter, den Geschworenen und dem Henker vorzutragen, die sich alle im Geist und Körper dieses Mannes vereinen, den ich so verdammt sehr liebe.

»Ich bin in so vieler Hinsicht verkorkst, Grant.«

Offensichtlich überrascht über meine Eröffnungsplädoyer, hebt er eine Augenbraue. Das ist ein wenig aufrührerisch und sollte eigentlich von keinem Richter zugelassen werden.

»Ich bin ein Hasenfuß, der nach Perfektion strebt und Versagen erwartet«, fahre ich fort. »Viel zu lange habe ich gedacht, mit meinem Yankee-Stoizismus würde ich jede Schwierigkeit meistern können. In meiner Familie wird das Verlassen auf andere als genauso schlimm betrachtet wie Kommunismus. Dir dagegen wurde beigebracht, harte Arbeit und Fairness anzuerkennen. Die Familie sei wichtig und man fahre am besten damit, sich mit den Menschen zu umgeben, die man liebt.«

»Einspruch.« Er lächelt ein wenig. »Die Anwältin spielt sich auf. Außerdem ist niemand perfekt.«

Ich nehme das kleine Samenkorn, bedecke es mit Erde und lasse es in der Hoffnung wachsen, dass es durch Wasser und Sonnenlicht, dem besten Desinfektionsmittel, zu einem Baum heranwachsen wird. Cat Damon, der vielleicht merkt, dass gerade wichtige Dinge entschieden werden, springt mit einem Satz auf Grants Schoß, von wo aus er mein Plädoyer am besten verfolgen kann.

»Du und ich, wir sind immer unterschiedlich an unsere Beziehung und unsere Ehe herangegangen, aber es hat funktioniert. Natürlich wusste ich, dass ich mit diesem freundlichen, großzügigen und so tollen Mann, der bereit war, meine spezielle Art von Verrücktheit zu ertragen, das große Los gezogen hatte, aber ich wusste auch, dass ich ihn glücklich machte. Er fand mich lustig, klug und schön. Spielte keine Spielchen. Was ich sah, das bekam ich, und genau das wollte ich auch. Es war das ideale Geben und Nehmen, bis ... bis wir das Baby verloren.« Mir kommen die Tränen und Grant - der wunderbare, fürsorgliche Grant - schickt sich an, vom Sofa aufzuspringen und mich in seine Arme zu nehmen, die dafür gemacht sind, mich zu lieben.

Ich halte ihn mit einer Hand zurück. »Nein, lass mich bitte weiterreden.«

Er lehnt sich wieder zurück, obwohl man ihm anmerkt, wie schwer es ihm fällt, mich nicht trösten zu dürfen. Könnte ich ihn noch mehr lieben?

»Unsere Tochter zu verlieren - und ich dachte immer, es würde eine ›sie‹ -, war das Schlimmste, was mir je passiert ist. Oder zumindest dachte ich das, bis ich dich verloren habe. Das Wissen, dass du da draußen bist, aber nicht in meinem Leben, das hat mich umgebracht. Ich dachte, nichts könnte uns bremsen, und doch sind wir gleich an der ersten Hürde gescheitert. Das meiste davon geht auf mein Konto. Okay, alles davon.«

»Bean ...«

»Es ist okay, Grant. Ich soll mir doch Gründe einfallen lassen, warum ich meine, dass wir einen weiteren Versuch wert sind, aber mir kommen nur Gründe in den Sinn, warum ich so gut darin bin, dich zu verletzen.«

»Dann komm auf die guten Seiten zu sprechen, Gates. Schieß los.«

Ich hebe die Hand und beginne abzuzählen. »Erstens: Jeder von uns hat seine Stärken, die sich gut ergänzen. Ich bin leicht überdreht, während es kaum eine geerdetere Person gibt als dich. Ich bringe Farbe in dein Leben. Na, vielleicht ja zu viel Farbe oder Drama oder ...«

»Einspruch, das ist reine Spekulation.« Und im nächsten Atemzug spielt er den Richter. »Stattgegeben.«

Trotz der Tränen kichere ich. »Zweitens: Wenn wir zusammen sind, ist Cat Damon bedeutend ruhiger.«

Beide schauen wir Cat Damon an, der uns gleichmütig beobachtet, als wäre es ein ganz normaler Tag in unserer Ehe.

Kater. Geheilt.

»Drittens: Der Sex ist fantastisch.«

»Wie vereinbart«, murmelt Grant, tief und sexy. O Mann!

»Viertens: Ich kann nicht garantieren, dass ich mich ändern kann, aber ich wünsche es mir so, so sehr. Ich möchte meine Sichtweise ändern, meine Bewältigungsstrategien, meine Ausweichlösungen. Wenn ich wieder in Chicago bin, möchte ich zu einem Therapeuten gehen. Einem richtigen, nicht nur zu einem für Katzen. Ich will ein besserer Mensch werden, eine bessere Partnerin, einfach ... besser.« Noch immer ein wenig beschwipst, sprudeln die Worte nur so aus mir heraus.

Grants Augen werden weicher, sind so voller Liebe für mich. »Falls es hilft, komme ich mit.«

»Das wäre vielleicht nicht schlecht.« Heißt das, er will eine Paarberatung machen? Und dass wir wieder ein Paar sind? Habe ich den Fall gewonnen?

Ich muss ein Schlussplädoyer halten. Eines, das das Gericht vom Hocker haut.

Es gibt nur noch eins zu sagen.

»Ich liebe dich, Grant Roosevelt Lincoln.«

Es ist die Wahrheit, ungeschminkt und elementar, das schlichteste aller Argumente. Eine gefühlte Ewigkeit sehen wir einander an und warten darauf, dass der Richter sein Urteil spricht.

»Kannst du kurz warten?«, fragt Grant. »Ich muss etwas holen. Beweisstück A, wenn du so willst.«

»Äh, okay.« Aber er ist schon weg. Ich wende mich an Cat. »Wie war ich?«

»Arghh!«

Zwei qualvolle Minuten darauf ist Grant mit einer kleinen, stümperhaft verpackten Schachtel zurück.

»Für mich?«

»Eigentlich nicht, nein.« Nach kurzem Zögern gibt er sich einen Ruck. »Für Riley.«

Ich schnappe nach Luft, aber nicht vor Kummer, sondern Überraschung. »Ernsthaft?«

Er reicht mir das Geschenk. Ein Ende ist unebener als das andere und durch das Papier schaut teilweise der Karton hervor. Zu viel Tesafilm sorgt dafür, dass es sich schwer auspacken lässt.

Das geht nur zu zweit.

Stillschweigend setzen wir uns nebeneinander aufs Sofa. Zittrig lege ich die Hände auf die Schachtel, aber Grant ist da – wie immer. Mein Fels, unsere Stärke.

»Reiß es einfach auf, Bean.«

Ich tue es und fühle mich, als würde ich einer offenen Wunde den Verband abreißen, gleichzeitig aber auch, als würde ich einen schweren Vorhang aufreißen, um Sonnenlicht hereinzulassen. Ein weißer Karton in Würfelform mit einem Deckel kommt zum Vorschein und ich öffne ihn.

Eine rote Weihnachtskugel befindet sich darin, auf der in silberner Farbe der Name Riley prangt. Meine Lieblingsfarbe, kombiniert mit dem Farbton meiner Augen, wenn meine Gefühle überhandnehmen.

»Oh! Vom Markt bei der Faneuil Hall!«

»Ich dachte mir, du könntest sie an deinen Baum hängen, wenn du nach Hause kommst. Eine neue Tradition beginnen.«

Oder vielleicht eine alte Tradition fortführen.

»Könnten wir sie einstweilen hier aufhängen?«, bringe ich unter Tränen heraus. »Meinst du, deine Familie wäre damit einverstanden? Mit einem Kurzbesuch von mir?« Genau wie unsere Riley – eine kurze Zeit bei uns, bevor sie an einen, wie ich hoffe, besseren Ort gebracht wurde.

»Darüber würden sie sich sehr freuen, glaube ich«, sagt er mit so gefühlvoller Stimme, dass ich weiß, er meint, dass *er* sich sehr darüber freuen würde.

Derart bestärkt, suche ich nach einem stärkeren Ast in der Baummitte, der das Gewicht der Kugel und all die Hoffnung, die ich – nein, *wir* – in unser Baby gesetzt haben, aushält. Sie ist ein bisschen schwer dafür, aber mit dem richtigen Unterbau, unserem eigenen Baum in Chicago, könnte es funktionieren. Nächstes Jahr dann, vielleicht.

»Sie ist wunderschön, Grant!« Ich berühre die Kugel, stupse sie vorsichtig an, damit sie das Licht der Lichterkette einfangen kann.

Grant steht neben mir und ich lehne mich leicht in seine Richtung, sodass ich mit der Schulter seinen Arm berühre. Die knisternde Spannung zwischen uns besteht noch immer, sie ist allgegenwärtig, ein warmes, prickelndes Summen, das uns verbindet.

Er stellt sich vor mich und ergreift meine Hände. »Ich habe mich immer als deinen Schlüssel betrachtet, Aubrey. Als wir uns kennenlernten, da warst du so verklemmt, so verschlossen und ich dachte, ich wäre derjenige, der dich öffnet. Dich wie ein Geschenk auspackt. Als würde ich diese Belohnung verdienen, nachdem ich mir so viel Mühe mit dir gegeben habe.«

Im Geiste schneide ich bei der Vorstellung, ich würde Mühe machen, eine Grimasse, doch er hat recht. Ich bin nun mal nicht einfach.

»Aber niemand verdient einen anderen Menschen von Rechts wegen«, fährt er fort. »So läuft das nicht. Ich kann dich nicht retten, Bean, aber ich glaube noch immer, wir können uns retten.«

Ein Schluchzer entfährt mir. Ein herzzerreißender, geradezu hässlicher Laut.

»Grant, ich will da nicht alleine durch.«

»Dann tu's nicht.« Er umfasst meine Hüften und drückt mich an sich mitsamt seiner ganzen Verlässlichkeit und Kraft. Ich stürze mich in seinen feurigen Kuss, der mir ein »Für immer« verspricht, so wie ich mich vor all den Jahren in eine Beziehung mit ihm gestürzt habe.

Zu stürzen muss nichts Schlechtes sein, nicht, wenn man jemanden hat, der einen so gut auffängt wie Grant mich. Das

Leben kann fröhlich, grausam, chaotisch und furchterregend sein. Die Liebe erst recht. Es ist selten perfekt und dass ich das endlich begreife, ist das größte Geschenk, das ich je bekommen könnte.

EPILOG

Grant

DIE NICHT ALLZU FERNE ZUKUNFT...

Max stupst mich an. »Sieh dir unseren Kleinen an, plötzlich so erwachsen. Findest du nicht?«

Nachsichtig betrachten wir Lucas, der in so vieler Hinsicht unser Junior ist. Er steht auf der Veranda von Max' Haus an Chicagos North Shore und lässt sich lang und breit über irgendeine Erkältung Trinitys aus, der nur mithilfe von Cadbury Creme Eggs beizukommen war. Oder so was in der Art. Die Liebesgeschichten anderer langweilen mich.

»Sollte die Tatsache, dass Trinity erwog, nicht länger zu verhüten und Lucas *trotzdem* an sich ranzulassen, Beweis für seine Reife sein, dann, ja, okay.«

Richtig, Freunde, Lucas Wright ist Daddy geworden. In seinen Armen liegt ein hinreißendes kleines Mädchen namens Lizzie mit dunklen Haaren und wunderschönen braunen Augen, die denen ihrer Mutter gleichen. Unser Freund und *Partner in crime* hat als Letzter von uns nachgezogen und genießt nun ebenfalls Vaterfreuden.

»Da Lucas' Hirn momentan aus Babybrei besteht«, bemerkt Max, »gebührt mir diesmal die Ehre, dir, Lincoln, die Frage zu stellen, die alle Vierteljahre ansteht. Du weißt ja, die Arbeit würde leicht auch noch für einen vierten Partner reichen, wann immer du dich also wieder bereit fühlen solltest ...? Es wird Zeit, deine Minion-Slipper an den Nagel zu hängen und deine Krawattensammlung abzustauben. Wir brauchen dich zurück in der Kanzlei!«

Ich blicke zu meiner Frau hinüber, die bei Trinity steht. Beide sehen gerade kopfschüttelnd zu Lucas. Aubrey dreht sich um und grinst und ihre Freude ist so offenkundig, dass mir ganz warm ums Herz wird.

»Ich bin aber sehr gerne Hausmann.«

»Wieso bloß? Ich kann es jeden Tag kaum erwarten, von den kleinen Monstern wegzukommen.«

»Daddy! Das hab ich gehört!«, ruft Jessica, Max' fünfjährige Tochter. »Billy ist ein Monster, aber ich doch nicht!«

Sie schüttelt ihre blonden Locken, zieht einen Schmollmund und umarmt sein Bein.

Max nimmt sie auf den Arm. »Nix da, du bist auch ein Monsterchen, genau wie dein kleiner Bruder. Das sage ich dir offen und ehrlich. Daddy lügt in der Arbeit und zu Hause hält er sich an die Wahrheit.«

»Vater des Jahres«, murmelt Charlie, die leere Bierflaschen einsammelt, im Vorbeigehen.

»Ich will jetzt mit Milly und Ben spielen«, verkündet Jess herrisch. »Lass mich runter, Daddy!«

»Klar doch, furchtloses Monster, ich meine, Chefin!«

Sie macht sich zum Sandkasten auf, den Max in seinem ungefähr sechs Fußballfelder großen Garten gebaut hat und in dem sie nun mit eiserner Faust zu regieren gedenkt. Ich schaue zu, wie sie sich zu meinen vierjährigen Zwillingen gesellt. Bald gibt sie Anweisungen für ein Spiel, dessen Sinn sich Erwachsenen nicht erschließt, meinen zwei Kleinen jedoch scheinbar völlig logisch vorkommt.

Von den beiden kommt die stille und starke Milly eher mir nach, der zappelige und überempfindliche Ben eher seiner Mutter. Sie passen aufeinander auf – was will man mehr in dieser verrückten Welt?

Aubrey fängt meinen Blick auf und wir erleben einen weiteren perfekten Augenblick der Liebe. In ihrer Nähe gehe ich mit dem Begriff »perfekt« vorsichtig um. Er kommt mit zu viel Ballast daher. Doch tief in meinem Herzen fühle und weiß ich, dass unser Leben genau das ist – perfekt. Mein Blick fällt auf ihren gewölbten Bauch. Das Kind wurde vor sechs Monaten im Licht eines Weihnachtsbaums gezeugt, der eine gesegnete Botschaft der Hoffnung von der Tochter bereithielt, die wir verloren haben.

Meine Frau, meine Kids, meine Liebe, mein Ein und Alles.

Ich gehe zu Aubrey hinüber. »Bist du müde, Bean?«

»Kein bisschen. Dafür macht mich Lucas mit seiner Energie viel zu wuschig.«

Bei dem Wort »wuschig« komme ich auf dumme Gedanken. Nicht, dass es dazu viel bräuchte …

Ich streiche ihr mit der Hand über den Bauch, liebe es, wie ihr bei meiner Berührung der Atem stockt, liebe es, wie mein Herz angesichts unserer Zukunft aufgeregt klopft. Genauso angesichts unserer Vergangenheit und Gegenwart, es ist nun mal ein Kontinuum.

Keine Anfänge oder Enden, nur ein Dazwischen. Es gibt gute und es gibt schlechte Tage, ein jeder davon Teil unseres komplexen Lebensgewebes, das genau so aussieht, wie ich es mir immer gewünscht habe.

»Max will dich dazu überreden, wieder zu arbeiten?«

»Ja. Dabei könnte man meinen, eine Lincoln würde ihm reichen. Wenn wir beide in der Kanzlei wären, würde er den Verstand verlieren.«

»Ich glaube, du würdest den Verstand verlieren, wenn du jeden Tag mit *mir* arbeiten müsstest.«

Aubrey hat in unserer Kanzlei nämlich meine Partnerschaft übernommen, ein Schritt, der uns beiden sowohl in persönlicher wie beruflicher Hinsicht sinnvoll erschien.

Wir hätten die Nanny-Kinderkrippen-Lösung wählen können wie unsere ganzen Bekannten, aber für uns funktioniert es so. Mir hat früher immer ein Vater gefehlt und Aubrey ging es in gewisser Weise ebenso. Wenn also einer von uns zu Hause bleibt, füllt sich dadurch eine Lücke für uns. Außerdem macht es erstaunlich viel Spaß, mit Vierjährigen abzuhängen.

Max und Lucas geht es eigentlich nicht viel anders.

»Ich liebe meine Zeit mit den beiden«, erkläre ich. »Und mit diesem hier wird es mir genauso ergehen.«

Außerdem hat Cat Damon den Herbst seines Lebens erreicht und kommt nun tagsüber besser mit Gesellschaft zurecht.

Zumindest rede ich mir das ein, wenn er mich böse anfaucht, weil ich ihn schief ansehe.

Nachdem wir wie durch ein Wunder Zwillinge bekamen, klappte es ewig nicht mit einer weiteren Schwangerschaft, doch nun werden wir einmal mehr gesegnet. Wenn Aubrey von der Arbeit heimkommt, nehme ich sie fest in die Arme und sorge dafür, dass sie keine Sekunde daran zu zweifeln braucht, wie sehr ich sie anbete.

Einen Augenblick bekomme ich Angst, ich könnte einen zu großen emotionalen Druck auf sie ausüben, und ziehe die Hand weg.

Sie greift nach ihr, legt sie sich wieder auf den Bauch und ihre Hand auf meine.

»Bleib«, flüstert sie, ein Wort, das alles umfasst.

»Sag einfach, wenn ich dir zu viel werde.«

Ihre Mundwinkel wandern nach oben. »Als ob ich von dir je genug bekommen könnte!«

Ich löse meinen Blick von meiner Frau und sehe mir an, was die Zwillinge machen. Milly hört nicht länger auf Jessicas Kommando und hat sich stattdessen an den Bau einer leicht windschiefen Sandburg gemacht. Ben jagt Cujo, Max' Hund, im Kreis herum. Die Zukunft liegt so rosig vor mir, dass ich, wenn mein Leben in diesem Augenblick eingefroren würde, auf die Knie fallen und jedem, der mir zuhört, für mein Glück danken würde.

»Danke, dass du durchgehalten hast«, flüstert Aubrey. »Dass du nie aufgegeben hast.«

Lächelnd lasse ich all meine Segnungen auf mich wirken: die Frau meiner Träume und die Familie meines Herzens.

Normalerweise mangelt es Anwälten nicht an Worten, aber in diesem perfekten Moment brauche ich gar keine.

Ich brauche überhaupt nichts.

Das Verfassen dieses Buches fiel mir nicht leicht und wäre ohne die vielen ermunternden Worte meiner Lektorin nicht möglich gewesen. Ich bedanke mich bei Sue Grimshaw für ihre großartigen Anmerkungen und bei Madeleine, Gina und dem gesamten Loveswept-Team für die Unterstützung, die sie der Laws-of-Attraction-Reihe gewährt haben!

Ich bedanke mich auch bei allen, die mit ihrem Feedback beziehungsweise Rat in allen drei Folgen für Genauigkeit und Authentizität gesorgt haben: Andie J. Christopher, Robin Covington, Regina Kyle, Pamala Knight Duffy und Kelly Jamieson. Sämtliche Fehler gehen natürlich auf mein Konto.

Zum Schluss ein Danke an Jimmie Meader und Nicole Resciniti dafür, dass sie mir immer zur Seite stehen!

Leseprobe

Das perfekte Romance-Rezept: Sexy Köche und großes Herzklopfen!

Als das Ristorante DeLuca im Herzen Chicagos Schauplatz eines Kochduells wird, knistert es gewaltig zwischen Lili DeLuca und Jack Kilroy, dem Gegner ihres Vaters. Schnell merken die beiden, dass vielleicht gerade ihre Gegensätzlichkeit die Geheimzutat für ihr gemeinsames Glück ist …

Hier ein kleiner Einblick in den ersten Band der sinnlichen und witzigen »Kitchen Love«-Reihe.

Kate Meader
Love Recipes -
Verführung à la carte
Kitchen Love 1
Roman
ISBN 978-3-492-06204-6

1. Kapitel

Eigentlich sollte sie längst wohlbehütet in ihrer Wohnung über dem Restaurant ihrer Familie sitzen, die Pastareste vertilgen und die letzten Folgen ihrer Lieblingsserie ansehen. Stattdessen dachte Lili DeLuca um drei Uhr morgens in einer dunklen Gasse darüber nach, in schimmernden blauen Lycra-Hotpants und einem sternenbedeckten Bustier die Heldin zu spielen. Ob das eine gute Idee war?

Sie nahm ihren Vespahelm ab und spähte hinauf zu ihrem Schlafzimmerfenster, ehe sie ein weiteres Mal in die Gasse blickte, die zu dem Kücheneingang des *Ristorante DeLuca* führte. Die Tür stand offen, und Licht fiel hinaus in die Nacht. Niemals war ihr Helligkeit so falsch vorgekommen.

Normalerweise war auf der Damen Avenue so viel los, dass man sich auch als Frau allein sicher aufgehoben fühlen konnte.

Wicker-Park, früher eine günstige Gegend, die von unterernährten Künstlern und Hybriden aus Schauspielern und Baristas besiedelt war, hatte sich mittlerweile zu einem wahren Dschungel aus teuren Lofts, schicken Restaurants und raffinierten Weinbars gemausert. Außerdem gab es da noch das *O'Casey's Tap* an der Ecke und den regelmäßigen Strom von Nachtschwärmern, sodass die Straßen immer belebt und sicher waren.

Aber nicht heute Nacht.

Die Bars hatten die letzten Schluckspechte schon vor einer Stunde wieder ausgespuckt, und die Leute schnarchten bereits tief und fest in ihren Vorstadtbetten. Trotz der drückenden Junihitze von zweiunddreißig Grad war ihr die Gegend hier noch nie so karg und kalt vorgekommen. Es mochte seine Vorteile haben, so nah am eigenen Arbeitsplatz zu leben – zum Beispiel, dass der Arbeitsweg nur eine halbe Minute dauerte oder dass man stets das beste italienische Essen Chicagos zur Verfügung hatte. Gerade aber erschien ihr die offene Küchentür viel eher bedrohlich.

Vielleicht war ja Marco im Restaurant? Ihr Ex-Freund hing dort gelegentlich gerne herum, weil er offenbar davon ausging, dass seine Investition ihm gewisse Privilegien garantierte. Eine Flasche des teuren Brunello hier, einen Veranstaltungsort für spätabendliche Pokerrunden da.

Sie schob die Erinnerungen beiseite und konzentrierte sich auf ihr aktuelles Problem. Vor sechs Stunden war ihr die jährliche Superheldenparty noch wie eine harmlose Möglichkeit erschienen, ihr Sozialleben wieder in Schwung zu bringen. Mit honigsüßen Worten hatte ihre Cousine Gina sie dazu überredet mitzukommen.

Es ist Zeit, sich wieder ins Spiel zu bringen, Lili! Nein, deine Oberschenkel sehen in diesen Shorts nicht wie Dönerspieße aus. Der Batman dahinten ist nicht fett – nur kräftig!

Ein kräftiger Batman wäre jetzt eigentlich ganz praktisch ...

Sie ließ das beruhigende Verkehrsrauschen hinter sich und schlich zur Tür, den stechenden Geruch der Müllcontainer in der Nase. Irgendetwas Pelziges verschwand in der Dunkelheit. Plötzlich ertönte lärmend ein Gitarrenriff aus *Brown Sugar* von den Rolling Stones. Tja, der Wahnsinn hatte eben seinen ganz eigenen Soundtrack.

Kann sein, dass du wie Wonder Woman *gekleidet bist, aber das heißt noch lange nicht, dass du jetzt die Heldin spielen musst. Schau einfach kurz nach, und dann ruf jemanden an.*

Sie linste zur Tür hinein. Teure Küchengeräte – *ihre* Geräte – lagen verstreut zwischen Tellern, Töpfen und Pfannen auf den Arbeitsflächen. Wieder wurde sie unruhig. Das sah so gar nicht nach Marcos Werk aus!

Vermutlich gab es nur eine Erklärung: Irgendein Vollidiot war zu den Klängen von Jagger und Richards in ihr Restaurant eingebrochen.

Eigentlich war klar, was als Nächstes anstand. *Nun ruf schon jemanden an. Irgendjemanden!* Sie könnte ihren Vater alarmieren. Ihren Cousin. Diesen süßen Cop mit den schokoladenfarbenen Augen, der sich immer am Freitag etwas zu essen aus dem Restaurant mitnahm und darauf bestand, dass sie sich bei Problemen sofort bei ihm meldete. Sie schluckte hart und bemühte sich vergeblich darum, ihr wild klopfendes Herz in den Griff zu bekommen. Aber umsonst. Es schoss weiterhin in ihrer Brust hin und her wie eine Flipperkugel.

Sie schnupperte, und ein ätzender Schwall Bleichmittel, der mit einem leichten Basilikumduft konkurrierte, biss ihr in die Nase. Zitternd legte sie ihre achthundert Dollar teure Leica-Kamera in ihren Helm und zerrte dann ihr Telefon aus der Hosentasche ihrer engen Shorts. Sie begann zu wählen. *Neun. Eins ...*

Plötzlich ertönte aus dem Inneren des begehbaren Kühlschranks Gesang, der an den Edelstahlwänden abprallte. Ziemlich schrill. Geschlecht unklar. Wahnsinnig laut und vollkommen schief.

Sie steckte ihr Telefon wieder ein, öffnete die Tür mit dem Fliegengitter und trat leise ein.

Fieberhaft sah sie sich nach einer möglichen Waffe um und entdeckte schließlich dankbar die gusseiserne Pfanne auf dem Hackblock. Sie ersetzte den Helm in ihrer Hand durch die Pfanne und stellte zufrieden fest, dass ihr Gewicht das Zittern ihrer Hand beinahe zum Aufhören brachte. Ihre verschwommene und ziemlich lächerliche Spiegelung in der Stahltür machte ihr seltsamerweise Mut. Sie war perfekt für ein bisschen Action gekleidet. Keine Frage, sie würde es hinbekommen!

Lili ging an der Tür der Kühlkammer vorbei und machte eine sekundenschnelle Bestandsaufnahme ihres Gegners. Er war ein Schrank von einem Mann und hatte ihr den Rücken zugewandt, während er nach einem mit dem Ragù ihres Vaters gefüllten Behälter auf dem obersten Regalfach tastete. Einen Moment lang ließ sie sich von dieser Unstimmigkeit ein wenig aus dem Konzept bringen. Dieser vollkommen unmusikalische Ganove wollte das Ragù stehlen? Irgendwie passte das nicht recht zusammen, aber immerhin war er in ihr Restaurant eingedrungen. Und das mitten in der Nacht. Als er einen Schritt zurücktaumelte und Lili damit einen ordentlichen Adrenalinschub bescherte, war jeder Zweifel wie weggewischt. Sie riss die Bratpfanne nach oben und verpasste ihm einen kräftigen Hieb gegen den Kopf. Er heulte auf wie ein Wolf – das hatte gesessen! Einen Moment später hatte sie auch schon die Tür hinter dem Gauner zugeworfen. Der einen wirklich netten Hintern hatte, das musste man ihm lassen.

Gute Güte, woher war dieser Gedanke denn jetzt gekommen?! Bestimmt lag das nur an der plötzlichen Erleichterung, denn eigentlich war es ziemlich unpassend, einen Kriminellen heiß zu finden. Lili kicherte nervös und schlug sich dann die Hand vor den Mund, um diese unanständigen Gedanken im Keim zu ersticken.

Und jetzt, Shiny Shorts? Nun war es wohl höchste Zeit, die Polizei zu rufen. Aber sobald sie ihr Telefon hervorgezogen hatte, störte ein neuer Gedanke ihren Triumph. Eigentlich müsste der Kühlschrankdieb doch jetzt ein riesiges Theater veranstalten oder zumindest darum betteln, befreit zu werden. Aber nichts da. Schon seit einer vollen Minute hatte er keinen Piep mehr von sich gegeben. Da der Mechanismus an der Tür kaputt war, mit dem man sie im Notfall von innen öffnen konnte, würde der Einbrecher sich erst einmal nicht selbst befreien können. Lili presste ihr Gesicht und ihre Hände auf die kalte Tür. Das Wummern der Musik vermischte sich mit dem leisen Surren der Kühlkammer.

Noch immer kam kein Mucks aus dem eisigen Gefängnis. Lili hatte eine neue, schreckliche Befürchtung: Was, wenn sie den Mann umgebracht hatte?

Glücklicherweise – oder auch unglücklicherweise – konnte sie sich den Gedanken aus dem Kopf schlagen, da die Tür plötzlich ruckartig aufgerissen wurde und Lili höchst unelegant zu Boden plumpste. Mit dem Hintern voran natürlich!

Es hatte also doch jemand das Sicherheitsschloss repariert.

Zunächst sah sie ein Handgelenk, dann einen haarigen Arm und schließlich das Gesamtpaket. Sie bekam einen vagen Eindruck von etwas Großem, Bösem und Gefährlichem. Der Mann hielt die Pfanne nach oben, um eine mögliche Attacke abzuwehren, aber eigentlich hätte er sich gar keine Sorgen machen müssen. So auf dem Hosenboden sitzend waren Lilis Superkräfte doch deutlich eingeschränkt. Plötzlich bemerkte sie, wie ihre Angst einer heftigen Scham wich.

»Du hättest mich umbringen können, verdammt noch …«, donnerte der Kühlschrankdieb. Dann klappte ihm der Kiefer herunter. Tja, diesen Effekt hatten knapp bekleidete Superheldinnen nun mal.

Der Eindringling hatte dichtes schwarzes Haar, goldgefleckte grüne Augen und ein Gesicht, das direkt aus einem Renaissancegemälde entsprungen zu sein schien. Das waren seine augenscheinlichsten Merkmale. Einen Ganzkörpercheck verschob Lili erst einmal, da sie in Schwierigkeiten steckte. In großen sogar.

Es war *er*.

Er fasste an seinen Hinterkopf und stellte dann die Pfanne so vorsichtig ab, als handele es sich dabei um eine geladene Waffe.

Nachdem er lässig in Richtung Tresen gewinkt hatte, verstummte die Musik abrupt. Das hatte er wahrscheinlich während seiner Ausbildung bei der dunklen Seite der Macht gelernt.

»Alles klar bei dir, Süße?«, fragte er sie lässig und steckte eine iPod-Fernbedienung in seine Hosentasche, ehe er sich halbherzig in ihre Richtung bewegte. Sie hob die Hand, um ihm zu zeigen, dass alles okay war. *Zu spät.*

Vorsichtig linste sie hinab auf ihre Brüste und atmete erleichtert auf. Zum Glück war kein Nippel zu sehen. Sie sprang auf und rieb sich ihren schmerzenden Hintern.

Yep. Du trägst ein Wonder-Woman-Kostüm und hast gerade einen der berühmtesten Männer der westlichen Hemisphäre ausgeknockt.

Schließlich sah sie ihm ins Gesicht, das mittlerweile einen recht finsteren Ausdruck angenommen hatte.

»Ich bin Jack.«

»Ist mir inzwischen klar.«

Lili wusste, dass sie in ihrem Outfit die Blicke zwangsläufig auf sich zog. Der Sturz auf ihren Hintern hätte ihrem Ego natürlich einen gewaltigen Knacks verpassen können, aber sie wusste zumindest, dass sie verdammt gut aussehend in den Abend gestartet war. Dieser Meinung waren immerhin vier der fünf tonusschwachen Supermänner auf der Party gewesen! Ihre Jahre als übergewichtige Teenagerin lagen längst hinter ihr, und seitdem stand sie voll hinter ihrer Kleidergröße 44. Und an den Tagen, an denen sie sich weniger attraktiv fühlte – und kannte nicht jede Frau solche Momente? –, gab es immer noch genug Freunde, die ihr versicherten, wie unwiderstehlich ihre Kurven waren.

Jack Kilroys ungewöhnlich hübsche Visage war ihr schon lange vertraut gewesen. Nicht, weil sie ein Fan war – um Gottes willen! Sondern weil ihre Schwester ihr permanent damit in den Ohren lag, wie vollkommen er war und außerdem ihr gesamtes Umfeld dazu bewegen wollte, seine Kochshow anzusehen: *Kilroy's Kitchen (Kommt immer Montagabend um sieben auf dem Kochkanal – nicht vergessen, Lili!).* Als megaheißer Brite war er im vergangenen Jahr erst durch seine TV-Show und dann durch seinen Bestseller *Französisch Kochen für Anfänger* bekannt geworden. Sein bezauberndes Lächeln zierte die Cover diverser Lifestyle- und Kochmagazine, und außerdem konnte man ihn immer wieder dabei beobachten, wie er seinen ganz eigenen Foodie-Charme in verschiedenen Talkshows verbreitete. Erst vor Kurzem hatten seine Trennung von einem Soapstar und eine Prügelei mit einem Paparazzo den Klatschspalten und Nachrichtensendern delikates Futter geliefert.

Im Fernsehen mochte es so aussehen, als habe er ein paar Pfund mehr auf den Rippen, aber im echten Leben war Jack Kilroy einfach nur schlank und wahnsinnig heiß. Seine breiten Schultern überraschten sie nicht, wohl aber das Tribal-Tattoo auf seinem rechten Oberarm. Es war so ganz und gar unbritisch und verlieh ihm einen gefährlichen, sexy Touch. Ihr Blick wanderte hinab auf sein Black-Sabbath-Shirt, das sich über seine wohlgeformten, durchtrainierten Brustmuskeln spannte. Bestimmt hatte er das dem jahrelangen Stemmen von schweren Suppentöpfen zu verdanken. Die langen Beine in den lässigen Jeans vervollständigten diesen verlockenden Anblick.

Ja, Jack Kilroy war der leibhaftige Beweis dafür, dass es einen Gott gab.

»Ist das deine übliche Vorgehensweise? Dass du Leuten erst einmal mit einer Pfanne eins überbrätst, ehe du ihnen Fragen stellst?«, erkundigte er sich, nachdem auch er sie einmal von Kopf bis Fuß gemustert hatte. »Und soll ich erst einmal stillhalten, damit du mit deinem Lasso die ganze Wahrheit aus mir herausquetschen kannst?« Er deutete auf das goldene Seil, das in einer Schlaufe an ihrer Hüfte hing.

Falls er annahm, dass er sie mit seinem Fachwissen über Wonder Woman irgendwie beeindrucken konnte, dann hatte er sich geschnitten!

Na gut, ein bisschen beeindruckt war sie schon.

»Ich dachte, du wärst ein Dieb. Ich wollte schon die Polizei rufen.«

»Willst du etwa behaupten, hier gäbe es irgendetwas, das sich zu klauen lohnt?«

Von seinem herablassenden Tonfall wurde ihr ganz heiß vor Wut. Vielleicht lag das aber auch an seinen smaragdfarbenen Augen und seinem unbeirrten Blick.

»Machst du Witze? Diese Küchenausstattung befindet sich schon seit Generationen im Besitz meiner Familie.« Gerade war alles vollkommen chaotisch auf sämtlichen verfügbaren Ablageflächen verteilt. »Wie zum Beispiel die Pastamaschine meiner *nonna*.« Sie deutete auf ein verstaubtes Gerät, das neben dem Gewürzbord auf der Arbeitsfläche stand.

»Du meinst dieses verrostete Teil dahinten in der Ecke?«

»Es ist nicht verrostet, sondern *vintage*. Ich dachte, ihr Briten mögt so etwas?«

»Klar, aber wenn man sich durch diese Teile eine Lebensmittelvergiftung holt, dann endet unsere Liebe auch ganz schnell wieder.«

Protest kam Lili plötzlich sinnlos vor. Immerhin hatte ihr Vater das Ding seit über zehn Jahren nicht mehr benutzt.

»Wenn ich nicht ganz falschliege, musst du Caras Schwester sein. Lilah, nicht wahr?«

»Ja, ich bin Caras Schwester, aber ich heiße Lil...«

»Ich dachte schon, du wärst die Empfangsdame«, unterbrach er sie. »Begrüßt man sich in italienischen Lokalen neuerdings mit Bratpfannen?«

Es ist drei Uhr morgens!, hätte sie am liebsten gerufen. Wahrscheinlich hatte der Schlag auf seinen Kopf doch Auswirkungen auf sein Denkvermögen gehabt. Wie aufs Stichwort rieb er sich den Schädel und umklammerte die Kante der Arbeitsfläche so fest, dass seine Knöchel weiß hervortraten. Er würde doch nicht ohnmächtig werden?

»Ich bin die Geschäftsführerin dieses Restaurants und habe dich nicht erwartet. Wenn ich gewusst hätte, dass *Le Kilroy* uns höchstpersönlich die Ehre erweisen würde, hätte ich natürlich den roten Teppich ausgerollt.«

Sie schlenderte hinüber zur Gefriertruhe und sah sich dann schnell genug um, um Zeugin seines tranceartigen Blickes auf ihren Hintern zu werden. Meine Güte, nicht einmal ein Schlag auf den Kopf konnte diesen Kerl aus seinem ewigen Flirtmodus reißen! Mit wenigen Handgriffen hatte sie eine Kühlkompresse in eine Serviette gewickelt und reichte sie ihm.

»Wie geht es deinem Kopf? Und ist dir das mit dem Duzen eigentlich recht?«

»Klar. Und mit meinem Kopf ist alles in Ordnung. Wie steht es mit deinem...« Er deutete mit einer Hand auf ihren Hintern, während er mit der anderen die Kühlkompresse an seinen Schädel drückte.

»Dem geht es bestens«, fauchte sie.

»Sieht ganz so aus«, grinste er.

Bekam der Typ denn nie genug?! »Das ist also deine übliche Herangehensweise, ja? Nicht zu fassen, dass du in der Damenwelt solch einen Erfolg hast.«

Die Klatschmagazine widmeten seinen ständig wechselnden Liebhaberinnen ganze Seiten. Infrage kamen ohnehin nur Fembots aus Hollywood und ausgehungerte Models. Um seine Kochkunst ging es ihnen ganz sicher nicht.

»Es kamen noch keine Klagen«, meinte er.

Sie verschränkte die Arme, um ein wenig würdevoller zu wirken. Gar nicht so leicht in diesem Outfit.

»Also, wie wäre es mit einer Erklärung?«, fragte sie dann etwas schnippisch.

»Meinst du, warum noch keine Beschwerden kamen?«

»Nein. Ich will wissen, was du zu dieser unchristlichen Zeit im Restaurant meiner Familie zu suchen hast.«

»In erster Linie habe ich es darauf angelegt, von einer Superheldin überwältigt zu werden.«

Okay, das war ziemlich süß. Lili konnte sich ein Lächeln nicht verkneifen.

»Ich bereite mich auf die Show vor und mache eine Bestandsaufnahme. Hat Cara dir denn nichts davon gesagt?«, erkundigte er sich.

Natürlich nicht. Sonst hätte sie ihn schließlich nicht gefragt!

»Ich habe meine Nachrichten noch nicht gecheckt«, schwindelte sie, weil sie nicht zugeben wollte, dass ihre Schwester sie nicht informiert hatte. »Ich war den Abend über sehr beschäftigt.«

»Damit, Katzen von Bäumen zu retten und in einem einzigen Satz von Hochhaus zu Hochhaus zu springen?«

»Das ist der falsche Superheld«, erwiderte sie, immer noch verärgert, weil Cara sie nicht auf den neuesten Stand gebracht hatte. »Und du hast noch nicht erklärt, warum du dich ausgerechnet hier auf deine Show vorbereitest.« Ihn daran zu erinnern, wie spät es war, war wohl ohnehin sinnlos.

»Weil wir die Sendung hier aufzeichnen, Sweetie. Jack Kilroy macht euer kleines Restaurant richtig berühmt.«

Gut, dass Laurent nicht da war. Wenn er mitbekommen hätte, wie Jack Kilroy von sich in der dritten Person sprach, hätte er sich einfach nur schlappgelacht.

»Hier? Warum sollte deine dämliche Show denn hier gedreht werden?«

Jack überhörte den schnippischen Spruch, obwohl auch ihr Satz zum Thema Damenwelt schon hart an der Grenze gewesen war. Ein wenig heuchlerisch obendrein – sendete diese mit den Hüften wackelnde Frau denn nicht selbst eindeutige Signale?

»Ich habe mir das nicht ausgesucht, glaub mir. Eigentlich ist es hier viel zu eng, und auch die Ausstattung ist für meine Ansprüche viel zu … *vintage*.«

Nichtsdestotrotz gefiel der Ort Jack, ja, er machte ihn beinahe nostalgisch. Die Edelstahltheke war zerkratzt und abgenutzt und zeugte von den vielen erfolgreichen Jahren des Restaurants. Er liebte solche alten Orte. Irgendwie fühlte es sich behaglich an, auf Arbeitsflächen zu arbeiten, die schon so viel erlebt hatten.

Jack ließ seinen Blick wieder zu Caras Schwester wandern und fragte sich, wie es wäre, sie einfach auf den Tresen zu heben und direkt zur Sache zu kommen. Das ultraeng sitzende Kostüm schnürte ihre Taille ein und presste ihre Brüste auf eine Art und Weise nach oben, als wäre sie einem Comicheft entsprungen. In diesem Outfit erinnerte die Figur der Frau an eine Sanduhr – was man jenseits irgendwelcher Burlesque-Shows im Stil der Sechzigerjahre nicht häufig zu sehen bekam. Tja, das war eine wirklich gut gebaute Frau mit einem derart verlockenden Po, dass er jetzt schon wusste, an welcher Fantasie er sich später ergötzen würde. Sein Kopf pochte zwar noch immer schmerzhaft, aber dieser Anblick versprach definitiv Linderung.

Seine Kommentare zur mangelnden Größe des Restaurants und dem Vintagecharakter der Geräte hatten genau die Wirkung, die er sich erhofft hatte. Wilde Gesten, Sticheleien, glühende Augen. Diese Augen waren im Übrigen auch sehr schön. Hatten fast die Farbe von Curaçao-Likör. Sie funkelten so neckisch, dass er Mühe hatte, nicht zu grinsen.

»Die Küche ist nicht zu eng. Sie ist perfekt.« Lili deutete auf die Herde und Öfen, die an der hinteren Wand nebeneinander aufgereiht standen. »In dieser winzigen Küche bereiten wir jeden Samstagabend um die hundertfünfzig Gerichte zu, und was wir nun wirklich nicht nötig haben, ist irgendein kilroysches Gütesiegel. Besten Dank. Wir sind auch ohne diesen Quatsch schon bekannt genug.«

»Ich habe diese Küche nie als winzig bezeichnet, aber ich bewundere es sehr, wie gut ihr mit dem begrenzten Platz zurechtkommt.«

Caras Schwester schnaubte und bewegte sich dann auf den schweren Standmixer zu. Sie würde doch jetzt nicht anfangen zu putzen? Beschwichtigend legte er eine Hand auf ihren Arm.

»Hey, keine Sorge. Ich sorge dafür, dass alles wieder so aussieht wie vorher.«

Sie starrte kurz auf seine Hand, die auf ihrer goldenen Haut ruhte, dann funkelte sie ihn wütend an. *Pfoten weg!* Sie schob sich eine Haarlocke hinters Ohr und begann mit ihrer Mission, die darin bestand, aufzuräumen und ihn wie einen Vollidioten erscheinen zu lassen. Eine Wolke widerspenstigen kakaobraunen Haars verdeckte ihr Gesicht und verlieh ihr einen leicht irren Touch.

Aber es brauchte mehr als einen tödlichen Blick und ein paar wilde Locken, um ihn in die Flucht zu schlagen. Es machte einfach viel zu viel Spaß, sie zu necken!

»Ich bin ziemlich fix, Sweetie. Und wenn wir das mit deinen Superkräften kombinieren, sind wir ruck, zuck fertig.«

Sie warf ihr Haar zurück und sah ihn mitleidig an. »An deiner Stelle würde ich lieber nicht so laut herumtönen, wie schnell du fertig bist. Das hört keine Frau gern.«

Autsch.

Noch ehe er eine schlagfertige Antwort parat hatte, flog auch schon die Küchentür auf und Cara DeLuca, seine Produzentin, stürzte herein. Weder die ungewöhnliche Uhrzeit noch die wüstenähnliche Hitze hielten sie davon ab, einen todschicken cremefarbenen Zweiteiler und Absatzschuhe zu tragen. Laurent, sein Souschef und enger Vertrauter, stolperte träge und mit einem Tablett mit Kaffeebechern in den Händen hinter ihr her.

»Okay, jetzt bringst du mich sicher um«, meinte er Cara murmeln zu hören.

Ganz offenbar drohte ein waschechtes Geschwisterdrama. Da er selbst eine jüngere Schwester hatte, kannte er die Anzeichen dafür nur zu gut.

»Lili, was um alles in der Welt trägst du da bloß?!« Dann winkte Cara ab. »Ach, was soll's.«

Lili. Er hatte sie *Lilah* genannt. Lili passte viel besser.

In Windeseile verschaffte Cara sich einen Überblick

über die Situation in der Küche. Seine Producerin war alles andere als langsam. Dadurch war sie einerseits sehr gut in ihrem Job, konnte aber auch ziemlich schnippisch sein. In der Crew war sie auch unter dem Namen *Zitronentarte* bekannt – und das bestimmt nicht, weil sie so süß war.

»Warum hältst du den Kopf so schief?«

Jack linste zu Lili hinüber. Er wollte sie nicht verpfeifen, aber das war auch nicht nötig, weil sie sofort alles zugab. Mehr oder weniger.

»Ich dachte, er gehört zu dieser Bande Klassikrock liebender Ganoven, die so furchtbar schief singen und in ganz Chicago italienische Küchen ausrauben. Und ich war ja sowieso schon perfekt gekleidet, um Verbrechen zu bekämpfen ... Da habe ich einfach instinktiv reagiert und deinen Star in die Kühlkammer gesperrt.«

Um ein Haar hätte er losgeprustet, auch wenn sie gerade ziemlich eindeutig seinen Gesang beleidigt hatte.

Auch ihre Mundwinkel zuckten verdächtig.

»Lili, so kannst du doch nicht mit einer Ikone umgehen!«, fauchte Cara.

»Ich finde auch, dass der Hieb mit der Bratpfanne etwas zu weit ging«, ergänzte Jack.

Caras Kopf wirbelte herum, als wäre sie direkt dem Film *Der Exorzist* entsprungen.

»Du hast ...?!«

Jack rieb sich den Hinterkopf, um die Sache noch ein wenig dramatischer zu gestalten. »Ich glaube nicht, dass ich eine Platzwunde habe. Aber eine dicke Beule bekomme ich bestimmt.«

Cara streichelte über seinen Kopf und jaulte auf wie ein Hundewelpe. »Gott, Lili! Ist dir klar, was passiert wäre, wenn Jack eine Gehirnerschütterung gehabt und in die Notaufnahme gemusst hätte?«

»Vielleicht wäre das ja gut für seine persönliche Entwicklung gewesen? Eine kleine Lektion in Sachen Demut würde ihm jedenfalls nicht schaden«, erwiderte Lili.

Wieder zuckte ihr Mundwinkel – und er empfand plötzlich große Lust, einmal mit der Zunge darüber zu fahren.

Laurent war verdächtig still gewesen, aber nun trat er einen Schritt nach vorn, und Jack machte sich schon einmal auf eine geballte Ladung gallischen Charmes gefasst. Wie immer wirkte sein Kumpel, dessen sandfarbenes Haar in alle Richtungen abstand, als wäre er eben erst aufgestanden. Seine strahlend blauen Augen blitzten.

»*Bonjour*, ich bin Laurent Benoit. Ich arbeite mit Jack.« Er sprach seinen Namen wie *Zhaque* aus, was faul, sexy und französisch zugleich klang. »Du musst Caras wunderschöne Schwester Lili sein.«

Er reichte Lili die Hand, und sie griff widerstrebend zu, während Laurent sie verführerisch anlächelte. »*Enchanté*«, sagte er und hob ihre Hand an seine Lippen, um sie zu küssen. Lili lachte heiser auf – das war in den gesamten fünf Minuten, die er allein mit ihr verbracht hatte, kein einziges Mal vorgekommen. Der Kerl war einfach unschlagbar.

»Das ist doch mal ein Akzent, mit dem ich was anfangen kann«, murmelte Lili.

Jack seufzte. Laurent – ein brillanter Souschef, gelegentlich bester Freund und heftigster Konkurrent in Sachen Liebe – verkörperte das Bild des französischen Lovers in Perfektion. So gut er in der Küche war, so gut würde er sich auch in jeder Tourismuskampagne für Frankreich machen. Er brauchte nichts weiter als eine Baskenmütze, ein Baguette und eine Packung Kondome.

Jacks Kopf schmerzte immer noch, und er war furchtbar erschöpft. Er war sich ziemlich sicher, dass er in der Kühlkammer ein paar Sekunden lang das Bewusstsein verloren hatte, und musste gegen den immer stärker werdenden Schwindel ankämpfen. Kaffee. Den brauchte er jetzt. Kaffee und irgendetwas, worauf er sich konzentrieren konnte. Etwas, das nicht so kurvig und weich aussah und diese männerverschlingenden Vibes aussandte.

»Besteht die Chance, dass wir jetzt mit dem ursprünglichen Plan weitermachen?«, fuhr er Cara ein wenig heftiger als beabsichtigt an.

»Na klar, Babe. Du kannst direkt loslegen.« Cara packte Lili am Arm und zerrte sie aus der Küche. »Liliana Sophia DeLuca, wir unterhalten uns jetzt mal im Büro, wenn dir das recht ist.«

Laurent stand mit verschränkten Armen da und ließ die Szene auf sich wirken.

»Ich glaube, ich bin verliebt«, stöhnte er. »Ist sie nicht die süßeste *chérie,* die du je gesehen hast?«

Jack prustete. »Du hast dich in diesem Jahr jetzt schon zum vierten Mal verliebt, und es ist gerade mal Juni!«

»Hast du denn nicht gesehen, wie sie ihre Nase krausgezogen hat, als ich ihre Hand genommen habe? Und dieser liebliche *derrière* ... Was gäbe ich drum, ihn näher betrachten zu dürfen.«

»Kann sein, dass sie einen süßen Hintern hat, aber glaub mir, ihr Bowlingarm ist verdammt gefährlich.« Wieder fanden seine Finger die Stelle, an der die Pfanne seinen Schädel getroffen hatte. Da war definitiv eine Beule.

Jack folgte Laurents Blick zur Schwingtür, durch die Cara und Lili eben entschwunden waren. Plötzlich hatte er eine Vision davon, wie seine Lippen Lilis berührten und ihre wunderschönen Augen ihn dabei voller Leidenschaft ansahen. Es dauerte nicht lang, bis er sich vorstellte, wie er an der Innenseite ihrer Oberschenkel hinaufstrich und dann kurz am Saum ihrer engen, blau schimmernden Shorts verweilte.

Es wurde gerade richtig interessant, als ihn das Aufprallen einer Pfanne auf den Boden zurück ins Hier und Jetzt beförderte. Laurent murmelte eine Entschuldigung, und Jack blinzelte, um seine überbordende Fantasie in Schach zu halten. Immerhin hatte er seine Schmerzen auf diese Weise einen Moment lang vergessen können. Vielleicht sollte er die Kühlkompresse jetzt mal in seinen Schritt drücken?

Evie, seine drachenähnliche Agentin, hatte sich klar ausgedrückt. *Denk an den Vertrag, Jack. Verhalt dich schön unauffällig! Und ganz egal, was passiert: Lass dich auf keinen Fall aufs Personal ein!* Der Deal mit dem Medienkonzern war wie eine Rakete, die seine Marke in die Stratosphäre katapultieren würde. Schluss mit dem mickrigen Fernsehkram. Stattdessen würde er seine Botschaft von einer bezahlbaren Haute Cuisine so weit wie möglich verbreiten und sich dadurch mit Ruhm bekleckern.

Er durfte sich also keinesfalls von Frauen ablenken lassen, selbst wenn es sich dabei um so verlockende Kandidatinnen wie Caras Schwester handelte. Er sollte die Angelegenheit einfach vergessen – besonders nach seiner desaströsen letzten Beziehung. Auch wenn Lili wirklich den schönsten *derrière* des gesamten mittleren Westens hatte.

Lili stolperte hinter Cara her ins Büro, das sich in den Hinterräumen des Restaurants befand, und konzentrierte sich auf den üppigen platinblonden Pferdeschwanz ihrer Schwester. Nachdem sie den Drehstuhl vorsichtig mit einem Taschentuch abgewischt hatte, nahm Cara in ihrem cremefarbenen Seidenrock darauf Platz und strich den Stoff glatt.

»Nettes Kostüm«, kommentierte sie mit einem wissenden Grinsen. »Jack scheint es zu gefallen.«

Die Absurdität dieses Statements tötete das aufregende Gefühl, das Lili unter Jacks begehrlichen Blicken empfunden hatte, sofort wieder ab. Es war richtig gewesen, der Sache nicht zu trauen. Er sah viel zu gut aus, war zu charmant, zu ... *alles*. Ein Mann mit einem solchen Ego brauchte permanent Bestätigung seitens der Damenwelt. Die Erinnerungen an ihren Ex waren noch frisch: So eine Geschichte wollte sie kein zweites Mal erleben.

Lili griff nach ihrem großen Pullover, der an der Tür hing, und zog ihn sich über den Kopf. »Hast du Mom schon gesehen?«

Cara betrachtete ihre Fingernägel. Eine Vermeidungsstrategie, die Lili sofort auffiel, da sie sie selbst gern benutzte. »Ich habe mit ihr telefoniert. Sie klingt eigentlich recht fröhlich. Ich wollte ihr später ein Geschenk vorbeibringen.«

Lili verkniff sich eine schnippische Antwort. Caras Talent, unangenehme Tatsachen zu ignorieren, war wirklich legendär und hatte in letzter Zeit zu einigem Zwist zwischen den beiden Schwestern gesorgt.

Warum sollte man sich auch die Mühe eines Besuchs machen, wenn ein wöchentlicher Geschenkkorb doch ebenso gut folgende Nachricht überbrachte: *Herzlichen Glückwunsch, dass du den Krebs besiegt hast, Mom!* Aber gerade war nicht der richtige Zeitpunkt für eine Konfrontation. Und wie sollte man jemanden hassen, der auf eine so zerbrechliche Art und Weise schön war? Lili musste dringend das Thema wechseln.

»Cara, du hättest mich wirklich vor dieser britischen Invasion warnen können.«

Cara schlug ihre wohlgeformten Beine übereinander und zupfte einen unsichtbaren Fussel von ihrem tulpenförmigen Rock. Wahrscheinlich trug sie Größe 34, auch wenn ihre Schwester ein wenig draller aussah als bei den vergangenen Besuchen. Dass Cara so dünn war, weckte sowohl Lilis Neid als auch ihre Ehrfurcht. Wie schaffte Cara es nur, sich so im Griff zu haben? Manchmal hatte Lili sogar die Vermutung, wenn nicht gar die leise Hoffnung, dass Cara adoptiert war. Wie sonst ließ sich ihre vollkommen unitalienische Haltung dem Essen gegenüber erklären?

Cara zuckte auf ihre ganz eigene nonchalante Art und Weise mit den Schultern. »Ich habe gestern mit Il Duce gesprochen und er ist einverstanden.«

Il Duce war der Spitzname ihres Vaters, der von der erstaunlichen Ähnlichkeit zwischen ihm und einem ehemaligen italienischen Diktator herrührte. Lili war zwar de facto die Geschäftsführerin des Restaurants, solange ihre Mutter sich von der Krebserkrankung erholte, aber eigentlich hatte immer noch ihr Vater das Sagen. Deswegen war es keine große Überraschung, dass er die Entscheidung ohne sie getroffen hatte.

Als Cara einen sanfteren Ton anschlug, wusste Lili, dass sie ihre Verletztheit nicht schnell genug überspielt hatte.

»Es ist eine einmalige Chance für das Restaurant. Erinnerst du dich, dass ich dir erzählt habe, dass wir nächste Woche im *Seraphina's* auf der Randolph Street drehen wollten? Na, und gestern haben wir erfahren, dass sie wegen Verstößen gegen das Lebensmittelgesetz schließen mussten. Ratten!« Sie wedelte mit der Hand vor ihrem Gesicht herum, als hätte sie die Biester mit ihren eigenen unschuldigen Augen gesehen. »Wir haben händeringend nach einer Alternative gesucht, und da habe ich Jack eben unser Restaurant vorgeschlagen. Ehrlich gesagt ist er richtig dankbar, dass Dad ihm aus der Patsche hilft.«

Von Jacks Dankbarkeit hatte Lili vorhin wenig gespürt. Eigentlich hatte er sich eher so benommen, als täte er ihnen einen Gefallen – und wenn sie ehrlich war, stimmte das ja sogar ein bisschen. Ihr Herumgeprahle, wie fantastisch das Restaurant dastand, konnte nicht darüber hinwegtäuschen, dass sie definitiv in Schwierigkeiten steckten. Das lag zum einen an dem Druck von außen, zum anderen an internen Problemen. Sie konnten von Glück sprechen, wenn sie an einem Samstag um die achtzig Gäste hatten. An den Abenden unter der Woche war das Restaurant gespenstisch leer. Die klassische italienische Küche war einfach nicht mehr in, und so köstlich das Essen ihres Vaters auch war, so schwer war es doch, mit all den hippen, trendigen Lokalen mitzuhalten, die überall in Wicker Park wie Pilze aus dem Boden geschossen waren. Lili hatte jede Menge Ideen für neue Konzepte, aber ihr despotischer Vater stellte sich quer.

»Was hältst du denn von ihm?«, fragte Cara. »Jack Kilroy ist ziemlich süß, oder?«

Immer noch besorgt zuckte Lili mit den Schultern. Seit

Caras New Yorker Firma, *Foodie Productions,* im Januar die Zuständigkeit für Jack Kilroys Show übernommen hatte, fuhr ihre Schwester total auf ihn ab. Cara war der Auftrag sehr wichtig, und wenn man ihr glauben konnte, gehörte dieser Show die Zukunft. Es blieb für Lili trotzdem ein Rätsel, warum ausgerechnet ihre Schwester, die sich herzlich wenig aus Essen machte, Kochsendungen produzierte.

»Warum kocht er denn in einer Restaurantküche und nicht in einem Studio – so wie all die anderen Starköche? Es überrascht mich, dass Mr Sexgott sich mit einem solchen Ort überhaupt abgibt.«

»Ab und zu begibt Mr Sexgott sich eben auch mal in niedere Gefilde.«

Sein britischer Akzent jagte ihr einen kalten Schauer über den Rücken. Sie drehte sich um und stellte wieder einmal fest, dass sein Aussehen eine echte Sünde war. Lili konzentrierte sich auf sein Gesicht und nutzte dabei ihren scharfen Fotografinnenblick. Musterte die Sommersprossen auf seiner Nase. Die Narbe an seinem Kinn, die wie aufgemalt wirkte. Seine wundervollen dunklen, seidigen Wimpern, die seine grünen Augen umkränzten. Im echten Leben war Jack noch viel beeindruckender als auf dem Bildschirm.

Ihr fiel viel zu spät auf, dass sie ihn regelrecht angaffte, aber lustigerweise machte er es umgekehrt genauso. War vielleicht eine gute Flirtstrategie, jemandem mit einer Bratpfanne auf den Kopf zu hauen! Sie zog an dem Saum ihres Pullovers und spürte, wie die Wolle an ihrer Haut kratzte. Die glühte unter Jacks Blicken ohnehin schon.

Er blinzelte und hielt ihr den Vespahelm entgegen. »Der gehört dir, nehme ich an?«

Sie nahm ihn mit zittrigen Händen entgegen und stellte erleichtert fest, dass ihre Kamera und ihr Telefon immer noch darin lagen. »Danke«, murmelte sie.

»Du bist in diesem Outfit Motorrad gefahren?«

»Mit dem Roller, um genau zu sein. Und, was ist dabei?«

»Ach, ich versuche es mir nur gerade bildhaft vorzustellen.«

Du lieber ... Was soll's. »Wir sollten über die Show sprechen.«

»Also«, sagte Cara. »Ich setze dich mal grob ins Bild.« Sie lehnte sich nach vorn wie bei einem Pitch vor einem Hollywoodproduzenten. »Es geht um ein Kochduell zwischen Jack und einem anderen berühmten Koch, und zwar auf einem Gebiet, auf dem er sich nicht so gut auskennt. Jacks Spezialität ist die französische Küche. Er wird also gegen andere Kochstile antreten, ein brandneues Menü kreieren und das Essen anschließend echten Gästen servieren. In diesem Fall wird er gegen Dad antreten, und wer die meisten Stimmen bekommt, gewinnt. Ganz simpel, oder? Die Show ist noch ganz neu. Sie heißt *Jackpot – Ein Koch für alle Fälle* und die Pilotsendung wird im *Ristorante DeLuca* gedreht!«

Lili lehnte sich an den Schreibtisch und wandte ihre Aufmerksamkeit wieder Jack zu, der lässig am Türrahmen lehnte.

Ihr Vater hatte bereits Preise gewonnen – zum Beispiel die Auszeichnung als bestes italienisches Restaurant vom *Chicago Magazine,* auch wenn das schon zehn Jahre zurücklag – und die Köche kamen von nah und fern, um von ihm die Kunst der richtigen Gnocchi-Zubereitung zu lernen. Er war ein echtes Kochgenie und kein Narzisst, der sich ganz auf seinen Charme und seine hübschen Wangenknochen verließ. Es war höchste Zeit, dass sie diesem eingebildeten Kerl zeigte, wo es langging.

»Du stehst also nicht so auf die italienische Küche, ja?«

Während Jack darüber nachzudenken schien, ergriff Cara wieder das Wort. »Es gibt auch noch einen interessanten Twist bei der Sache. Jack darf seine eigenen Vorspeisen aussuchen und auch das Dessert, aber Dad wählt die Pastagerichte und die Hauptspeisen für beide Köche aus. Jack erfährt erst am Tag des Duells, welche es sind.«

Lili fielen spontan eine Menge Gerichte ein, die in letzter Minute richtig Probleme bereiten konnten. Das würde ein Spaß werden! Ihr Blick wanderte an dem langen, schlanken Körper des britischen Muskelprotzes hinab. Ein Riesenspaß sogar.

»Denkt ihr, ich sollte mir Sorgen machen?«, fragte er in einem Tonfall, der klarstellen sollte, dass er vollkommen entspannt war.

»Oh, und ob. Mein Vater wird es dir nicht leicht machen, Brit-Boy.«

Seine Mundwinkel zuckten. »Mach dir mal keine Sorgen, Süße. Brit-Boy wird es schon hinkriegen, einen Topf Linguine mit geschmolzenem Mozzarella und Kalbfleisch zu zaubern. Die italienische Küche ist nun wirklich nicht die komplexeste – nichts gegen deinen Vater! Und die meisten Restaurants würden dafür morden, Teil meiner Show zu sein. Immerhin könnt ihr euch darauf verlassen, dass ihr das nächste halbe Jahr über ausgebucht sein werdet.«

Wow. Jack Kilroy hatte der italienischen Küche gerade eine echte Abfuhr erteilt, und das setzte ihr tatsächlich zu.

»Wenn du tatsächlich denkst, dass die italienische Küche derart simpel ist, solltest du vielleicht heute Abend zum Essen vorbeikommen. Dann wirst du schon sehen, dass mein Vater besser Käse schmelzen kann als jeder andere dämliche Spitzenkoch. Kann sein, dass ein Teufelskerl wie du dabei nichts Neues übers Kochen lernt. Aber vielleicht ja ein paar Manieren?«

Er öffnete den Mund, schwieg dann aber. Gut so.

Schließlich ging er an ihr vorbei und drückte Cara ein Blatt Papier in die Hand.

»Hier steht alles drauf, was ich brauche. Ich will morgen alle Gerichte probekochen.« Mit diesen Worten verließ er die Küche wie ein Schauspieler die Bühne.

Ungläubig schüttelte Lili den Kopf. »Ich weiß ja, dass der Typ jetzt dein Boss ist, Cara. Aber wie kann er sich nur erdreisten, zu behaupten, die italienische Küche sei nicht raffiniert? Du hättest mal hören sollen, wie er vorhin über unsere Küche und unsere Ausrüstung hergezogen ist. Für wen hält er sich bloß?«

Cara zupfte an ihrer tief ausgeschnittenen Bluse, löste ihren Pferdeschwanz und warf ihr perfektes platinblondes Haar zurück.

»Dieser sexy Typ, kleine Schwester, ist dein Geburtstags- und Weihnachtsgeschenk zugleich.«